モブなのに巻き込まれています
～王子の胃袋を掴んだらしい～2

ミズメ

Mizume

Regina

レジーナ文庫

イザル
元ミラの実家の
宿屋の従業員だが、
実は公爵家や王家の
任務で影の護衛や
間諜を務めていた。
いつもミラを
支えるお兄さん。
スピカ
乙女ゲームの
ヒロインであり、
ミラの親友で、転生者。
胃袋がブラックホールに
思えるほど、よく食べる
伯爵令嬢。
ミラ
乙女ゲームのモブキャラで、
前世は日本人。王都の食堂と
『パティスリー・一番星（エステル）』で
美味しいご飯やお菓子を開発中。
自分の作ったものを食べる、
みんなの笑顔を見ることが大好き。
レオ
ミラの実家の
宿屋の客だったが、実は
ゲームの攻略対象である
第二王子だった。
ミラの作るご飯を
こよなく愛す。

アルデバラン
レオの兄である
第一王子。学園では
生徒会長を務める。
シャウラ
貧乏な
男爵令嬢で父想い。
畑仕事が好き。
カストル
レオの護衛を務める
騎士であり、伯爵令息。
寡黙で常に
男らしくあろうとしている。
ベラトリクス
アルデバランの婚約者の
侯爵令嬢で、ゲームでは
悪役令嬢のポジション。
病を経て人柄が
変わったという噂が——？
Main Character
登場人物紹介

目次

モブなのに巻き込まれています　～王子の胃袋を掴んだらしい～2　7

書き下ろし番外編
義兄の大切なもの　369

モブなのに巻き込まれています
～王子の胃袋を掴んだらしい～ 2

プロローグ

「ねえ、レグルス様。今度わたくしの領地にいらっしゃいませんか？　とても景色が綺麗なところなのです」

華美な装飾品と豪奢なドレスに身を包んだ令嬢が、この国の第二王子であるレグルスの腕にその身をすり寄せた。

今日は王家の庭園にて、茶会が催されている。第一王子のアルデバランのみならず、レグルスも当然の如く参加させられていた。

レグルスは輝く銀の髪を後ろに流すように撫でつけ、不機嫌そうにしている。

だが、こうした催しに珍しく参加する第二王子を令嬢たちが放っておくはずがない。

自分と同じ年頃の少女のくせに、大人のような仕草をする令嬢に、レグルスはぶるりと鳥肌を立て、首を振った。

「いや、結構だ。行きたい場所は自分で決める」

「まあ、そうですの……」

「うふふ、レグルス様は強引な方はお好きじゃないみたいよ。ねえ、殿下。うちにいらしたら、目新しいお菓子を披露いたしますわ。うちの料理人が、ついにパイを会得しましたのよ！　それはもう、最上のお菓子ですの」

レグルスが最初の令嬢の手をさりげなく払うと、今度は反対側から声がかかる。

その令嬢もしなだれかかるようにレグルスにくっついてきた。やけに強い香水の香りに目眩が起きそうになる。

（最上の菓子、ね）

憂鬱な気持ちになりながら、令嬢の発言を心の中で繰り返す。

レグルスにとって、パイの菓子はあの日公爵邸で食べた爽やかな甘さのレモンパイが最上だ。それ以上に美味いと思える菓子をあれから口にしたことはない。

――彼女が作るもの以外では。

「……珍しい菓子なら間に合っている」

レグルスが淡々とそう答えると、また最初の令嬢が水を得た魚のように活き活きと話し出した。

「ですわよねぇ～、王宮にはそもそも特別な料理人がいるのに、差し出がましいことですわぁ」

「なんですって！」

「だって、あなたがおっしゃることがとても的外れなのだもの」

「それはあなただって同じでしょうっ」

ご令嬢同士がけんけんと揉め始め、いよいよレグルスがげんなりとしてきたとき。

「レグルス殿下！　……少しよろしいでしょうか」

天啓（てんけい）のように、ひとりの騎士がレグルスのもとへと駆け寄ってきた。

青い髪の端整な顔立ちの騎士は、名をカストル・クリューツという。見習い期間を経て、先日正式に騎士になった。

「まあ、クリューツ様だわ……！」

その初々（ういうい）しくも凛々（りり）しい騎士の登場に、レグルスを取り巻いていたご令嬢たちは黄色い声をあげる。

「カストル、どうかしたのか？」

現在の状況に辟易（へきえき）としていたレグルスは、助かったとその騎士に近寄った。

ようやく令嬢たちから距離をとることができる。

「……実は、食堂で新メニューが登場しそうだと伝令があった」

神妙な顔つきでカストルがレグルスに告げたのは、例の食堂の最新情報だった。

「本当か」

「ああ。イザルさんが新商品を卸したらしく、あとで食べに来てと言われたそうだ。どうする？」

声量を抑えてこそこそと話すカストルの言葉に、レグルスはぐるりと会場を見遣る。

同世代の貴族子女たちが集められた茶会の会場。

色とりどりのドレスに身を包んだご令嬢たちに、菓子が並べられたテーブル。

全てが煌びやかなはずなのに、不思議なことにレグルスの目には色褪せて映る。

食堂で出されるメニューは時折茶色一色だったりするのだが、これらの品々の何倍も輝いて見えるのは不思議なものだ。

（それに……食堂には彼女もいる）

いつも笑顔であたたかく迎えてくれる彼女――ミラは、貴族とのやりとりで疲弊したレグルスを癒やしてくれる大切な存在だ。

ミラのご飯は美味しい。そして、流れる月日の中で、自分の中にそれ以上の感情が生まれていることに、流石のレグルスも気付いていた。

「レオ、どうした？　俺はもうすぐこの茶会を抜けて食堂に向かう予定だ」

物思いに耽っていたレグルスを、カストルの言葉が現実に引き戻す。

「お前が行くなら俺も行く」

「……でもなあ、これって半分はレオのために集められたようなもんだろう」

三年前、レグルスの護衛騎士であるセイのもとに騎士見習いとして連れてこられたカストルは、最初こそ緊張している様子だったが、すぐにレグルスと打ち解けて気の置けない友人となった。

みんなの前ではきちんと敬語になるが、こうしてふたりで話すときはすぐに砕けた口調になる。

カストルが『これ』というのは、先ほどのようなご令嬢たちのことを指していた。

同世代の貴族子女が集められている茶会――その目的は、単なる交流だけに留まらない。先ほどの令嬢たちが最たる例だ。

王族であり、婚約者のいないレグルスに娘をあてがおうとする貴族は年々数を増やしている。

それをなんとか躱してはいるが他の茶会は断ることができても、母である王妃の主催となれば参加せざるを得ないのが辛いところだ。

「それはそうだが、彼女たちは俺だけが目的じゃないだろう。それに……なんでお前だけで食堂に行くんだ」

レグルスは、この茶会への不満も上乗せしながらそう言って口を尖らせた。

そもそもカストルが食堂の新メニューについて先に知っていることが少し悔しい。勿論レグルスだって、ミラとは手紙のやりとりをしていて、彼女が最近とても楽しみにしている食材があることは知っていた。

だがそれを、こうして人づてに伝えられると面白くない。

レグルスの非難めいた言い方も歯牙にかけず、カストルは当然だと言わんばかりに口を開いた。

「え？　だってあそこのご飯がこの辺じゃ一番美味しいだろう。騎士団の先輩たちとも非番の日にちょくちょく行っている。今日も騎士団の誰かがいるんじゃないか？」

「！　そう、だったのか……」

どうやらレグルスの知らないところで、カストル以下騎士団の面々は、あの食堂の常連になっているらしい。その事実をこれまで知らなかったレグルスは、大いに狼狽える。

確かに初めて共に食堂を訪れた折、カストルもミラの料理にいたく感動していたことは覚えているが、そこまで行きつけにしているとは知らなかった。

（そういえば、あのときはミラに会えなかったんだったな。セイとイザルと四人でテー

ブルを囲んだんだった）

レグルスはそんな些細なことまで思い出してしまった。

「……おふたりは何を話していらっしゃるのかしら……？」

「わかりませんけど、美麗なレグルス様と寡黙なカストル様が並んでお話しされていると、絵になりますわね」

側にいる令嬢たちはふたりに話しかけたいが、真剣な話を邪魔することは得策ではないと、その場に待機する。

その目にはギラギラとした炎が宿っていた。彼らに話しかける機会を窺っているのだ。

「俺もなんとかこの場を離れたいが……」

レグルスはそんな令嬢たちを一瞥したあと、カストルに向けていた視線をゆっくりと少し離れた場所に向けた。こことは別に、子息たちが塊になっている場所がある。

その集団の中心には、レグルスにどこか似ている容貌を持つ煌びやかな金髪の少年がいた。

第一王子のアルデバラン。レグルスのひとつ年上の実の兄だ。

この場を離れても問題ないか確認するつもりで兄の様子を窺うと、いつもどおり貼りつけたような完璧な笑顔で対応する彼の周りは、令嬢たちで溢れかえっている。

（やはり……今回も来ていない、か）

その令嬢たちの中に、誰よりもひときわ目立つはずの赤髪の少女の姿はなかった。アルデバランの婚約者であるベラトリクス・ロットナー侯爵令嬢は今回も欠席のようだ。

近年、彼女と兄のアルデバランが並び立つところを見かけた覚えがない。

レグルスの記憶では、そのベラトリクスという令嬢はなかなか苛烈な女性で、こうした場で兄の側に他の令嬢が近づくことを絶対に許しはしなかった。令嬢たちもそれがわかっているのか、絶対にあのようにアルデバランに話しかけることはなかったように思う。

さらに、これまでアルデバランの側には、従妹である公爵令嬢のアナベルがいることが多かった。だが、アナベルはかねての希望であった隣国への留学を果たしたため、現在はこの国にはいない。

苛烈な婚約者と仲の良い従妹。両者が不在の今、だからああして他の令嬢たちが兄にくっついて回っているのだろう。令嬢たちの野心は加速するばかりだ。

「兄上とベラトリクス嬢は、今後どうするおつもりなんだろうな」

レグルスが声を潜めると、カストルも怪訝そうな顔で相槌を打つ。

「わからんな。俺も暫くかの令嬢を見ていない。聞いた話では、以前病で倒れられてからは、人が変わったようだとのことだが……真偽は不明だ」

「学園でも大人しく過ごしているとのことだが……兄上との関係性が全く読めん。おふたりのことを俺が気にしたって仕方のないことなのだが」

レグルスは再度、集団を見遣る。

彼の兄である第一王子は、心配そうに眺めるふたりをよそに、婚約者のいない集団の中心で、やはり完璧な笑みを浮かべていた。

一　乙女ゲームの世界

「これでよし、と」

王都の一角にある洋菓子店『パティスリー・一番星(エステル)』の厨房で、新しい菓子を作っていた私――ミラ・ヴェスタは、その出来栄え(できば)に満足して手をはたいた。

この店は紅白の縞々(しましま)模様のオーニングで彩(いろど)られ、可愛らしい外観だ。

厨房は、オーブンが三つ、広々とした石造りの作業台、大きな氷室(ひょうしつ)……と、公爵邸さながらの設備が整っている。

ダムマイアー商会の会長さんと公爵様が気合い十分といった面持(おもも)ちで取り組んだだけあって、とても素敵な造りになっている。

自慢の、私のお店だ。

眼前にある作業台には、この店の看板商品であるパイを用いた菓子が並んでいる。

季節の苺(いちご)と、卵の風味が豊かで濃厚なカスタードクリーム、それからパイを層にして重ねたミルフィーユは、見た目にも華やかだ。

「苺はやっぱり見栄えがいいなあ。気に入ってくれるといいんだけど」

　私はたくさんのミルフィーユを手際よく皿に並べながら、友人の顔を思い浮かべた。

　頬が緩んで自然と笑顔になる。

　私は来月で十四歳になる。十歳の秋に地方の小さな町から王都にやってきて、まる三年とひとつの冬が過ぎた。

　故郷では、両親が営む宿屋の手伝いをしながら暮らしていた。

　あの頃の私はいずれその町の誰かと結婚して、そこで一生を終えるのだと思っていた。

　こうして王都で過ごす日々が来るなんて、想像もしていなかった。

「スピカはきっとたくさん食べるだろうから、多めに持っていこうっと」

　持ち帰り用の箱に完成したミルフィーユを詰めながら、友人のスピカのことを考える。

　物心がついた頃からずっと一緒だった、天真爛漫で食いしん坊な大切な友人のスピカ。

　私がこうして王都に来ることになったのも、今の私があるのも、全てはあの日の彼女のひと言がきっかけだった。

『ねえ、ミラ、聞いてよ。実はわたし、この乙女ゲームの世界のヒロインなの！』

　――五年前のある日のこと。

　月明かりに照らされた宿屋の屋根裏部屋で、スピカはくるくると舞いながら、私に唐突にそう告げた。

お人形のように可愛らしい彼女には、前世の記憶があるという。

そしてこの世界は、乙女ゲームの世界であり、他でもない彼女自身がヒロインなのだと言った。

彼女は孤児院で暮らしているけれど本当は伯爵令嬢で、ゆくゆくは攻略対象者と呼ばれる人たちと出会い、王妃になった上で逆ハーレムと呼ばれるエンディングを目指すのだと息巻いていた。

小さな町で暮らす田舎の八歳の少女が語った、とんでもない夢物語。

本来ならば荒唐無稽で意味がわからないと思っただろう。

だが、なぜだかその内容は私にも理解できた。

彼女の話を聞いた瞬間に、私にも日本人だった前世の記憶が蘇ったのだ。

スピカが生前やっていたのは、『星の指輪～煌めきウェディング2～』という、いかにもな名の乙女ゲームだったらしい。

前世の私は乙女ゲームをやったことはなかったけれど、そういったものを題材にした小説をよく読んでいた。

だから、乙女ゲームの世界に転生したヒロインが、強引にイベントを進めたり、常識外れの行動をとったりすることで起きる『ざまあ』な展開についてよく知っていた。

王妃になる、逆ハーする……そういうキャラクターほど小説の中では悪者になり、最後は追放されたり断罪されたりして、悲惨な結末を迎えると決まっているのだ。頭の中がお花畑なスピカに、私は冷静に指摘をした。

『このままだとざまあされるよ』と——

それに怯えたスピカは今では逆ハールートを諦めたようだ。私はそんな彼女が今後『ざまあ』されないか少し心配で、見守ることにしている。

ちなみにスピカによると、私のゲーム内での立ち位置はヒロインの幼なじみの少女。ヒロインであるスピカが町を出てからのストーリーには全く関与しない、見た目も平凡なモブ中のモブ。

それなら私には乙女ゲームのことはほとんど関係ないだろうと、前世が家庭持ちのパティシエだった私はご飯やお菓子作りに熱中した。

そしてスピカや周囲の人に家庭料理やお菓子を振る舞うようになり——

もっとこの世界の人に喜んでもらえるようなご飯を作りたくなった。日本にはあったのにこの世界にはない美味しいものが、たくさんあったから。

やがて、私は料理の修業をするために、宿屋の主人である父の古くからの知り合いだったバートリッジ公爵に後見人になってもらい、伯爵家に引き取られたスピカと同じタイミングで王都へとやってきたのだった。

「おお、ミラ。これが春の新メニューなんだね」

　これまでのことに思いを馳せていた私は、話しかけられて顔を上げた。

私がお菓子を作る様子を眺めていた男性――ドミニクさんの声に、笑顔で答える。

「はい。やっぱり春は苺のお菓子かなと思いまして」

「素晴らしいな。早速、作り方を教えてくれるかな」

「はい、勿論です。これまでの応用なので、ドミニクさんならすぐにできると思います！」

「ははは、そうだといいんだけどねえ」

　苦笑いしているドミニクさんは、元はバートリッジ公爵家の厨房でデザート作りを担当していた、謙虚で腕のいい菓子職人だ。

　バートリッジ公爵家では、夫人の方針で菓子を作る職人には厳しい修業が課されており、ドミニクさんもそれをやり遂げた素晴らしい人なのだ。

　現在、ドミニクさんは『パティスリー・一番星』の店長代理として店を切り盛りしてくれている。この『一番星』は、私が日本で覚えたお菓子を作り、それらを広めるためにできたお店だけど、表向きはドミニクさんにお任せしている。

私がミルフィーユの作業手順をさっと説明すると、ドミニクさんはあっという間に理解し、すぐに再現してくれた。

感心しながら再び作業に没頭していると、時計を確認したらしいドミニクさんから優しく声がかかる。

「ミラ、そろそろ時間じゃないのか。今日は食堂にも行くんだろう。あまり無理しないようにね」

「あ……！　本当ですね、急がないと」

ハッとした私は、慌ててエプロンを外し、用意していた箱を手に取った。

「では、いってきます！」

笑顔で扉を開けて外に出た私は、歩き慣れた王都のいつもの道を行く。

目的地の食堂は、パティスリーのある王都の中心街から、少しだけ離れた場所にある。

王都にやってきてから、私は公爵様の許しを得て食堂でも働いていた。

その食堂で作った焼きうどんやメンチカツといった日本の家庭料理は、この世界の人々の口にも合い、評判を呼んだ。

勿論、それらの料理も最初に私が作ったもの。

王都に来て少し経った頃から、私は店主のリタさんのもとで様々なご飯を提供したのだ。

二年前に増築してフロアも厨房も当初の二倍の広さになり、従業員も増えたリタさんの食堂は、今でも大繁盛となっている。

そうして評判が広まった食堂には、お忍びで高貴な人たちがちょこちょことやってくる。

そのお忍びの人たちの中には、私の友人たちも含まれるのだけど。

最後の角を曲がりながら、私は視線を上げる。食堂の看板が見えたから、まもなく到着だ。

「リタさん、こんにちは」

「やあ、ミラちゃん。よく来たね」

食堂の扉を開けると、快活な女主人の明るい声が飛んできた。

昼営業が終わって一段落ついた店内には、既に芳しい香りが充満している。

「例のあれ、予定どおり午前のうちに届いてるよ。ほらそこ」

「わあっ！　嬉しいです」

午後の仕込みをしていたリタさんが指を指した先には、大きな麻袋に入った塊がでんとふたつ鎮座している。その袋の中を確認した私は、にんまりと微笑んだ。

荷物を整理して、素早く着替えて厨房へと入る。

今日もこれから、楽しい食堂の時間が始まる。

早速とある仕込みをしてから、数時間後。

「……ふわ……ご飯のにおい……」

深鍋の蓋を開けると、蒸気と共に懐かしいあの香りが漂ってきて、私は思わず感嘆の声をあげてしまった。

お米を炊いたときの、甘やかでほっこりとする、特別な香り。

今回はスパイスなどで味つけをしてピラフのように炊き込んでいるため、それらの香りもする。

けれどやはりなんといってもほかほかご飯の炊きたての香りには抗えないだろう。

(この世界でもお米が手に入るようになって、本当に嬉しいなあ)

このシュテンメル王国では小麦は広く生産されていたが、稲作はあまり盛んではないようだった。

パンやうどんの文化が根付いているこの国で私が初めてお米を見たのは、今から二年前のこと。

王都の市場で見つけたときは、震えるほど嬉しかった。だって、お米だ。日本人ならば大好きだもの。

そのときは食堂で提供できるほどの量はなく、値段もかなり高価だった。

そのお米がたった二年弱で流通するようになったのは、王都一の伝手(つて)や販路をもつダムマイアー商会の手腕だ。金銭的な支援をしてくれた貴族の協力者がいたとも聞いているが、本当にありがたい。

「ミラちゃん、首尾はどう？」

作業を進めていると、私とお揃いのエプロンを巻きつけながら、茶色の長髪を無造作にひとつに束ねた男性――イザルさんが厨房に入ってきた。

イザルさんは元々、私の故郷の小さな町の宿屋に旅人としてふらりと現れた。そこから宿屋の従業員として雇われることになり、ずっと一緒に過ごしてきた。

私の付き添いで王都に来ることになったイザルさんは、蓋(ふた)を開けてみると、実は王家に仕える凄腕(すごうで)の諜報員(ちょうほういん)で、しかもダムマイアー商会の息子だった。

そんな肩書きが多いイザルさんだが、今では営業時間になると食堂へとやってきて、厨房の鉄板の前で焼き物を担当している。とっても上手なのだ。

そんなイザルさんに、私は満面の笑みを向けた。

「大成功です！　お米、とても美味しそうですよ」

「うわあ、ミラ。いいニオイだねえ～」

「メラクも来てたの？　おはよう」

私はイザルさんの後ろからひょっこりと顔を出した男の子に挨拶した。

イザルさんとお揃いの茶髪を揺らす、童顔で垂れ目がちな男の子。

メラクはイザルさんとは全く雰囲気が違うけれど、彼の弟であり、商会の後継者として日々様々なことを勉強している。

このメラクも、例の攻略対象者のひとりである。

「おはよう。ボクもどうしても気になったから～」

のんびり言うメラクに、イザルさんはため息をついた。

「ったく、本当は別に用事があったのに。どうしてもついてくるって言って聞かなかったんだよな、メラクは」

「ええ～。ミラのご飯を兄さんだけでヒトリジメなんてずるいでしょ」

口を尖らせながら、メラクはイザルさんに抗議をしている。桃色の頬をぷくりと膨らませる様は、とても可愛らしい。

メラクはいわゆる『年下ワンコ枠』と呼ばれるタイプのキャラクターのようだ。

「お米、とってもいい感じです！　ダムマイアー商会のおかげで、私の夢がひとつ叶います。本当にありがとうございます」

言い合いをする兄弟を和やかな気持ちで見つめながら、私はふたりに感謝の気持ちを伝えた。

「ははっ、ミラちゃんは大袈裟だなあ。……うん、本当にいいにおいだね〜。メラクを連れてこなかったら、恨まれてたかも」

鍋に顔を寄せたイザルさんは、鼻をすんすんと鳴らしながら香りを満喫する。

その横で、メラクはやっぱり少し不服そうな顔をしている。

私はそんな彼を見て苦笑しつつ、眉尻を下げた。

「ご飯……みんなに美味しく食べてもらえたらいいんですけど」

私は元々ご飯が大好きだから問題ないけれど、パン文化……いや、今やうどん文化圏の人たちに、お米料理が受け入れられるか一抹の不安があった。

この国は前世でいう中世ヨーロッパのような雰囲気なのだけれど、私が記憶を取り戻す前からうどんは存在していた。同じ和食代表のうどんとお米ではあるけれど、うどんは元々この国でも馴染みのある小麦料理だ。お米とは少し立場が違う。

私が不安を吐露すると、兄弟は笑みを浮かべた。

「大丈夫大丈夫、ミラちゃんの料理に間違いはない。それに、これで米の消費が増えたら生産者も増えて、商会的にはいいことずくめだしね～。そのためにも、どんどんお米料理を作ってほしいな」

「ミラ、だいじょぶ。ぜったい美味しいよ」

私の心配事をばっさり否定したふたりの表情を見ていると、自然と私も元気が出てくる。

「今日はスピカと、あとはお試しでもいいって方に提供してみようと思います。それから徐々に、この国の人にもご飯を広めたいです」

気合いを入れ直した私は、もう一度鍋の蓋を開ける。

木べらで鍋底からしっかりと混ぜ合わせると、出来立てのチキンピラフからは、美味しそうな香りと湯気が立ちのぼった。

ふたりに味見をしてもらいつつ作業を進める。すると、食堂はあっという間に午後の開店時間を迎えた。

店を開けると同時に、たくさんのお客さんがやってきた。

私は厨房に隠れて、注文の様子をいつもどおり覗き見する。傍から見るとかなり怪しいとは思うけれど、お米を初めて食べるお客さんの感想が気になって仕方ないのだ。

「な、なんだこれは……！」

「流石（さすが）はイザルさんですね！」

「副料理長万歳（ばんざい）!!!」

「おーそうだろそうだろ。心して食いな。この俺、副料理長イザルさんの新作だからな〜」

すると営業開始早々、屈強な男たちが集（つど）うテーブルに料理を運んだイザルさんは、その人たちから口々に賞賛の言葉を投げかけられていた。常連のお客様でもある、騎士団の面々だ。

「やっぱりイザルさんの料理に間違いはないなー！」

「うんうん。この界隈では間違いなく一番の料理人だ」

「ははっ、ありがとな〜」

褒め称える客に礼を言いつつ、イザルさんは私が隠れている厨房のほうを振り向く。そして笑顔で頷いた。

この食堂の料理長はリタさんが、そして、副料理長はイザルさんが務めている。

そして『新作料理を次々と生み出しているのは、三年前に彗星（すいせい）のように現れた副料理長らしい』という噂は、公然の事実となっている。その噂はバートリッジ公爵たちがわざと流したものだ。

　パティスリーでも食堂でも、私は表に出ないことになっている。

　それは三年前に起きた事件が契機となっていた。公爵家で一緒に働いていた料理人が、私のレシピを盗もうとしたのだ。そこまで大仰なことではなかったのだけど……

　でも、私にとっては日本で当たり前のようにあった菓子や料理をこの世界で作り上げることは、とても革新的で素晴らしいことである一方、非常に危険な側面もあるとバートリッジ公爵たちに聞かされた。

　その料理人以外にも私の技術を手中に収めようとして、レシピを盗んだり、私に危害を加えようとしたりする輩がいるかもしれない、ということだった。

　なので、食堂で新メニューを出すときは、必ずイザルさんが料理を配膳することにしている。同じように『一番星』ではドミニクさんがその役割を担ってくれている。

　これは私の身を守るために、両親を交えて話し合われ、決定したことだった。

　そういう理由で、私はこうして壁に隠れて念を送っている。

「なんだ、この卵は……ふわふわで、チーズがとろりと溶けて……そこにトマトソースの酸味がっっっ！」

「コメとやらは初めて食べたが、美味いもんだな！」

イザルさんに運んでもらったのは、先ほどのチキンピラフの上にとろとろ卵のオムレツをのせたオムライス。日本では定番の洋食のひとつだ。

ちなみにそのオムライスは、チーズ入りのオムレツを焼いたあとにお皿に盛ったご飯の上にのせて、真ん中をナイフで切って開くタイプのもの。

しっかり焼いた卵で巻くタイプもいいけれど、こちらのほうが卵がふわとろで、私は好きだ。中のチーズがとろけて、さらにとろとろのダメ押しである。

（よかった……ひとまず満足してもらえたみたい）

どうやら騎士団のお客さんの反応は上々だ。私はほっと胸を撫で下ろした。

お米料理がこのままこの世界でも受け入れてもらえたらいいな、と思う。

お米の販路拡大は、私にとっても非常に嬉しいことだ。広まれば、新たな料理の幅も広がるし、新しい料理が至るところで生まれるかもしれないもの。

「卵が花みたいで綺麗ですね……これは……！」

美味い美味いとオムライスをかき込むガタイのいい人たちに交じって、青髪の少年が目を丸くしているのが見えた。

私と同じくらいの年齢に見えるその人は、いつもこうして騎士団の方々とご飯を食べに来てくれている。

接客のときに関わるくらいだけれど、この集団は食堂によく来るので、もう顔馴染みだ。

その青髪の少年はわいわい賑(にぎ)やかに食べる先輩騎士さんたちと比べると口数は少ないけれど、ご飯を食べて嬉しそうにしているのは見ていて伝わってくる。今も美味(おい)しそうにオムライスを頬張ってくれているので、ひと安心だ。

「ミラちゃん。ご予約のお客様が到着したよ。まっ、いつものあの子なんだけどね。上に通しているから、料理を届けておいで。そのまま休憩していいから」

「ありがとうございます」

後ろからリタさんの声がかかったため、私は偵察をやめて厨房に戻ることにした。

きっとスピカだ。私はささっとオムライスをもうひとつ作ると、トレイに盛りつけたそれを持って、彼女が待っているであろう二階の個室へと急いだ。

「ミラ！」

部屋の扉を開けると、輝く金の髪に愛らしい桃色の瞳、お忍びなので控えめではあるだろうが、華やかなワンピースに身を包んだ美少女が嬉しそうに私を迎え入れた。

彼女こそ、この世界が舞台である乙女ゲームのヒロイン、スピカである。

「いらっしゃい、スピカ」

「それが……例の？　わあああ、早く食べたあいっ」

「今回も自信作だよ。さあ、食べよう」

　私が運んできたオムライスを見てキラキラと目を輝かせるスピカを誘って、私たちは四人がけのテーブルに腰を下ろした。

　彼女にはお米が手に入ったことを、事前に手紙で報告していた。だから今日この料理を作るタイミングに合わせて、わざわざ食堂を訪れてくれたのだ。

　わかるよ、スピカ。お米があるなんて、一大事だもんね。

「ご飯……!!　とろとろオムライス……!!」

　早速（さっそく）オムライスをひと口頬張った彼女は、頬に手を当ててとろけるような表情をしている。気に入ってもらえたようで、何よりだ。

　ご飯にはしっかりトマトと食材の味が染み込んでいて風味豊かだし、そこに卵の柔らかい甘みとチーズのとろける塩味が加わって、えも言われぬ美味（おい）しさだ。そしてどこか、懐かしくもある。

「今日、アークツルスさんは一緒じゃなかったんだね」

　一緒になってオムライスを食べながら、私はスピカに尋ねた。

　彼女がこうしてお忍びで外出するときは、必ずアークツルスさんが送り迎えしている。

　彼が来ないのは珍しいので不思議に思っていると、スピカは一度スプーンを止めて答えてくれる。

「実は今日、王城でお茶会があるらしくて、お兄様はそっちに行ってるの」

「へえ、そうなんだ。スピカは行かなくてもいいの？」

「わたしはまだ参加しなくていいってお兄様が言うからまだ一度も参加したことないんだよね。まあ正直お茶会なんかよりも、ミラのご飯のほうが優先だし！」

力強く握りこぶしを作るスピカに「ありがとう」とお礼を言いながら、私は少し過保護な彼女の義兄の姿を頭に浮かべた。

スピカよりも淡い色味のさらさらの金髪に、どこまでも見透かすような青い瞳。中性的な美貌（びぼう）を持つその人――アークツルス・クルトも、乙女ゲームの攻略対象者のひとり。

彼はクルト伯爵の縁戚の子供で、幼少の頃に跡取りのいなかった伯爵夫妻のもとに養子として引き取られたそうだ。

だから、スピカとは血の繋がりはない。

あとから伯爵家に引き取られたスピカとの関係が悪くならないのか老婆心ながら心配していたのだけれど、幸いなことにスピカは伯爵家で父と義兄から大変可愛がられているらしい。それにとても安心したことを覚えている。

（それにしても、お茶会かあ。なんだかすごいな、やっぱり）

貴族社会において、成人ではない子女たちは夜会ではなくお茶会で社交をする。それは前世で読んだ小説から得た知識だ。そうしてそれは、この世界にも当てはまるようだった。

前世の感覚だと、まだ子供なのに社交だなんて大変だなあ、と思う。

でもこの世界での成人は十五歳なのだ。つまり、来年の春に誕生日を迎えたら私とスピカも成人ということ。あまりに早すぎて、なんだか不思議な感じがする。

「そういえばさ、ミラはレオ様とは最近会ってるの？」

この国の特産品である緑茶をすすりながらスピカが聞いてきたので、私は最近のことを思い返してみた。

……そういえば、ここのところレオとは会っていない、かもしれない。

「手紙のやりとりはしてるけど、よく考えたらこの頃はこの店にもあんまり来てないかも。忙しいんだろうね」

私は少し考えたあと、思ったままにそう答えた。

「ふうん、そっかあ〜。……手紙のやりとりしてるとかレオ様可愛い……」

「え？」

スピカの言葉が聞き取れなくて首を傾げると、彼女は「なんでもない」とにまにました。なんだろう。気になる。

「えーっとまあ、今日はお兄様と一緒でお茶会に出席してるんだと思うわ。王城で開催ってことは、当然王子様であるレオ様たちもいるんだろうし」

こほん、とわざとらしく咳払いをしたあと、スピカはそう言って残りのオムライスを食べ進める。

そう。私の友人であるレオは、この国の第二王子だ。

出会ったときはその事実を知らなかった。初めて聞かされたときは流石の私も思考が停止してしまったことを思い出す。

王子が友人だなんて畏れ多いけれど、いろいろとあって、今はその関係に落ち着いている。

高貴な立場である彼だけれど、時々この店には訪れていた。でも、最近は忙しいらしくて、全然顔を見ていない。

ふたりで他愛もない会話をしながらオムライスを食べ進めていると、コンコンというノックの音がした。

そのあとに聞こえたのは、緩く間延びした声。

「スピカちゃんにミラちゃん、イザルだけど、少しお邪魔してもいいかな～」

私とスピカは顔を見合わせたあと、「どうぞ」と返事をする。

部屋に入ってきたのは、イザルさんだけではなかった。

「……食事中に申し訳ありません。失礼します」

イザルさんの後ろに見えたのは、青髪の若い騎士様。先ほどまで階下で食事をしていたはずの少年だった。

入室してきた彼の射るような鋭い眼差しは、なぜか私に向けられている。普通に怖い。

「こんにちは。いつもご来店ありがとうございます」

戸惑いながらぺこりとお辞儀をすると、騎士様も会釈を返してくれる。

（なんだろう……私に用事……？　もしかして、オムライスの苦情……？）

不安に思いながらイザルさんに視線を移すけれど、彼はいつもどおりの柔和な笑みを浮かべるばかりだ。

すると突然、隣にいたスピカが大きく目を見開いて、私に詰め寄ってくる。

「……ちょっと、ミラ！　いつの間にカストルとも知り合ってたの⁉」

「えっ？」

声量は抑えているため、きっとイザルさんたちには聞こえていないだろうけれど、ものすごい勢いだ。私はきょとんとしてしまう。

「カストル？　あの青髪の人のこと？」

「そうよ！　前に言ったじゃない。『寡黙で真面目な女嫌いの騎士キャラ』！　……攻略対象者だよ、あの人もっ」

スピカと同じように声を潜めて尋ねると、彼女からは興奮気味にそんな言葉が返ってきた。

寡黙で真面目で女嫌いの騎士。それは以前スピカがつらつらと教えてくれた、とある攻略対象者の特徴だ。

以前スピカにこの乙女ゲーム世界について教えてもらってメモしたのだけれど、残念ながらその紙はなくしてしまった。けれどそれを正直に話すと、スピカは再度それを手紙にしたためてくれたので、その情報はよく確認している。

私は思わず騎士様を一瞥して、それからまたスピカに視線を戻した。

騎士様は居心地が悪そうなむっつり顔のままだ。

（まさか、また自然に攻略対象者に出会っているパターンがあったなんて……）

先ほどまで、彼に対する認識は食堂の常連さんだったはずなのに。

私はモブなのに、なぜか攻略者たちと自然に出会ってしまっている。

「……なんかタイミング悪かったかな？」

ここそこ話している私たちを見て、イザルさんは困ったように頭を掻いている。

何やらぶつぶつと呟いているスピカをそのままに、私は慌てて入り口にいるふたりに近づいた。

「あっ、いいえ、大丈夫です。どうかしましたか？」

「こいつがちょっとミラちゃんに話があるらしくて」

イザルさんは、隣の騎士様の肩に手を置く。

「話ですか？」

「そう。ほら、カストル」

イザルさんに促され、青髪の彼は私に再度軽く会釈をしてから口を開いた。

「食事をしているところに割り入ってしまい、恐縮です。俺の名はカストル・クリューツ。王国の騎士団に所属しています」

どこか怒っているようにも見える顔のまま、彼ははきはきとした口調で私に告げる。

本当に、スピカが言ったとおり、カストルという人物だったようだ。

表情の変化がない分、少しだけ怖く感じてしまう。

これまで知らずに客として接してはいたが、こうして自己紹介をされたのは初めてのことなので、私は思わず気を引き締める。

「ミラ・ヴェスタです。クリューツ様……お話とはなんでしょう」

「俺に対して、敬称は不要です。あなたはレグルス殿下をレオと呼んでいると聞き及んでいます。シリウスさんとも親しいのでしょう。そうであれば俺にもそうしてください。年齢も同じなので、敬語もいりません」

「えっ、で、でも……」

スピカに以前聞いた話では、攻略対象の男性キャラクターたちはほとんどが貴族や王族ではなかっただろうか。

確かにレオとは友人だし、セイさん……もといシリウスさんとも気軽に話している。だからといって平民の私が貴族のご子息である騎士様と気安く話すわけにはいかない、と思う。

どう対応すべきかたじろいでいると、上から「ミラちゃん」と優しい声が降ってきた。イザルさんだ。

「大丈夫だよ。このカストル、実はレグルス殿下の護衛騎士なんだ」

「そうなんですか？　ということは、セイさんと同じ……？」

「そうそう。最近正式に任命されたんだけどね。だからまあ、主である殿下や先輩騎士であるセイよりも敬っているような話し方はやめてほしいってことだと思うよ。まったく、カストルは相変わらずだなあ。そんな怖い顔してたらミラちゃんたちが怯えちゃうだろ」

「……それは、申し訳ありません」

イザルさんにばしりと背中を叩かれて、騎士様はバツの悪そうな顔をする。

その様子を見て、ふたりも気の置けない間柄なのだと理解した。

なるほど。ではこの騎士様もセイさんのように、これからレオと共にいることが増えるのだろう。

「それでは、カストルさんと呼ばせてもらいますね」

「……」

少しだけ彼の片眉がぴくりと吊り上がった。

いろいろと考えた結果、思い切って言ってはみたものの、これは正解ではないらしい。

さんづけも、敬語もダメってことなのだろう。

「じゃあ、カストルと呼んでもいい？」

再度敬語をなくしてカストルに話しかけてみる。

すると、見た目の変化は乏しいけれど、騎士様――改めカストルの表情が満足そうなものになった気がする。

「はい。問題ありません」

　本当は、問題大アリだと思う。レオと友人であるせいで、いろいろ歪んでしまっている。とりあえず、人目につくところではふたりを呼び捨てにしないよう心がけよう。

「よっし。じゃあお互い自己紹介も終わったところで、俺は下に戻るね。オムライスの注文がすごくってさ～。んじゃカストル、用事が終わったらお前もさっさと戻ってこいよ」

　私たちの様子を見守っていたイザルさんは、颯爽とその場を離れた。

　私とカストルと、離れたところにいるスピカだけが部屋に取り残される。

「ミラ嬢。少しこちらに来てもらってもいいでしょうか」

　一瞬の静寂があったあと、カストルは私にそう言った。例の私への話とやらなのだろう。全く内容に見当がつかないけれど彼がちら、とスピカを一瞥したのを見て、ここではできない話なのだろうと察した。

「大丈夫です」と答えると、スピカを部屋に残してふたりで廊下に出ることになった。スピカは未だに思案顔をしていた。

「これをお渡しします」

　人気のない廊下でカストルから手渡されたのは、二つ折りにした小さな紙だった。封もされていないし、メモのように見える。

「ええと……読んでもいいんだよね？」

そう問いかけると、青色の頭がこくりと動いた。どうやらそれでいいらしい。

不思議に思いながら、その紙を開く。

（……わあ！　レオからだ）

走り書きのように文字が並んだ紙には、『あとで必ず行く』という内容が書かれていた。

最後には差出人の名もあり、そこには確かに、『レグルス』という彼の名が刻まれている。

「今日は王城で茶会が開かれています。ですが、俺が騎士団の先輩たちとここに来ることを言ったら、レオも来たがっていました。ですが、第一王子につかまって抜けられなかったので、君に言付けを頼まれました。直接これを渡してほしいと」

私がその手紙に目を通していると、カストルが朗々と状況を説明してくれる。

なるほど、これはレオが時間がない中で慌てて書いたものらしい。いつもはきちっとして美しいレオの筆致が、少し乱れている。

（わざわざそんな言付けをしてくるなんて、レオも随分律儀だなあ）

彼が来たときのために、もう一度オムライスを作る準備をしておかなくては。やっぱり出来立てが美味しいもんね。

思わず笑顔になりながら段取りを考えていたとき、私ははたと気がついてしまった。

「あれ？　お茶会がまだ終わっていないなら、カストルも……」

「……俺は、抜けてきました。今日は護衛としてではなく参加者のひとりだったので。あんな場所にずっといるなんて無理です」

何か思い出したのか、髪色のように青ざめたカストルは、ぶるりとその体を震わせた。

カストルのことを女嫌いだと、スピカは言っていた。

凛として整った顔立ちに、鍛えられているであろう体躯。貴族子息であり、将来有望な騎士ともなれば、世の肉食女子が放ってはおかないだろう。勝手な推察だけれど。

カストルがここに来るときはいつも騎士団の先輩たちと一緒だったし、リタさんや私とは必要最低限ではあるが言葉を交わしていたから、これまで女嫌いとは思わなかった。だけど本人にとっては、深刻なことなのかもしれない。

「……君と殿下は」

「はい？」

カストルを観察していると、彼の空色の瞳とぱっちり視線が合ってしまった。てっきり逸らされるかと思ったが、そのままだ。

途中で言葉を遮ってしまったので首を傾げて続きを待ったが、「いや、なんでもない」と言葉を濁されてしまった。

どうしたのだろう。

「それでは、用件が済んだので、俺はこれで――」

「あ！　ちょっと待って」

立ち去ろうとしたカストルを、私は呼び止めた。この機会に是非とも聞きたいことがある。

「カストルはさっき、オムライスを食べてたよね。どうだった？　これまでにお米を食べたことはあった？　初めて？　食感が気持ち悪いとかはなかったかなぁ？　食べてみて、芯が残っていたりしなかった？」

「――っ、近い、ので！」

オムライス、特にお米の感想が聞きたくて、身を乗り出すようにしてぐいぐい質問攻めにすると、カストルは慌てて私から距離をとった。

「あ、ごめんねカストル。つい」

女の人が苦手だというのに配慮が足りなかった。でもここで引き下がるわけにはいかない。

初めての料理を出したあとはやはりお客さんの反応が気になるもの。特に今日はお米の初お披露目だったのだからなおさら。

私が気合いの入った目でじいっと見つめていると、カストルは観念したように感想を教えてくれた。

「……美味しかった、と、思います。初めての食感で、つぶつぶとしていましたが、悪くなかったです。上にのっていた卵ともよく合っていたし、あとを引く美味さがあった……と。まだ全部は食べていませんが」

　その回答で、私は大切なことに気がついてしまう。

　全部食べてない、って言ったよね？

「まだ食事中だったの⁉　ほら、早く戻らないと。ご飯は冷めたら美味しくないよ！」

「待て、引っ張るのは……！」

「あっ、ごめん……！　でも、美味しかったならよかった」

　急いで戻ってもらおうと咄嗟に彼の袖を引っ張ってしまった。慌てて手を離して謝る。

　そうだった。こういうのはきっと苦手なはず。

　ちらりとカストルの表情を窺うと、先ほどのような青ざめた顔をしていなくて安堵する。

　前のめりになってしまったことを反省しつつ、カストルからいい感想をもらえたことについつい笑顔になってしまう。嬉しい。

「ふふ、レオも気に入ってくれるといいなあ」

そうこぼしてしまったのは、ほとんど無意識だったと思う。

「……そう、ですね。では、俺はこれで」

「あ、そうだ、カストル。最後にもうひとつお願いがあるんだけど」

立ち去ろうとしたカストルを、私は再び引き止めた。不思議そうな彼に、私ははっきり伝える。

「カストルも、私に対して敬語を使うのはやめてほしい。勿論敬称もなしだよ？　同じ年なんでしょ、私たち。それに私は、いち平民に過ぎないんだし」

「いや、でも、それは……」

「ね？　じゃないと私も敬語にするんだから」

もごもごと歯切れの悪いカストルに、私は圧力を込めた笑顔で詰め寄る。せめてそうしてもらわないと困る。

「……っ、わかった。わかったから！　ミラと呼ぶ。敬語も使わない！」

カストルは少しだけ焦ったような表情を浮かべたあと、私の申し出を承諾した。そして「失礼する」と言い残して、バタバタと階段のほうへと消えていく。

その後ろ姿を見送ったあと、私は部屋に戻ってスピカと食事を続けることになった。

「――ふわあ、お腹いっぱあい」

「流石に食べすぎじゃない？」

「いいのいいの、だいじょーぶ。たまにしか来られないんだから、食べためとくのっ」

　貴族令嬢らしからぬ食べっぷりを見せたスピカは、大きく伸びをする。オムライスの他にいくつか揚げ物を追加で食べた上、今はデザートにミルフィーユを食べ終えたところだ。

　これで彼女がお腹を壊したら、私はアークツルスさんに怒られてしまうのではないだろうか。

　そんなことを考えながら一緒にお皿の片付けをしていると、また扉がノックされる。

「はいはーい」

　そろそろスピカのお迎えが来たのかもしれない。

　そう思って扉を開くと、目の前には外套のフードを被った人がふたり並んでいた。

「ミラ！　今日は間に合ったか⁉」

　勢いよく口を開いたのは、私から見て左にいた人物。

「レオ、慌てすぎです」

　それを右にいる長身の人物がやんわりと窘める。

一瞬驚いてしまったが、ふたりの姿もやりとりも、私にはとても馴染みがあった。

「いらっしゃい。ふふ、今回は大丈夫。ちゃんとレオの分はとっておいてあるから。あっ、勿論セイさんの分もありますよ。それにちょうど、新しいお菓子もあるよ」

「……本当か！　よかった。兄上たちを振り切った甲斐があった」

私の前にいるのは、レオとセイさんだ。私が答えると、ふたりの顔に安堵の表情が浮かぶ。

このやりとりがなんだか故郷の町で出会った頃のようで、私は思わず笑ってしまった。

確か初めてのときは、レオが『たまごのうどんが食べたい』って言って厨房に来たけど食べられなかったんだよね。それに翌々年の収穫祭で私たちがやっていた焼き鳥の屋台にも来てくれたけど、あのときはお肉が売り切れだったっけ。

私とふたりは、五年前にあの小さな町で偶然出会った。うちの宿屋にふたりが宿泊したのがきっかけだ。

当初の私はふたりを本当の兄弟で旅人だと思っていたし、ふたりもそのように振る舞っていた。

だけど実は、レオとセイさんはこの国の第二王子とその側近の騎士だった。

そしてさらにこのふたりも、スピカの話によれば、件の攻略対象者なのだという。

「……ミラ、いつまで笑ってるんだ」

「ふふ、ごめ……なんだか、いろいろと思い出しちゃって」

　外套のフードを脱いだレオは、少し決まりが悪そうに口を尖らせる。珍しい銀の髪がキラキラと眩しい。

　出会った頃は同じくらいだった目線は、今では少し見上げるほどになった。

　私の変化といえば髪が伸びたくらいだけれど、レオは随分と大人びた気がする。

「レオは昔から何かと食べ損ねることが多いですからね。タイミングが悪いというかなんというか……本当に、レオらしいです」

「セイ、どういう意味だ」

　セイさんもフードを脱いだ。さらりとした黒髪が露わになる。

　いつもどおりにこにこと笑っていて、レオをさらっとからかう様子は、本当の兄のようだ。

　その微笑みの下では、きっと私と同じことを思い出しているのだろう。

　私は和やかな気持ちになりながら、レオに声をかける。

「すぐに用意するね。待っててもらってもいいかな。あっ、でも、この部屋は今はスピカが……」

「あ、わたしだったら全然大丈夫！　ミルフィーユももうひとつ食べたいし」

お忍びのお客さん用のこの部屋にいてもらうべきか迷っていると、スピカの明るい声がした。どさくさに紛れて、デザートをおかわりしようとしている。

彼女と目が合うと、てへりと可愛い顔をされてしまった。まったくもう。

そしてスピカはてきぱきとふたりの席を用意する。

「レグルス殿下、シリウス様、こちらにどうぞ」

「クルト伯爵令嬢。すまない、邪魔する」

「いつも申し訳ないです」

レオとセイさんは口ではそう言いつつも、迷いなく部屋に入ってくる。

私がリタさんの食堂での新メニュー開発を始めてから三年、スピカとレオたちは案外この食堂で居合わせることが多かったため、もうすっかり慣れたものだ。

初めてここで遭遇したとき、ふたりを見て『レ、レグルス殿下とシリウス様⁉』と、目を白黒させていたスピカの姿が懐かしい。そしてそこで、私はこっそりふたりの本当の名前を知ったりもした。

セイさんは素早く スピカのもとに駆け寄ってお手伝いをしている。

レオが私の側を通り過ぎようとした際、私は彼の外套を少しだけ引っ張った。

「レオ、手紙ありがとう」

カストルから預かった手紙は、なんだかとてもほっこりとして、嬉しかった。笑顔でお礼を伝えると、引き止められて不思議そうな顔をしていたレオは、ぐっと唇を噛んだ。

「いや、俺こそ急にすまない。……その、会いたかった、から」

少し頬が赤い。レオの青紫の瞳は、まっすぐに私を見ている。

「うん、私も会いたかったよ！　久しぶりだもんね。学園が始まる前に会えてよかった」

「……っ、ああ」

「じゃあ、急いで作ってくるね」

そう言い残して、私は急いで厨房へと舞い戻った。

ちらりと店内の様子を見たが、客足は少しだけ落ち着き、カストルたち騎士団の面々は、もういなくなっていた。

（来月、いよいよ学園が始まるのかあ……）

先ほどレオに告げた言葉を、再度自分の頭の中でも繰り返す。

私たちは、学園の入学式を来月に控えている。

ヒロインであるスピカの入学――それはつまり、乙女ゲームの本番が始まることを意味している。『星の指輪～煌(きら)めきウェディング2～』は、入学した学園で、ヒロインが王子や貴族の子息たちとの恋愛を繰り広げるゲームなのだ。

そのめくるめく学園生活について、私は当初、自分の身に降りかかることだとは全く思っていなかった。田舎に暮らす平民である自分が王都にある学園に通うだなんて、考えていなかったから。

けれど、後見人の公爵様やお父さんに背中を押されて、私もその学園に通うことになった。教育を受けられるというのは、ありがたい。そこで私が選択したのは、平民だけが集まる普通クラス。のびのびとした学園生活を希望してのことだ。

そのことを報告したら、あとでスピカにすごく怒られたっけ。

彼女は私が自分と同じ特進クラスに通うものと思い込んでいたらしい。

絶叫していた彼女の姿を思い出し、ちょっとだけ申し訳ない気持ちになる。

確かに平民でも成績や家柄次第では特進クラスに所属することもできるけれど、私からしたら、貴族子息と同じクラスで、面倒なトラブルに巻き込まれることは遠慮したいし、料理やお菓子作りの時間がなくなるのは困るゆえの選択だったのだけど……

私は友人のスピカが、自ら破滅の道を選ぶようなことをしなければそれでいいのだもの。普通クラスでのんびり見守らせてもらおう。

そんなことを考えながらてきぱきと調理を進める。

「……うん、上出来！」

じゅうじゅうとバターが泡立つフライパンを捻って、チキンピラフの上にふるりと揺れるオムレツをのせる。

ナイフで切れ目を入れると、丸く盛りつけたピラフに沿ってタンポポのような卵の花が咲いた。ほこほこした湯気と共に、チーズもとろりと溢れ出す。

慌てて駆けつけてきてくれた友人のために気合いを入れて作ったオムライスは、今日一番の出来だ。

「ミラちゃん、それ二階に運ぶの？　手伝うよ」

「イザルさん、ありがとうございます！　デザートのほうをお願いしてもいいですか？」

イザルさんが声をかけてくれたので、料理を持っていくのを手伝ってもらうことにする。

「おまたせしました。オムライスです」

二階へ運ぶと、キラキラと瞳を輝かせるレオがそこにいた。

「これが……おむらいす……！」

「とてもいい香りですね」

隣のセイさんも弾んだ声で黄金色の未知なる食べ物を眺めている。

「そしてこれがデザートね！　よーっし、俺もここで食べていこっと」

「わあ！　イザルさんイザルさん、わたしの分もありますかっ⁉」

「勿論あるよ～」

イザルさんが人数分のミルフィーユを隣のテーブルに置くと、スピカがすぐに駆け寄っていく。

早速(さっそく)ぱくりとオムライスを口に運んで恍惚(こうこつ)の表情を浮かべるレオと、にこにこと満足げに咀嚼(そしゃく)をするセイさん。

スピカもイザルさんも、嬉しそうにミルフィーユを頬張っている。

この幸せな空間が、私はとても好きだ。

二　運命の入学式

それからのひと月はあっという間に過ぎた。

学園の入学式を明日に控え、食堂を訪れたスピカは、なぜだかテーブルに突っ伏してしょげている。

元気がないことを不思議に思いながら、私はいつもの部屋に彼女を案内して、用意しておいた特別な食事を運び込んだ。

「ミ、ミラ、これは……！」

「今日は特別に、だよ」

私が持ってきた料理を見た途端、気落ちしていたスピカの頬には朱が差し、お姫様のような目が大きく見開かれて輝いた。

「ご飯に味噌汁、肉じゃが……！　卵焼きにおひたし、何これ、完全に和定食じゃんっ」

スピカは早口でそうまくし立てる。

その様子に、私も思わずにっこりと笑顔になってしまう。

そう。私が今日スピカに用意したのは、和食だ。

「お米が用意できるようになったから一回やってみたかったんだけど、この感動を分かち合えるのはやっぱりスピカだけかなと思って」

「確かに……！」

オムライスのおかげで、お米はみんなに好意的に受け入れられたようだった。

あれから少しだけ米の販路は拡大し、食堂で正式に仕入れることが可能になった。

物珍しさからオムライスを頼む人も増えたが、うどんが国民食とはいえ西洋風の料理が多いこの国では、白米が人々の口に合うかはわからない。

だから、こうしてなんの味つけもしていない、まっさらな白米を出すのはスピカが初めてだ。

ほっこり肉じゃがとお味噌汁。そうしてそこに、そっと緑茶を添える。

本当に、先人の知恵には感謝したい。この世界でまた日本食に出会えるなんて本当にありがたい。

うどんや醤油、味噌や緑茶といった食材は、二十数年ほど前に当時の第二王子が考案したといわれている。

そしてこの『当時の第二王子』こそが、私のことを預かってくれているジークハルト・

バートリッジ公爵なのだけれど……

ご本人に詳しく話を聞いてみると、本当の発案者は、今は隣国の王妃となっているリリー王女だということが判明した。彼女の案を形にしたのが公爵様と、彼の護衛騎士だったうちのお父さんだったそうだ。

私のお父さんは、護衛騎士時代から離宮の厨房に入って料理をしていたらしく、その腕前を見込まれてジークハルト殿下の助手となったらしい。そんな昔話を聞いて、やっぱりそうだったのかと納得してしまった。

それから紆余曲折があり、お父さんはあの町でお母さんと出会って宿屋の主人になった。そして生まれたのが私だ。

意外と自分の生い立ちが複雑で、話を聞いたときには驚いた。でも、おかげでいろいろと合点がいった。

いつか醤油を発明した人と語り明かしたいと思っていたけれど、隣国の王妃様ならば、語り合うのはどう考えても無理そうだ。残念。もしかしたら私たちと同じ転生者かも、と思っていたのだけど。

そんなことを考える私の目の前で、スピカは勢いよく肉じゃがを食べていた。

「わあぁ～まさかの和定食っ……向こうにいた頃はありがたさとか何も感じなかったの

に、こうして改めて食べると沁みる……」

甘辛い醤油味のじゃがいもを頬張って、スピカがしみじみと呟いた。

そういえば、彼女のルーツについてはそこまで掘り下げたことがない。私はふと頭に浮かんだ疑問をそのままスピカにぶつけてみた。

「スピカは大学生だったんだよね。何学部だったの？」

「えーっと、経済学部……っていっても、全然だよ!? ミラみたいに、今世に活かせるスキルは何もないし。入学してすぐだったし」

「そう？ でもほらスピカって、前から計算とか得意だったでしょ？ 孤児院のシスターのお手伝いするようになって、みんな助かるって言ってたよ」

「……！」

何やら瞳がうるうると潤み始めたスピカに、私はにこりと微笑む。気付かないふりをして「さ、食べようか」と言ってみると、彼女は味噌汁を一気に流し込んだ。

スピカが来る日は、私もこうしてゆっくりさせてもらえるからとてもありがたい。

そうして食事を終えて、ひと息ついた頃。窓の外を見遣りながら、スピカはぽつりと呟いた。

「……ねぇ、ミラ。明日の入学式のイベント、起きると思う？」

「迷子になったヒロインが、王子様に案内されるってやつ?」

確かスピカは、そうやって件の乙女ゲームは始まると言っていたはずだ。

私の答えに頷きながら、スピカはさらに続けた。

「そう。兄のアークツルスと待ち合わせをしていたはずのヒロインがなぜか中庭に迷い込んで、そこで金髪の王子様と対面するの。そのあとも攻略対象者全員と順番に会うんだけどね。一周目だったら隠しキャラ以外の」

「……ふーむ。どうだろうね。小説とかだと、『ゲームの強制力』とやらで、どんなに抵抗しようとゲームどおりの展開になるってパターンも割とあったけど」

思い返しながらそう言ってみる。

断罪を回避しようとする悪役令嬢が、結局イベントに巻き込まれてしまう例は見たことがある。

まあそれも、電波ヒロインが無理やりイベントを起こしていたりもするのだけれど。

「……正直、何がどうなるかわからなくなってきたの」

「え?」

絞り出すような声を出したスピカは、物憂げに視線を窓の外に向けた。

「あの頃は、なんでもゲームどおりになると思ってたけど、そこからミラと仲良しになって、実際に貴族令嬢として王都に来て、それから食堂に入り浸るうちに……」

表情を曇らせる彼女を見ていると、私もつられて真剣な顔になる。

何かあったのだろうか。そう心配になってしまう。

「もう既に第一王子と先生以外のメンバーに出会っちゃってるってどういうことなの⁉ ゲームでは入学したあとが初対面のはずなのに！　隠しキャラも全然隠れてないし、しかもみんな、よくよく考えたらゲームのときとキャラ違うしっ！」

急にそう言って、ばあんっと机を叩いて勢いよく立ち上がったスピカに、私は呆気に取られてしまった。

確か、第一王子と先生以外のメンバーといったら、スピカの義兄のアークツルスさんに騎士のカストル、それと商家のメラク。そして、隠しキャラだと言って教えてもらったのは、第二王子のレオ、護衛騎士のセイさん、そして公爵様だったはずだ。

スピカは公爵家に招待されたことがあるため、公爵様とも面識がある。そうやって考えてみると、確かにほとんどの人と出会ってしまったことになる。それも、この食堂で。

「ん？　みんな性格が違うって、どういうこと？」

スピカを落ち着かせて席に座らせながら、私はそう質問をした。

元々のゲームを知らない私にとっては、今のみんなしか知らないわけで……頭の中でそう言いながらも、なんだか混乱してくる。

私はスピカから聞いたことのある設定を思い出しながら口に出した。

「アークツルスさんは優しいし、メラクは年下ワンコって感じだし、カストルも女嫌い……だよね、多分。スピカから聞いたとおりだなって私は思ったけど。ああでも、公爵様だけは全然違うかなぁ。レオたちはわかんないけど」

まだ私も会ったことのない第一王子は、メインヒーローらしく正義感に満ち溢れた人で、学園の先生がフェロモン垂れ流し系の人なんだったよね。

そういえば、第二王子のレオとその護衛騎士のセイさんについては、スピカから詳しく聞いていなかった。他の人たちは、ざざっと思い出した感じでは、特に違和感はないように思う。

私なりに考察していると、スピカは眼光鋭く私にびしりと人差し指の腹を向けた。

「そう、その隠しキャラの三人が特に違うのよっ！　その三人はみんなもっと病弱で陰鬱で冷酷で、ツンデレでヤンデレでクーデレな感じだったの！　ヒロインがその傷を癒やさないといけないから攻略するのに時間がかかるし、周回プレイしないと出てこない難度の高いキャラクターだったのに。……現実は、なんか全員爽やかじゃない⁉」

「病弱で陰鬱で冷酷……って、公爵様だけじゃなくて、誰も当てはまらないねぇ」

「でしょでしょ！　第二王子のレオ様なんて、ゲーム上では実の兄である第一王子への羨望と嫉妬で闇落ち間近って感じのキャラクターだったはずなのに、こっちではいつもキラッキラしてて、光のエフェクトを背負ってるし……！」

「そうなんだ。キラキラかあ、ふふ、確かに」

スピカの熱弁を聞きながら、いつももぐもぐとご飯を食べるレオの姿を思い浮かべる。

レオが闇落ち間近なんて、とても想像がつかない。

それに、公爵様はそもそも健康体で愛妻家だ。攻略対象者たり得ない。

セイさんだって、とても冷酷そうには見えない。レオを見守る藍色の瞳は、いつだって優しさに満ちている。

そんなことを考えながら、私は緑茶をずずずとすすった。

こうしていると和菓子が食べたくなるが、この世界に小豆はあるのだろうか。大豆はあるのだから、きっとどこかにあるに違いない。春といえば、桜餅だよね。

私が和菓子へと思いを馳せていると、小さなため息が聞こえた。

「……ミラが前に言ってたことが、よくわかった。『ゲームと現実は違う』って、こういうこと？」

声のトーンを落としたスピカは、上体をテーブルに預けて突っ伏した。

「まあ、そもそもゲームを知らない私にとっては、この世界だけが現実なんだけどね」

そう答えながらふわりとしたスピカの髪に手を伸ばして、頭を撫でる。

よく手入れされた金の髪は、指通りもよく、さらりと落ちる。

輝くような美しさが増し、貴族令嬢として立派に育っているスピカ。このまま、幸せになってほしい。

彼女を撫でていたら、なぜか母親のような気持ちが湧いてくる。

(あ……。あれ?)

ふと脳裏に過ったのは、小さな手が私の指を掴む映像だった。今の手とは違う、大人の私の手。

私はもしかしたら、前世で本当に母親だったのかもしれない。

「……ねえ、ミラ。お願いがあるんだけど!」

がばりと顔を上げたスピカが、頭を撫でていた私の手をいつの間にか両手でしっかりと握っていた。スピカは私の手を拝むように包み込み、うるうるおめめで上目遣いに見てくる。

「やっぱり入学式でのイベントが本当に発生するのかが気になるから、明日は一回中庭に行ってみない? 大丈夫、こっそり覗くだけだから。現地で待ち合わせしてさ」

れば、そのままわたしたちも入学式に出ればいいもの」

「でしょ⁉ ゲームで見た限りでは、木がたくさんある緑だらけの中庭だったから、きっと隠れる場所もあるし、ね？ イベントがなければ、そのままわたしたちも入学式に出ればいいもの」

　スピカはそう言って、手に少しだけ力を込めた。多少不安はあるが、ゲームヒロインのスピカが私と一緒にいるのなら、そもそもそんなイベントなんて起きない可能性が高いし、むしろ起きないでほしい。

　それに、イベントが起きなかったら、この世界とゲームは関係ないってわかるもの。

「わかった。じゃあ、約束ね。時間は——」

　そうして私は、明日の入学式の前に、スピカと落ち合う約束をした。

　これからの学園生活、実際にどのように事が運ぶのだろうか。

　スピカが言っていたようにゲームの出来事が起こるのか、そうでないのか。

「はあ〜。ミラが一緒にいてくれるなら安心だわ。今日の夕方にはもう学園の寮に入らないといけないじゃない？ だからその前にどうしても話をしておきたかったの」

　心配している私をよそに、約束を交わしたことで安堵したのか、スピカの表情は晴れやかだ。

　私もこの昼食の時間が終わり次第、荷物をまとめた鞄を持って学園に向かわないといけない。

「じゃあ明日、寝坊しないでね、スピカ」

「任せて任せて～」

「……うーん、すごく心配だなあ。……あれ？」

　スピカに念を押していると、部屋の扉がこんこんとノックされた。

　ミラちゃん、と呼ぶ声はイザルさんのものだ。

「なんか前にも似たようなことあった……」とスピカが呟くのを聞きながら扉を開けると、やはりそこには予想どおりイザルさんが立っていた。

「ちょっとだけ、顔を出してくれないかな。……レオ様が来てるんだ」

「レオが？」

　私のその声に反応したのか、スピカは素早く顔を上げた。

「ダメです～今はわたしとミラの時間なんだからっ。明日からなかなか会えないだろうし、充電中なの！」

「いやまぁ、スピカちゃんの気持ちもわかるけどね。ほら、レオ様だって明日からなかなか会えないわけで……」

「ふーん、イザルさんはあっちの味方なのね」

ぷくりと頬を膨らませて怒るのは、スピカの常套手段。可愛らしいものだ。

言い争いを始めるイザルさんとスピカを前に、私はひとり置いてけぼりだ。

「スピカとは明日からも同じ学園の敷地内にはいるんだから、いいんじゃない？」

そう口を挟んでみると、ふたりからの鋭い視線を一身に浴びることとなってしまった。

私をキッと睨んだスピカは、恨めしそうに口を開く。

「学園内では貴族と平民じゃ校舎が違うし、寮だって離れてるっていうじゃない！」

「一緒だといろいろ揉めそうだもんねぇ」

貴族と平民の揉め事、よくありそうなことだ。そうならないようにきっちり分けているのは最善の策だと思う。私が頷くと、なんとイザルさんまで私を恨みがましい視線で見てくる。

「貴族側の校舎にある特進クラスにも行けたのに、ミラちゃんがわざわざ普通クラスを選択するから……俺もメラクを説得するの大変だったんだからね……！」

「公爵様もオットーさんも、どっちでもいいって言ってくれましたので……。普通クラスのほうが私は気が楽です」

イザルさんがメラクを説得した件は初めて聞いた。メラクは確か、特進クラスに行くんだったよね。商家としては貴族の子息息女と繋がりを持ったほうがいいのだろうけど、私は普通クラスで十分だもの。

思うがままに返事をしているとスピカとイザルさんはやがて諦めたようにため息をついた。

「……はあ、そうよね、ミラは料理以外は興味ないものね。レオ様はどこ？　好きなだけミラと話したらいいわ……」

「スピカちゃん、ありがとう……」

急に萎んでしまったふたりは最終的に和解したようだった。

ふたりが私を見る目が少し虚ろなのが解せない。

颯爽と部屋を出ていったイザルさんは、いつもの外套を着たレオとセイさんをこの部屋に連れて戻ってきた。もはやお決まりのパターンになりつつある。

スピカがこの食堂に来るタイミングとよく被っている気がするけれど……きっと偶然なのだろう。

私はイザルさんに手伝ってもらいながら、ふたり分の肉じゃがが定食を用意する。

「ミラ、このニクジャガもすごく美味しいな……！」

「ふふ、ありがとう。はいこれ、レオの好きな焼き鳥だよ。あ、セイさんにも」

甘辛い味つけの肉じゃがを食べているレオたちに、私はおまけの焼き鳥を差し出した。

「ありがとうございます。この香り、たまりませんね」

「ああ。ヤキトリは美味いからな」

セイさんの言葉に、嬉しそうに同意するレオ。

よっぽどお腹が空いていたのか、美少年と美青年ははぐはぐと肉じゃがと焼き鳥を食べ進めていく。その様子を見ているだけで、とても癒やされる。

「……このふたり、どう転んでもこれから闇落ちすることとか絶対なさそうだわ……」

私の後ろでそう呟いたスピカの声はどこか呆れを含んでいて、私も心の中で大きく頷いた。


そして訪れた、入学式当日の朝。

私は今、スピカと約束したとおりに学園の中庭の近くで彼女が来るのを待っている。

待ち合わせ時間はもう過ぎたはずなのに、未だに彼女は現れない。

(スピカってば寝坊でもしたのかな？　どうしよう、私だけここにいても仕方ないから、もう戻ったほうがいいのかな)

「そこで何をしている？」

　ぐるぐると思案していると、男性のものと思われる威厳と落ち着きのある声が、背後から聞こえた。その知らない声に、思わずびくりと肩が跳ねる。

　建物の壁から恐る恐る声がしたほうを覗くと、私がいる場所から数メートル離れた中庭の中央付近に、男女ふたりの人影が見えた。

「ご、ごめんなさいっ、わたし、道に迷ってしまって」

　先ほどの声の主と思われる人物に対し、申し訳なさそうに頭を下げているのは、どう見てもこの学園の制服を着た女子生徒だ。私への問いかけではないことに、ひとまず安堵する。

「君は……新入生か。……仕方がない、私が講堂まで案内しよう」

「……！　ありがとうございますっ」

　学園内で迷子になっているらしいその女生徒と話しているのは、煌めくような金の髪に、紫の瞳を持つ、美麗な容貌の男子生徒だった。さっきの声の人だ。

　彼は少しの間視線を彷徨わせたあと、女子生徒に尋ねる。

「……ここで、誰か見かけなかったか」

「いえ。わたしだけです。それにしても、案内してくれる方がいてよかったです、知っている人が誰もいなくって不安だったので」

少女はうっとりと頬を染めながら、いそいそとその美青年の側(そば)へと駆け寄っていった。

彼女のピンクブロンドの髪がふわふわと揺れる。

表情を崩さない完璧な出で立ちの男子生徒は、スピカからの事前情報から考えて、どう見ても第一王子だろう。

これはまさに、話に聞いていたイベントのとおりなのではないだろうか。

(これが……いわゆる『強制力』？　本当にあるんだ……)

スピカがいなくてもイベントは発生してしまうらしい。

私が驚いている間にも、ふたりは話を進めていく。

「そうか。では行こう。まもなく式が始まる」

「はいっ!!」

女生徒は軽やかな足取りで、にこにこと笑みを浮かべながら第一王子に追従する。

まさに絵に描いたようなシチュエーションが、目の前で繰り広げられている。

暫く息を潜(ひそ)めてそのふたりの背中を見送ったところで、私の頭の上に疑問符が浮かんだ。

「ところであの子、誰だろう?」

思わず、その言葉が口からこぼれ出た。そしてそのとき、誰かの声が聞こえた気がして、慌てて口を押さえる。建物の陰に身を隠したまま、中庭に再度視線を戻して、きょろきょろとあたりを見回した。

（……あれ？　誰かの声が聞こえた気がしたけど）

聞き間違いでなければ、「誰？」という呟きが聞こえたように思えたのだ。それ自体が幻聴なのかもしれないけれど。

そう思っていると、私がいるのとは反対側の茂みが急にわさわさと揺れた。

「ほら見なさい、ウィル。やっぱりイベントは起きたでしょう」

がさりという葉が擦れる音と共に、その茂みからは艶めく赤髪が美しい綺麗な女子生徒と、ダークブロンドを後ろに撫でつけた執事服の男が現れた。

赤髪の女生徒が着ている制服は、私が着ているものよりもずっと豪華で装飾が多い。その出で立ちは、彼女が貴族であるか裕福な家の娘であることを表している。つまりは特進クラスの生徒なのだろう。

「うーむ……。にわかには信じがたいですが、確かにお嬢様が言ったとおりの展開ではありましたね。ですが、誰、とはどういうことです？」

「え？　その、まあ、わたくしが思っていた子とは違ったから驚いたのだけれど……まあ、だいたい同じだわ！」

不思議そうにする執事服の男性の問いに、赤髪の女子生徒は少し動揺しながらもそう言い切った。

（あれ？　あの人たちって……食堂によく来ていた、ベラさんとお付きのウィルさん？）

よくよく見ると、なぜか茂みから現れたそのふたりは、私が知っている人たちによく似ていた。というか、間違いなく本人たちのような気がする。食堂の常連さんだ。

三年前に食堂でキャベツが大量入荷された事件があり、私はそれを解決するためにメンチカツやらお好み焼きといったメニューを開発した。

そのときちょうどお客さんとしてその場に居合わせたふたりはその料理をいたく気に入ってくれて、それ以来よく食堂に顔を出してくれるようになったのだ。

あの鮮やかな赤い髪と、陶器のようなつやつやのお肌。どこか妖艶な雰囲気もある意志の強そうな瞳を持った美しい女性が、そう何人もいるはずがない。

食堂で出会ったときはおさげ髪にしたり眼鏡をかけたりして町娘風に変装していたけれど、その頃から彼女はどこかのお嬢様ではないのかと疑っていた。

その予想は、どうやら間違いではなさそうだ。

ベラとウィル。そう呼び合うふたりと私は客と店員の関係でしかなかったけれど、食堂で会話を交わしたりするくらいにはきちんとお互いの存在を認識していたように思う。

でも、ここ一年ほど、ふたりは食堂から足が遠のいていて、以前は週に何度も来ていたのが、月に一度程度になってしまっていた。私も毎日食堂にいるわけではないので、タイミングによっては会わない月もあった。

だから私も、ふたりと会うのは久しぶりだ。まさか学園で会うとは思ってもいなかったけれど。

目をぱちぱちさせながら状況を見守っていると、ウィルさんらしき人が思案げに口を開いた。

「では、先ほど迷子になっていたのは、クルト伯爵家のご令嬢ではないのですね。確か……スピカ様でしたか」

（っ！）

せっかく息を潜めていたのに、スピカの名前が出たことに動揺して、足に力が入ってしまった。

運悪く足元の小枝を踏んでしまう。ぱきりという乾いた音が鳴った。……ああ、こういうのって本当にあるんだ。

「――誰ですか⁉」

ウィルさんらしき人の鋭い声が、私に向く。

一瞬誤魔化そうかと思ったけれど、結局私は建物の陰から出て、正直に申し出ることにした。

「……ごめんなさい。盗み聞きするつもりはなかったんです」

頭を下げたあとに恐る恐る顔を上げると、宝石のように美しい赤紫の瞳をまんまるにしたベラさんが、驚いた顔で私を見ていた。

「え……？　あなた、食堂の……」

「やっぱりベラさんなんですね！　雰囲気が違うから、もしかしたら違う人かもと思いました。そうです。私、食堂のミラです」

「お嬢様……。なぜ自ら明らかにするんですか……」

彼女から発せられた食堂という言葉に安心し、笑顔で話しかけると、隣にいたウィルさんは額に手を当てて、呆れたように息を吐いた。

そうか。お忍びであの食堂に来ていたベラさんには何か事情があるのかもしれない。食堂に来る他の貴族の方は、馬車で乗りつけて裏口から階上に上がるようになっていた。だけど、ふたりは以前と変わらず平民と同じフロアで食事をしていた。だから貴族ではなくどこか大きな商家の娘さんなのかと思っていたけれど……

「ミラさん。お嬢様が食堂にお忍びで来ていたことはどうか御内密にお願いします」

「……はい、わかりました」

ウィルさんに真剣な眼差しを向けられて、私はこくこくと頷いて返す。

やっぱり何か訳ありらしい。関わらないほうがよさそうだ。

「それでは私はこれで失礼します。入学式に遅れてしまうので」

本当に時間的にも遅刻しそうだ。その場を迅速に立ち去ろうと思ってそう告げると、ベラさんはまた驚いた顔をした。

「あら、あなた新入生なの？　だったらわたくしが案内するわ。わたくし、一応ここの二年生なの」

「え、あの、でも……」

「ああ、そうよね。きちんと自己紹介をしていなかったわ。わたくしは、ベラトリクス・ロットナー。ロットナー侯爵家の長女よ」

「侯爵家……!?」

今にも走り出そうとしていた私だったけれど、ベラさんの発言に驚いてぴしりと固まってしまった。

私が商家の娘だと思い込んでいた彼女は貴族のご令嬢だった。それも、貴族の中でも高い位の家の出身。

それに加えて、ベラトリクスという名と、侯爵令嬢という肩書き。

――それは、私が以前スピカに聞いていた『悪役令嬢』そのものだ。

「ふふ、そう硬くならないでちょうだい。わたくしは別に身分で差別などしないわ。それに生徒会の副会長という肩書きもあるから迷子の新入生を連れていても不思議じゃないのよ」

固まってしまった私を安心させようと、ベラさん改めベラトリクス様は、優雅ながら優しい笑みを向けてくれている。

「ありがとうございます……」

ありがたいけれど畏れ多すぎて、蚊の鳴くような声しか出なかった。

「さあ行きましょう、ミラ。わたくしたち、本当に間に合わないかもしれないもの。じゃあウィル、またあとでね」

「はい、お嬢様。お気をつけて」

どうやら執事さんとはここでお別れらしく、私はベラトリクス様とふたりで講堂まで行くことになった。どうしてこうなったのだろう。

（スピカ……！　何してるのよ、もう。どうかしたのかな……？　この状況もどうかしてる気がするけど）

待ち合わせしたはずのスピカは、とうとうこの場には現れなかった。

そのことを不思議に思いながらも、私は居心地が悪いまま、入学式に向かった。

……入学式をなんとか無事に終え、私は普通クラスの教室へと戻ってきた。

そして私は現在、他のクラスメイトに遠巻きにされている。

それはやはり、講堂に足を踏み入れたときに、貴族のご令嬢に連れられていたからなのだろう。

わかります、何をやらかしたのか、気になりますよね。

傍から見たら、私の姿はドナドナされる仔牛のようだったかもしれない。

実際は、ただ親切に席まで案内してもらっただけなのだけれど。

貴族と関わると碌なことはない。それが大多数の平民の意見だろう。

貴族の中にはとても平民を見下している人もいるというし、万が一怒らせたりしたらどうなるかわからない。

普段貴族の友人たちと関わりすぎたせいでそんな感覚は薄れてしまっていたけれど、これからは気をつけないと。

そう思いながら早速変な方向で注目を浴びてしまった私は、さっさと寮に戻ろうと荷物をまとめることにした。

「――失礼。こちらに、ミラ・ヴェスタという生徒はいますか」

そのとき、教室の扉が開いたかと思うと、急に名を呼ばれた。

そして同時に、教室の一角からきゃあという嬌声があがる。

外見的におそらく教師と思われるその人は、橙色の長髪に、優しげだがどこか色っぽい目元をしていて、とても整った顔立ちの男性だった。

勿論、初対面だ。私は首を傾げつつ、その人を見る。

「……私、ですが」

「ああ、君ですか。少しお時間をいただいてもよろしいでしょうか？」

目尻を下げて妖艶に微笑まれてしまった。私はこくりと頷いて、その人について教室をあとにする。

（フェロモン垂れ流し系教師……スピカが話していた攻略対象者の中に、そんな人がいたよね……）

クラスメイトたちの視線が背中に突き刺さるのをひしひしと感じて遠い目になりながら、漠然とそんなことを思う。

そしてその人に導かれるまま渡り廊下のような通路を渡ったところで、校舎を取り巻く景色ががらっと変わった。

先ほどまでいた普通クラスの校舎と違い、通路も校舎自体も見るからに手の込んだ建築様式となっている。

廊下の至るところには綺麗な花が飾られ、床も板張りではなく絨毯（じゅうたん）のような布が敷き詰められていて、土足で歩くのも緊張してしまう。

どうやら特進クラスのほうまで来てしまったようだ。

私がそわそわしていると、フェロモン垂れ流し系教師が口を開いた。

「急にお呼び立てして申し訳ありません。私はこの学園で教師をしているベイド・プラティンスと申します。あなたに御用のある方がお待ちでして……。ああ、大丈夫です。そんなに警戒しなくても、他の生徒には会わないように気をつけています」

「はい……」

「先ほどは普通クラスの子たちを驚かせてしまいましたよね。のちほどお詫（わ）びに行こうと思います」

「はい……」

場違いな校舎に足を踏み入れて萎縮（いしゅく）してしまっている私を安心させようと、先生はその声色（こわいろ）を一層優しくする。

でも、私といえば気の抜けた返事を繰り返し、ベイド先生のフェロモンもスルーだ。それどころじゃない。

この先に何が待ち受けているかわからないのに、安心なんてできるはずがない。それにこちらの校舎に来たということは、私を呼んだ人は貴族の誰かなのだろう。

「さあ、こちらですよ。入りましょうか」

ベイド先生が一つの重厚な扉の前で立ち止まり、ノックをした。そして私にも中に入るように促(うなが)す。

私は覚悟を決めて、その部屋に足を踏み入れた。

◆◆◆

入学式では、生徒会長でもある第一王子の兄――アルデバランが在校生を代表して祝辞を述べた。

それに対して、新入生の代表として挨拶(あいさつ)をしたのは、その弟であるレグルスだ。

王族、それも王子がふたり揃った式典は、王家主催のものを除けば非常に稀(まれ)だ。

それが学園の入学式という舞台で行(おこな)われるものだから、いつもより警備が厳重で、来(らい)

賓も錚々たる顔ぶれとなっている。

いつも共にある護衛騎士のセインとシリウスも、学生ではないが当然レグルスの入学に合わせて学園に出入りし、舞台の隅で目を光らせている。普段のように表立って側に控えることはないが、何かあった場合はすぐに連絡が取れるようになっている。

話を始めるのと同時に、レグルスは兄のほうに視線を向けた。

金の髪に、自身のものよりももっと濃い紫の瞳。一歳しか歳が違わない王子。それにどちらも正妃の子。そうなれば、通常であれば政争の火種になりそうなものだが、レグルスは至って平和に過ごしている。

レグルスの父である国王と叔父であるバートリッジ公爵がそれぞれ第一、第二王子だった頃は、それこそ王宮を二分するような勢力争いとなり、叔父も毒を盛られそうになるなどの大変な目に遭ったらしい。

幸いにも、その確執の黒幕であった当時の宰相以下、謀反を企てようとしていた貴族たちは一斉に粛清され、それからの治世は平和なものとなった。

父と叔父もそのときに和解し、そこからは円満に事が進んだようだ。

——当時の二の舞いにならないよう、父は周囲になんと言われようと側室をもうけず、最初に生まれた王子を王太子とすることを早々に定めていた。

だからレグルスは、第二王子の身分こそあるが、ゆくゆくは臣籍に下ることが生まれたときには既に決まっていた。

幼い頃から勉学も教養も何もかも自分よりそつなくこなす兄に嫉妬したことも、同じ境遇でありながらも自分とは全く違う道を歩むのが決まっている彼を羨望の眼差しで見つめたこともある。

取り立てて王太子に、王になりたいというわけではなかった。

ただ、その頃はどうして自分ではダメなのかと……自分は出来損ないだと言われているような気がして、耐え難かったのだと今ならそう冷静に分析できる。

こうしてレグルスはいつの間にか、兄をそのように歪んだ目で見ることがなくなっていた。

それどころか改めてよくよく考えると、幼いながらに王太子としての振る舞いを求められ、完璧であって当たり前と思われている兄の重責は、自らのちっぽけなプライドと比較するといかほどかと慮ることもできるようになっていた。

壇上から挨拶をしながら、レグルスは講堂に集まった生徒たちをぼんやりと眺める。

前方に座るのは、見た目も制服も煌びやかな貴族の面々。会場の後方にいるのは、貴族のものとは異なる制服を身にまとった、普通クラス――いわゆる平民の生徒たちだ。

（……いた）

たくさんの人が集まる中で、レグルスの視線はある一点に固定された。

陽だまりのようにあたたかな茶色の髪で、いつも笑顔の彼女の姿を見つけたからだ。

同じクラスになれなかったことは残念だったが、この学園生活での彼女の望みが『普通であること』なのであれば、それを守るために最大限の努力をしようと、レグルスは思う。

たとえ彼女が、全く普通ではない部分を内に秘めた少女だったとしても。

式典を終えてから少し間を置き、教室で自己紹介を済ませた担任の教師は、「今日はここまでです。また明日」と柔和に微笑んで早々に教室を去った。

優秀な教師らしく、生徒会の顧問という役割があるらしい。

思ったよりも早く自由時間になってしまった。王宮で公務をこなすよりははるかに時間はあるが、下町に行ってもミラがいないのであれば意味がない。

「なあ……レオ」

レグルスが今からの時間をどう過ごすか決めかねているところに、窓の外を見ていたらしい青髪の騎士、カストルから声がかかった。彼の視線は、外に向けられたままだ。

「どうしたんだ？」

「……見間違いかとも思ったんだが、あれってさっきの教師とミラじゃないか？」

カストルが指し示す方向に、レグルスも視線を落とす。

「！」

ミラだ。その小さい横顔を視界に捉(とら)えたレグルスは即座にそう思った。

彼女を見間違うはずがない。

ここからはだいぶ距離があるが、橙色(だいだいいろ)の髪の担任教師の後ろを俯(うつむ)きがちに歩いているのは、先ほども壇上(だんじょう)から見つけた彼女で間違いない。

「なんであんなところにミラが……あ、おい、レオ⁉」

カストルの声を背中に聞きながら、レグルスはもう教室を飛び出していた。

血相を変えて教室を出る自身の姿を、周囲がどう見ていたかも気にならない。走り出した足は、止まりそうもない。

カストルも少し遅れてレグルスのあとを追って走り出す。

「……え、レオ様たち、どうかしたのかな？」

急に教室から駆け出すふたりのその姿を、同じ教室にいたスピカは首を傾げて見送ったのだった。

◆　◆　◆

「では、私はこれで」

「えっ」

案内してくれたベイド先生は、早々に部屋を出ていってしまった。

驚愕のままに声が出てしまい、慌てて口を押さえる。

取り残された私がまっすぐに前方に視線を移すと、部屋の中央にある大きな机の前には金髪の人物が座っていた。

「よく来たな」

その人から発せられたらしい朗々とした声に、私はこの人に呼ばれたのだと知る。

（……なんで？　まさか、あのとき盗み見してたのが実は全部ばれてて、怒られるのかな？　もしかして不敬罪？）

声の主は、第一王子のアルデバラン殿下だった。

彼が入学式が始まる前に、中庭で女生徒に声をかけて、そのまま入学式の会場に連れていっていたのを思い出す。

あのときも、彼が入学式で挨拶をしていたときも、遠目だったのでじっくりとは見ることができなかったけれど、こうして目の前で姿を見ると、涼しげな目元が少しレオと似ている。

沈黙のまま立ちすくんでいるとアルデバラン殿下とは違う声がかかった。

「ミラ嬢、申し訳ない。僕は止めたんだけど、アランがどうしても君に聞きたいことがあると言って聞かなくて。……アランも、こうして普通クラスの女の子を呼び出すことが周囲にどういう影響を与えるのか知るべきだよ。今朝は特進クラスでさえ大騒ぎだったじゃないか」

声のほうに目を向けると、そこにはスピカの義兄であるアークツルスさんの姿があった。

「あれ……アークツルス様？」

「ああ。ミラ嬢、入学おめでとう。入学早々に悪いね」

私に対して軽く頭を下げると、さらりとした彼の髪が揺れる。美しく光を反射するその柔らかな淡い金髪は、相変わらず天使のようだ。アークツルスさんが私たちより一年早く学園に入学してからは、食堂に来ることはめっきりと減った。だけど、普段スピカからよく話を聞いているせいで、不思議と久しぶりな気がしない。

彼はかなりの秀才らしいから、こうして殿下の側にいるのかもしれない。

ベイド先生に、アルデバラン殿下、そしてアークツルスさん。

入学早々、またすごい人たちに出会ってしまった。というかスピカから以前聞いていた乙女ゲームの攻略対象者である人たちに全て出会ってしまったことになる。

スピカが『学園が乙女ゲームの本番』だと言っていたことも頷ける。やはり基が乙女ゲームの世界だから、こうした状況になるのかもしれない。

問題は、ゲームらしい展開がヒロインではなくて、なぜかモブであるはずの私の身に降りかかっているという点なのだけれど……

「なんだ。知り合いなのか？」

アークツルスさんと話をしていると、第一王子からそんな質問が飛んできた。

「妹の昔からの友人なんですよ。ほら、聞きたいことがあるのなら早く聞いて彼女を解放してあげてください」

アークツルスさんはどこか呆れたようにそう言い放ち、第一王子を促す。

……この場にアークツルスさんがいてくれて、本当によかった。

その視線を受けたアルデバラン殿下は、ごほん、とわざとらしく咳払いをした。そうして、その特徴的な紫の目を細めて、私のほうを見る。

「……ヴェスタ嬢と言ったか。君は今日、ベラトリクス嬢と共に入学式の会場に来ていたな」

アルデバラン殿下は、私から少し目を逸らしながら、思いのほか小さな声でぽそりと呟いた。

まさかそのことを聞かれるとは思ってもみなかった私は、その内容に思わず「えっ」と驚きの声をあげてしまい、慌てて口を押さえた。

あれだけの人がいる会場で、ベラトリクス様と一緒にいたのが私だとわかったということはよっぽど目立っていたに違いない。

動揺しながらも、私はとにかく頷く。

「は、はい。案内していただきました」

「彼女とはどこで会った?」

「中庭ですが……」

「そのとき、誰かと一緒だったか?」

「いいえ……。あっ、執事のような方とご一緒でした」

「……あの執事か。そうか」

アルデバラン殿下から矢継ぎ早に紡がれる問いに私がなんとか答えると、最後の回答で彼は目を極限まで見開いた。そして、そのまま不機嫌そうに押し黙ってしまう。

……そういえばあのとき、ベラトリクス様は中庭の茂みから出てきた。私と同様に隠れていたのかもしれない。

そうだとすると、もしかして、私が今こうして正直に中庭と答えたのは、まずかっただろうか。だけど王子に嘘をつくわけにはいかないし……

ぐるぐると考えていると、頭の中に『不敬罪』の三文字が浮かぶ。あれだけずっとスピカに口を酸っぱくして言ってきたのに、私が失敗している場合ではない。

私が逡巡していると、暗い顔をしたアルデバラン殿下が「大儀だった」と言った。用件はこれで終わりらしい。

殿下は、ベラトリクス様のことで何か知りたいことがあったのだろうか。結局、何が聞きたかったのか私には見当もつかないが、とにかく無事に済んだらしい。

「……はあ。それくらい、ロットナー嬢に直接聞いたらいいでしょうに。時間をとってしまってすまないね、ミラ嬢」

大げさなため息をつきながら、アークツルスさんは私にいつもの天使の笑みを向けた。にこにことした笑顔のアークツルスさんの後ろでは、アルデバラン殿下が机に肘をついて、何やら物憂げな表情を浮かべたまま項垂れている。

その様子も気にはなったが、それよりもスピカのことが気がかりだった私は、アークツルスさんに質問をすることにした。

「いいえ、時間は大丈夫です。あの、アークツルス様。入学式にはスピカはいましたか？入学式の前に待ち合わせをしていたのですが、約束の時間になっても来なくて……何かあったのかと心配で」

これまでスピカは約束を破ったことがない。

会場では貴族と一般の生徒は別々の場所に座ることになるため、ベラトリクス様と共に会場入りすることになってしまった私は、全く状況を掴むことができなかったのだ。

これ幸いと聞くとアークツルスさんは優しく答えてくれた。

「ああ。その件か。姿を見かけなかったから、僕が急いで迎えに行ったんだ。どうやらうっかり寝過ごしてしまっていたようでね。入学式には無事に間に合ったよ」

「そうですか……よかったです」

アークツルスさんの言葉に、私はほっとして胸を撫で下ろす。イベントを楽しみにしすぎて眠れなかったとか、そういう類いのものなのかもしれない。安心した私は、そういえば彼女に渡したいものがあったことを思い出した。

「あの……差し出がましいようですが、アークツルス様はこれからスピカに会ったりしますか？　朝会ったときに渡そうと思っていたんですが、会えなかったので」

「おや、もしかして君のお手製のお菓子かな？　渡さなかったらスピカに怒られそうだね」

「このマドレーヌなんですが……」

そうして鞄をごそごそと覗いていると、後ろからばん、という大きな音がした。

突然のことに、肩がびくりと跳ね上がる。

「ミラ！」

「なんだ。騒々しいぞ」

誰かに名前を呼ばれたことで、私はこわごわと後ろを振り向いた。今日はこんなことばかりだ。チラリと見えたアルデバラン殿下は、怪訝そうに眉を顰めている。

「あれ、レオ……？」

「はあ、っ、ミラ、大丈夫か？」

意外なことに、そこにいたのはレオだった。扉のところで、肩で息をしながら立っている。

（どうしてレオがここに？　ここに何か用事でもあったのかな）

なぜだか切羽詰まったような顔をして、レオは私に駆け寄ってくる。そのことを不思議に思いながら、私は首を傾げた。

レオはそのまま目の前に来て、私の肩にそっと触れる。そして大きく息を吐いたあと、私の顔を覗き込んだ。

「ミラ、本当に何もないか？　兄上に変なことを言われていないか」

「うん、大丈夫よ、レオ。……あっ、レグルス殿下」

すっかり背が伸びて、私より頭ひとつ分も大きくなってしまったレオ。制服を着ていると、ますます大人びて見える。

いつもの癖でレオと呼んでしまったけれど、学園では気をつけないといけない。慌てて言い直した私に、レオはどこか寂しそうな表情を見せる。

「……私が女性に無礼を働くわけがないだろう」

不服そうな顔でそう言ったのは、レオの兄であるアルデバラン殿下だった。

確かに、私がこの方に聞かれたことといえば、ベラトリクス様の様子についてだけ。

その内容も、私を咎めるようなものではなく、事実確認のためだったように思う。

アルデバラン殿下から私に視線を戻したレオの表情が『本当なのか』と聞くものに変わったのを見て、私は頷きながら笑顔を返した。

すると急に視界が暗くなり、顔が何かにぎゅむっと押しつけられる。

「わふっ」

「よかった……ミラ……」

上からは、レオの安堵(あんど)の声が降ってきた。

一瞬、何が起きたかわからなかったけれど――どうやら私は、レオに抱きしめられているらしい。

「で、殿下⁉」

突然のことにわたわたと狼狽(ろうばい)してしまう。そうこうしていると、再び扉が開く音がした。

慌(あわ)ててレオの胸から顔を上げるとレオの肩越しに見えたのは、青い髪の男子生徒。カストルだ。

「っ、失礼します。よかった、レグルス殿下。ご無事ですね。それと……ミラも」

久しぶりに対面したカストルは、驚いたように目を見開いたけれど、すぐにいつもどおりのキリリと引き締まった表情になった。その間も私はレオに抱きしめられたまま。

一体どういう状況なのだろう。

「……レグルス殿下。ミラ嬢が心配だったのはよくわかりましたので、離れて差し上げては？」

混沌とした状況下で、冷静な声がこの場に響いた。アークツルスさんだ。

その声を聞いてがばりと顔を上げたレオは、またすごい勢いで私から離れた。

「っ！　す、すまない、ミラ！」

「う、ううん、全然大丈夫です」

彼が恥ずかしそうに顔を真っ赤にしているので、つられて私まで照れてしまう。顔が熱い。

ぱたぱたと手で顔を煽ぐ私の状態など気に留める様子もなく、アークツルスさんは思案げに切り出した。

「さて、ミラ嬢。先ほど、お菓子を持ってきていると言っていましたね。それは、ここにいる人数分はありそうですか？」

「あ、はい。多めに持ってきているので……足りると思いますが」

「そうですか」

アークツルスさんの問いかけの理由はわからないものの、なんとか頭を働かせて私はそう答える。すると彼は、にっこりと微笑んで思いもよらない提案をした。

「せっかくみんなが揃っているので、ここでお茶会でもしましょうか。アランもどうせベラトリクス嬢には逃げられてしまったのだから、美味しい菓子でも食べておきましょう？　僕は、スピカを呼んできますから」

「おいアーク、待て、勝手に」

「テーブルのセッティングは任せますので」

言うだけ言って、アークツルスさんはいい笑顔で颯爽と部屋から出ていった。

引き留めようとしたアルデバラン殿下の手は、行く場を失って宙を彷徨っている。今のやりとりで、アルデバラン殿下とアークツルスさんの力関係がなんとなくわかる気がした。

「……ええっと、じゃあ、準備をしてもいいですか……？」

一瞬の静寂が訪れたところでおずおずとそう切り出してみると、全員がこっくりと頷いたので、私はお茶会の準備を進めることになった。

そして十数分後には、アークツルスさんが無事にスピカを連れて戻ってきた。大袈裟だけれど私たちは再会を喜び合い、持ち込んだ焼き菓子に舌鼓を打った。

――こうして私の入学初日は、謎の多いイベント遭遇から始まり、急に開催されることになった生徒会室でのお茶会で終わるという、とんでもなく濃い一日になったのだった。

◇閑話　ヒロインと義兄

生徒会室を出たアークツルスは、淡い金の髪をなびかせながら足早に一年生の教室へと向かっていた。

目的は勿論、妹のスピカを迎えに行くことだ。

「きゃあっ」

「！」

廊下を進みもうすぐ教室、というところで、アークツルスは衝撃を感じて目を瞠った。

目の前にはピンクの髪の女が、とさりと尻もちをついている。

廊下を走っていたわけでも、真ん中を通っていたわけでもないのに、なぜ向こうから来た人物とぶつかるのか全く解せない。

だが、現にこうして女生徒とぶつかり、向こうは床に座り込んでいるのだから、形式的にでも手を差し伸べないわけにはいかないだろう。

「……大丈夫ですか？　申し訳ありません。前を見ていませんでした」

アークツルスが手を伸ばすと、その女はうるうるとその瞳を潤ませながら手を取った。

「……？」

それどころかもう立ち上がったはずなのに、その女生徒はアークツルスからなかなか手を離さない。

それどころか、先ほどよりも力を入れてぎゅっと握り込まれている気がする。そして思ったよりもその力が強くて振りほどけない。

（なんだろう。早くどこかへ行ってくれないかな）

内心ではそう思いつつ、アークツルスは笑顔の仮面を崩さない。

幼い頃からそういう生活をずっと強いられてきたから、今さら直らない癖のようなものだ。

暫くしてようやく手が離されたあと、勢いよくその女生徒が頭を下げた。

「あのっ、ありがとうございます……！　わたしこそ前をよく見ていなくって、ごめんなさいっ」

「……いいえ。怪我はありませんか？　急いでいるので、僕はこれで失礼しますね」

アークツルスは全く気にしていない素振りで、和やかにその場を立ち去った。

そういえば、第一王子のアルデバランが入学式の会場に案内していた少女も、彼女のように桃色の髪をしていたな、とあとから思い返すことになるのだが、スピカのもとへと急ぐアークツルスには、そこまで考えは及ばない。

「――ふふっ、これで大事なイベント二つ目、コンプリートだわ」

その場に残された少女のその呟きも、当然耳には入らなかった。

「お兄様！　お待ちしてました」

スピカの教室に着いて彼女を呼ぶと、椅子に座ってつまらなそうに俯いていたスピカはぱあっと花が綻ぶような笑顔を見せた。

それを見たクラスメイトが頬を染めたが、アークツルスが冷めた視線を送ると、彼らはそそくさと教室を去っていく。

「ごめんね、ちょっといろいろとあって……では、行こうか？」

笑みを浮かべながらそう言いつつ、アークツルスは思考する。

やはり警戒を怠らないようにしなければ、スピカに悪い虫がついてしまうだろう。

そう考えると、先ほど生徒会室で見た第二王子の様子も、あながち他人事ではないように思える。

「お兄様、最初はどこに行くの？」

当然のように、スピカはアークツルスの腕に自分の腕を巻きつけてくる。それに先ほどピンクの髪の女生徒に接触したときのような不快さは全くない。

『スピカが入学したら、僕が学園内を案内してあげよう』

そう約束したのは、いつのことだっただろう。

今朝は到着が遅れたスピカに肝が冷えたが、こうして顔色を見る限りでは、体調が悪いというわけではなさそうだ。

「そうだね。まずはスピカが一番喜びそうなところかな。ところでスピカ、今朝は大丈夫だったのかい？　ひとりで起きられないのなら、上に掛け合って僕と同室にするという手もあるけど」

「お、お兄様と同じ部屋……!?　う、ううん、それは大丈夫。えっと、昨日はお隣の部屋の子と友だちになって、それで少しだけ夜更かししたから起きられなかっただけ！」

「……なんだ、残念だね」

学長あたりに言えば同室にもしてくれそうだが、スピカが望まないことはしたくない。

そう思ったアークツルスは、そう言って微笑むと、妹を連れて今来たばかりの道を戻っていく。

「……ミラは怒ってないかなぁ。あまり会えないのに、約束を破っちゃった」

わたしが呼び出したのにとしおれるスピカは、この先の部屋にミラがいると言ったらどういう反応をするだろう。

さらには彼女のお手製のお菓子もあるなんて。

「きっと大丈夫だよ。あの子はそんなことでは怒らないだろう？　ただスピカのことを随分心配していたみたいだよ」

「そう……。あれ？　どうしてお兄様がそのことを？」

「知りたい？　実はね――」

そうしてアークツルスは、スピカの耳元に口を寄せ、そっと耳打ちをする。

『今から行くのは生徒会室なんだけど、そこでミラ嬢がお菓子と一緒に待ってるよ』

そう告げると、余程嬉しかったのかスピカの頬は薔薇色(ばらいろ)に染まっていた。

◇閑話　悪役令嬢と執事

ロットナー侯爵家の息女、ベラトリクスは十一歳という年齢ながら攻撃的で苛烈な性格で有名だった。我儘で傍若無人。気に入らないことがあれば、すぐに癇癪を起こし、自分の思いどおりに物事を捻じ曲げることができた。

それが許される権力も財力も、侯爵家にはあった。

さらに彼女は、幼少の頃から第一王子アルデバランの婚約者であり、王妃教育を熱心に受けていた。そのことも、さらに彼女の高圧的な態度を増長させた。

お茶会に出席することも大好きで、そのためのドレスを新調したり、宝石を買ったりと、派手に過ごす毎日。彼女の存在は周りの令息・令嬢たちにも、侯爵家の使用人たちにも畏怖されていた。

——しかし、そんなベラトリクス・ロットナーは、とあるお茶会に出席した日を境に社交界に姿を見せなくなった。

理由は病だという。お茶会は勿論のこと、毎日のように足繁く通っていた王宮の婚約者のもとへもぱたりと行かなくなった。

彼女を疎んでいたはずの婚約者、アルデバランも流石にその変化を不審に思って何度か侯爵家に見舞いを申し出たが、病気を理由に全て断られる始末。

以前のような散財や恫喝じみた素行についての噂も聞こえなくなったのと反対に、彼女の姿を王都の下町にある孤児院で見かけたという声がちらほらと耳に入るようになっていく。

慈善事業をするなんて、以前の彼女からは考えられなかったのに、だ。

——それから三年ほど経過して、彼女が学園に入学する頃には。

ベラトリクス・ロットナーという令嬢に対する周囲の評価は『苛烈な令嬢』から『深窓の令嬢』へとすっかり様変わりしていた。


「はあ……早く週末にならないかしら」

学園の寮の一室で。室内を清掃していた専属執事のウィリアムの目の前で、ソファーに寝っ転がった赤髪のご令嬢——ベラトリクス・ロットナーは、クッションを抱きしめながら気怠げにそうこぼした。

「まだ一日目でしょう。何をそんなに疲れているんですか」

そんな彼女を呆れた目で一瞥して、ウィリアムはまた仕事に戻る。

毎日掃除はしているため、そう散らかってはいないのだが、部屋を清潔に保つのは自分の役目だと自負しているためだ。

「だって……お好み焼きが食べたいんだもの～～！」

「またそれですか……」

叫ぶベラトリクスを見て、ウィリアムはため息をついた。

ベラトリクスが足をバタバタとさせる様は、全くもって淑女のそれではない。

だが、あの事故から学園入学までずっと家に引きこもっていたベラトリクスは、いつの間にか深窓の令嬢と呼ばれるようになり、外ではかなり大人しく過ごさざるを得なくなっているため、その反動でもあるのだろう。

その呼び名とは正反対に、実際のベラトリクスは下町の食堂に通ったり、邸を自ら掃除してメイドに止められたり、庭いじりをしたりとかなりパワフルな日々を過ごしていた。

あの事故は転機だった。

ウィリアムは、そっと三年前の事故に思いを馳せる。

――とあるお茶会で、婚約者であるアルデバランが彼の従妹であるアナベルと親しげにしている様子を見て、ベラトリクスは腹を立てた。そして自室に戻ったあとに癇癪（かんしゃく）を起こして大暴れし、自（みずか）らが破壊した花瓶（かびん）の水に滑（すべ）って転び、意識を失った。

　そして、目を覚ましたあとには、全く別人と思えるような性格になっていたのである。

　ソファーでのびのびと寛（くつろ）ぐ主人の様子を見て大きくため息をつくと、ウィリアムは片付けの手を止めた。

「お嬢様。今日は、生徒会のお役目お疲れ様でした。……頑張っているお嬢様に、私からの差し入れです」

　戸棚から紙箱を取り出すと、ぼんやりとウィリアムを見つめていたベラトリクスの瞳に、燃えるような赤が宿る。

「それ、『一番星（エステル）』のお菓子じゃない！　ウィル、いつの間に買ったの？　あのお店はすごく並ぶのに……すごいわ。流石（さすが）だわ……！」

「本日はマドレーヌがおすすめとのことでしたので、それを。あとはお嬢様のお好きなアップルパイとフルーツタルトをご用意しております」

「……！」

　喜びが声にならないのか、ベラトリクスは頬を赤らめて歓喜の表情を浮かべながら、口をはくはくと動かしている。

彼女に褒められると、自分が超人になったような気持ちになる。そうウィリアムは感じていた。

大したことはしていなくとも、そのことを喜び、労ってくれる主人の存在に、救われる思いだ。

彼女の性格が激変する前からずっと、執事として側に仕えてきたからだろうか。

通常であれば、こうして学園でベラトリクスの世話を焼くのは、慣例どおり侍女となるはずだった。だが、ベラトリクスたっての要望で、ウィリアムがその役目を務めることとなった。

着替えなどの支度については流石に手伝えないため、もうひとりメイドを連れてきてはいるが、ほとんどの世話はウィリアムが行っている。

許されているとはいえ、年頃の娘たちが集う女子寮への入退室を行うたびにウィリアムは居心地の悪さを感じるのだが、自分を見つけたときにベラトリクスの顔が明らかに安堵に変わるのを見ると、彼女が親鳥を見つけた雛のように思えて、微笑ましくなってしまう。

それにそんな生活ももう二年目ともなると、昨年よりも平常心で業務に臨むことができた。

「では、お菓子と一緒に飲めるお茶を淹れますね。今日はイベントとやらもあってお疲れでしょうから、疲れのとれるハーブティーをお淹れします」

「お願いするわ！　ああ、どれから食べようかしら……」

（……お嬢様は気付いていらっしゃるのだろうか）

箱の中のお菓子に既に夢中になっている彼女に笑顔を向けながら、ウィリアムは心の中でそう漏らした。

『学園でヒロインと出会ったアルデバラン殿下は、その方に夢中になってわたくしとは婚約破棄するのよ』

それは以前からベラトリクスが言っていることだ。

彼女曰く、どうせ嫌われているのだから、婚約者とは最初から関わらないようにしている、とのことだったが……

ウィリアムがベラトリクスと並んで学園内を歩くときに、決まっていつも感じる視線がある。

――あれは、第一王子であるアルデバランのものだ。

それどころかウィリアムが視線を感じてふと振り向いた際に、しっかり彼と視線がかち合ったことが一度ある。そのときにアルデバランから感じたのは、ウィリアムへの明らかな敵意だった。

今日だって、彼が中庭に来たのは、ベラトリクスを追ってきたからではないのだろうか。

古くからの婚約者でありながら、まともに会話を交わさないふたり。

いつ婚約が解消されてもいい状況ながらも、そうなることはない、不思議な関係を思い、ウィリアムは首を傾げる。

(旦那様にも何かお考えがあるのだろう)

『ベラトリクスを頼んだぞ。本当に本当に頼んだぞ。変なことをしないかしっかり見張っておいてくれ』

ベラトリクスが入学する前、そう懇願したベラトリクスの父である侯爵の顔が思い出される。

……きっと何か思惑があるはずだ。ただの子煩悩ではない、はずだ。

本当に、今日中庭で迷子になっていたあの桃色の髪の少女がアルデバランにとっての運命の少女なのだろうか。

「ウィルー？　どうしたの？」

(私が考えても仕方がないか)

ベラトリクスに不思議そうに声をかけられ、ふう、とひとつため息をつくと、ウィリアムはお茶の準備を始める。

そして、自身を『悪役令嬢』だと言い張る赤髪の主人と共に、『パティスリー・一番星（エステル）』の菓子に舌鼓（したつづみ）を打つのだった。

三　学園の隠れ家

何かと濃い一日だった入学式の日から、ひと月ほどが経った。

学園生活にも少し慣れ、週末には食堂に顔を出したり、ドミニクさんと新作のお菓子について話し合ったりしていたから、あっという間だった。

「ミラちゃん、今日も学食のお手伝い？　流石だね、また明日ね～」

「うん、みんなもまた明日！」

初日のクラスでは遠巻きにされていた私だったが、だんだんとクラスに馴染むことができてきている。

『あれ……ミラ、って、もしかしてリタさんとこの』

『あっ、あの店の看板娘!!』

入学式の次の日に話しかけてきてくれたクラスメイトは、そう言っていた。

クラスメイトの中には王都に住む子たちも何人かいたらしく、下町の食堂で働いている私の顔と名前は認知されていたらしい。

そこから食堂のメニューの話で盛り上がり、仲良くなることができた。本当によかった……！

クラスメイトに別れを告げて、私は学食のお手伝いという名目で教室をあとにする。

これから向かうのは、学食ではなくとある建物だ。

かつて、学園での王族居住用に造られたという特進クラスの近くの石造りの建物。だが、第一王子もレオも、警備の関係上毎日お城に戻っているらしく、ほとんど誰も使っていなかったそうだ。

自分の校舎からだと割と遠いが、普通クラスは授業が終わるのが早い分、彼らが来るまでにはまだ十分な時間がある。

建物の中にたどり着いた私は、鞄を置いて早速奥にある調理場へと足を進めた。

元々は王族用ということもあり、調理場の設備も整っている。

オーブンと氷室、それにかまどが二つ。これだけあれば十分だ。

私が到着したときには氷室には食材が入れられ、かまどもオーブンも臨戦態勢をとっていた。

「お待ちしておりました。準備は整っております」

「あ、ありがとうございます」

私より先にいたメイドさんに声をかけられ、お礼を言う。

いつもこのメイドのアリアさんが私を出迎えてくれるのだ。きっとこの方がいろいろと手配してくれているのだろうと思う。

「あちらに控えておりますので、何なりとお申し付けください」

私が厨房に入ると、彼女はお辞儀をしてこの場を去った。

二週間前ほどの週末、私が相変わらずリタさんの食堂の手伝いをしていると、レオ、スピカ、アークツルスさんが勢揃いした。そして、アークツルスさんは突然言ったのだ。

『スピカが学園内でも君と気兼ねなく会って話せるように、場所を用意したよ。……まあ、レグルス殿下たちも使っていいけど、節度はわきまえてね？』

そしてそんなアークツルスさんに、スピカは「お兄様大好き！」と言って抱きついており、レオはなぜか顔を真っ赤にして固まっていた。

つまりこの場所は、私たちが集まる場所として、アークツルスさんが笑顔で提供してくれたもの。

アリアさんもアークツルスさんがクルト伯爵家から呼んでいて、この状況を理解してくれているらしい。

さらりと発言していたが、こんな立派な学園の施設を借りられるなんて、アークツルスさんは一体何者なのだろう。

　そんなことを考えながら作業に没頭すること、小一時間。

「ミラ様、皆様がいらっしゃったようです」

　どうやら扉につけてあるノッカーが鳴ったらしい。集中してしまうといつも気がつかない私に、アリアさんが教えに来てくれた。来客を出迎えるのは私の役目ということになっている。

　手を洗ってから扉に向かい、「はーい」と声をかけると、扉の向こうから聞こえたのはレオの声だった。

「レオ、おかえり！」

「あ、ああ……。その、ただいま」

　扉を開けると、やはりそこにはレオが立っていた。

　王子様な彼は庶民のやりとりのようなこの挨拶(あいさつ)にまだ慣れないらしく、いつも緊張しているのが見て取れて、可愛い。男の子に可愛いは禁句なので言わないけれど。

「あ……ミラ、ちょっと待ってくれ」

　突然レオの手が私のほうに伸びてきて、指先が頬に優しく触(ふ)れる。

　その指先には茶色の粉がついていた。

「……よし、取れた」

「ありがとう、気がつかなかった」

どうやらお菓子を作っているときに、ココアの粉がついてしまったらしい。ダムマイアー商会から仕入れた新商品。早く使ってみたくて、早速お菓子を作ったところだった。

今日の一品は、ココアを使ったティラミス。

コーヒーが染み込んだビスケットの上にとろりとしたチーズの生地を重ねていき、最後にココアをふるいかける。

苦味と甘み、とろりとした部分とビスケットの部分のギャップが楽しいお菓子。

前世でも一大ブームを巻き起こしたティラミスが、みんなにどんな反応をもらえるのか楽しみだ。

「あ、カストルもおかえり！　今日もうまくできたから、早くみんなに食べてほしいなぁ」

「ああ。ただいま、だったか」

レオの後ろにいたカストルにそう笑顔で声をかけると、彼もぎこちなくだけど挨拶を返してくれた。どこかむすっとした表情が、幾分か和らいだような気がする。カストルはそのままさらに言葉を続ける。

「スピカ嬢もアークやメラクと一緒にもうすぐ来ると思う」

「そう？　じゃあ最後の用意をしておくね。アリアさーん、お茶の準備をしておきましょう！」

その情報を得た私は、アリアさんのところに急いで駆けた。

この場所は、ひと月足らずでみんなの隠れ家のような位置づけとなっていた。秘密基地みたいで、なんだか楽しい。試作品のお菓子の感想ももらえるから、私もとても助かっている。

その後、カストルの言葉どおりにスピカたちも合流し、渾身のティラミスはみんなの笑顔を生み、ぺろりとなくなった。

それからさらに一週間ほど経ったその日、私はいつものようにその学園内の隠れ家にやってきていた。

今日はスピカとふたりきりで、のんびり過ごしている。

なんでも、生徒会に入ることになったレオとカストルとメラクは、今日はそちらの集まりに行っているらしい。アークツルスさんも同様だ。

「ミラとの時間がなくなるからイヤ！」と生徒会入りを断ったというスピカ。それでいいのだろうか……と思ったけど、意外にもアークツルスさんは笑顔でそれを了承したそうだ。

「ねえ、ミラ。わたし、久しぶりにあれが食べたい……」

「あれ……あ、フレンチトースト？」

私の言葉に、スピカはこくこくと頷く。

「じゃあ作ってくるね」

席を立ち、厨房へと向かった私は、彼女の大好物であるフレンチトーストを手早く準備する。そこで、この前ティラミスを作ったときに使ったココアが目に入った。

（ココアももっと市場に出回ればいいのになあ……珍しいそうだから難しいかな）

あのとき使ったココアもコーヒーも、持ってきてくれたメラクが言うには、希少価値が高すぎて一般的な販売は難しいそうだ。

ダムマイアー商会の商品は幅広く、最近では希少なものもちょこちょこと仕入れて見せてくれる。前世ではスーパーに行けばなんでも揃っていたが、この世界ではそうはいかない。

メラクもいろいろと勉強していて、ここに来たときは様々な食材について教えてくれるので、私もとても楽しい。流石は商会の跡取り息子だ。

そんなメラクに相談しながら新しい調理器具を作ってもらうのも、私の楽しみのひとつとなっている。

なんでも、これまでの公爵邸でのお手伝いや食堂のお給金以外に、王都の菓子店である『一番星（エステル）』の売り上げの一部についても私名義の収入となっているらしく、それを使って新しいものを好きに仕入れていいらしい。

公爵様には聞けなかったが、『一番星（エステル）』はとても繁盛（はんじょう）しているらしいので、もしかしたら私は小金持ちになっているのではないだろうか。確認するのが怖い。

（メラクに注文したアレもうすぐ完成って言っていたし……楽しみ！）

今度のお休みにメラクが工房に連れていってくれることになっている。

私はわくわくした気持ちのまま、お皿に完成したフレンチトーストをのせた。

「スピカ、お待たせ。はい、どうぞ」

「うわぁ、これこれ～～！　やっぱりミラが作ってくれるのが一番好き」

フレンチトーストに蜂蜜（はちみつ）をたっぷりとかけてスピカの目の前に置くと、彼女はキラキラとその瞳を輝かせた。いつも自分の感情を素直に口にするスピカは、表情がころころと変わって見ていてとても可愛い。

スピカは大きくぱくりとひと口食べて、恍惚（こうこつ）の表情を浮かべながら頬をさする。

「美味（おい）しい？」

「うん、とっても！　これを深夜に食べてたのが懐かしい」

スピカの返答を聞いて私もその頃のことを思い出し、懐かしい気持ちになる。宿屋にスピカが泊まりに来たときは、うどんと同じくらいの頻度でフレンチトーストを夜食に作っていたものだ。

「今やったら絶対太るよね。私はいいけど、スピカはドレスとか着ないといけないんでしょう？」

「うう……そうなんだよね。ダンスの授業があるらしいんだけど、わたしお兄様以外と踊ったことがないからうまくできる気がしない」

「ダンスかぁ～貴族って感じだよねぇ、それ」

スピカの前に座ってのんびりと相槌を打ちながら、私もひと口フレンチトーストを食べると、じゅわりとした甘味が口いっぱいに広がった。

その出来に満足している私を、スピカはじとっとした目で見てくる。

「……すっごい他人事みたいに言ってるけど、ミラこそダンスとか練習しといたほうがいいんじゃない」

「え？　私が踊る機会なんてある？」

突然の話に、思わず目を丸くしてしまった。

前世でも体育の授業のダンスすら苦手だったし、社交ダンスなんてもはや神の領域だ。それに私が夜会なんてものに行くことはないだろうし。

ああでも、そういうときに出される料理は気になるなあ。

そう思っていると、スピカは大きな瞳をキッと吊り上げた。

「あーーんだけレオ様といちゃついておきながらそんなこと言う⁉　最近のレオ様、ミラの前だとゲームでは攻略済みじゃないと見られないデレ顔が基本スタイルなんだけどっ」

「そんな大袈裟な～。仲良しなだけだよ」

「ああああもう、教室でのツンとしたレオ様を見せてあげたい……！　そうよね、ミラの前だと昔からずっとあれだもん。ギャップ自体、ミラにとってはなんのことかわかんないんだわ……」

私が紅茶を飲みながら否定すると、スピカは拳をわなわなと震わせて何やら主張している。

攻略済みのデレ顔って、なんのことだろう。あの笑顔のことだろうか。確かにあの顔はふにゃふにゃーとしていて、可愛い。

――だけど。

「気軽に話すのを許してくれてるけど、レオって本当は王子様なんだよね」

「……まあ、そうだけど。改まってどうしたの」

「ううん。ただしみじみそう思っただけ」

なぜだか急に、そんな言葉が口からこぼれ落ちた。

どれだけ親しくしてくれていても、レオは王子様で、私はいち平民だ。友人として扱ってくれていることは嬉しいけど、本来はとても遠い人なのだと感じてなんだか寂しい気持ちになってしまった。

そんな気持ちを振り払うように、私は別の話題を探す。

「私とレオのことを言うなら、スピカだってアークツルスさんと仲良しじゃない。同じでしょ？　この前も抱きついていたし……」

と口にしたところで、ふいにあの入学式の日に、レオにぎゅうっと抱きしめられたことを思い出してしまった。

思ったよりもずっと成長していたレオは、想像以上に力強くて――

「わっ、わたしは……ミラと同じじゃないからっ!!」

回想に浸(ひた)っていた私は、スピカのその声で我に返る。

急な大きな声に驚いて目をしばたたくと、顔を真っ赤にしたスピカが怒涛(どとう)の勢いでフレンチトーストを口に詰め込んでいた。

同じじゃない。そのスピカの言葉を頭の中で繰り返す。

(それって、つまり……。いや、どういうことだろう)

暫く考えたが、全くわからない。

とりあえず、今はスピカを落ち着かせないと。

「あ……そんなに詰め込んだら苦しくなるよ」

「んん～～っ！」

さっきは気恥ずかしそうに頬を赤らめていたスピカは、今は別の意味で真っ赤だ。というか少し青いような。

私は慌てて(あわ)スピカの後ろへ回り、彼女の背中をさする。

少し冷めた紅茶をごくごくとひと息に飲み干した彼女は、空(から)になったカップを勢いよくテーブルの上に置いて、大きく息を吐いた。

「はぁーーっ、死ぬかと思った」

「急にどうしたの？　まったく、幼児じゃないんだから」

「あ、またそのお母さん目線！　いい、ミラ。私たちは前世の記憶はあるけど、今はぴっちぴちなんだから、楽しまないと損だよ⁉」

「そうは言ってもねぇ……」

何やら咎められているが、記憶を取り戻した八歳のときからずっとこのスタイルなのだもの。

どうしたらいいかわからずに曖昧に返答すると、スピカはすっと立ち上がった。

スピカにも身長を追い越されていたようで、いつの間にか彼女の目線のほうがわずかに上になっていた。少し悔しい。

「……ねえミラ。入学式の日、王子様のイベントは起きたんだよね」

ひと呼吸置いて、スピカはゆっくりと話し出す。言葉を選ぶような、慎重な語り口だ。

私もつられて神妙な顔をしながら、彼女の質問に答える。

「うん、そうだね。スピカではなかったけど、あのとき第一王子は、迷子になった女の子を入学式に案内してたよ」

「お兄様に聞いたんだけど、実はあの日、お兄様も知らない女生徒と廊下でぶつかって、その子の手助けをしたらしいの」

「ふうん……え、まさか、それも……？」

私がそう問いかけると、スピカはどこか沈痛な面持ちでこくりと頷いた。

本来のヒロインであるスピカは何もしていないにもかかわらず、乙女ゲームのシナリオどおりに、アークツルスさんとヒロインのイベントまで起きてしまっているらしい。

やはりこれが小説にもたびたび登場する『強制力』というものなのだろうか。

「ミラといたら、乙女ゲームなんか比べものにならないくらい楽しいイベントが起きるから、もうゲームの出会いイベントなんか気にしてなかったけど……やっぱり、お兄様はその子のことを好きになるのかなぁ？」

「スピカ……」

「楽しそうに料理をするミラを見てて、わたしもこの世界で好きに過ごそうってそう決めたのに、いざイベントが起こると、怖くて……。あの、その、わたしね」

スピカの声が、だんだんと尻つぼみになっていく。

それと同時に彼女の陶器のように白い肌が桃色に染まっていく様子を、私はただ黙って見つめていた。

「――わたし、お兄様が好きなの」

暫くの沈黙のあと、スピカはぽつりとそうこぼした。

照れているスピカがどうしようもなく可愛い。

私は「お母さんぶるのやめてってば！」という照れ隠しの反撃に遭いながらも、スピカの柔らかな髪を撫でて、よしよしをした。

ゲームの展開どおりにイベントが発生したことで、彼女には不安が生まれてしまったらしい。

外から見ると、スピカ至上主義にしか見えないアークツルスさんだけれど、当人からは違った見え方をするものだ。

「スピカ。話してくれて、ありがとう！　ほら、私のも食べていいから」

「えっ、いいの！」

私はお皿に残っていたフレンチトーストをひと切れ、彼女に渡した。それだけなのに、花が綻ぶような笑顔を見せてくれる。

幸せそうにそれを頬張ったあと、スピカはぐっと拳を握りしめる。

「お兄様の婚約者の座は誰にも渡さないわ……どんな手を使っても……！」

ヒロインの顔で悪役令嬢のような台詞を吐いている。

さっきまで不安でしょげていたはずなのに、フレンチトーストで気を取り直したらしい。

驚きの切り替えの早さだけど、まあスピカらしく明るく前向きで、可愛いから許そう。

私もひと安心だ。

美味しいものを食べることで、不安な気持ちが少しでも減りますように。スピカの笑顔を眺めながら、そんなことを願った。

その後もふたりでいろいろと話していると、いつの間にか生徒会の集まりが終わったらしい。

アークツルスさんがお迎えに来たことをアリアさんが教えてくれた。

「スピカ、帰るよ」

「お兄様！」

彼の来訪を、スピカは満面の笑みで迎えた。ものすごい勢いでタックルをかましている。

スピカの気持ちを聞いたからか、このふたりの組み合わせは以前よりも何十倍も神々(こうごう)しく輝いて見える。

唐突なタックルを受け入れて優しく微笑むアークツルスさんからは、スピカのことをとても大事にしていることが伝わってくる。

それが恋情からなのか、私には判断はつかない。ただ、ふたりでいるときは、どちらも幸せそうに見えることは間違いない。

「……ミラ。今日は俺が送る」

輝く天使のような兄妹(きょうだい)をニマニマと眺めていると、少しぶっきらぼうな声が上から降ってきた。

カストルだ。どうやら彼もアークツルスさんと一緒に来たらしい。

「カストル、生徒会お疲れ様。でも私の寮までは走ったらすぐだよ？」

「いい。もう夕方だから」

「じゃあ……お願いするね！」

放課後の校舎は昼間とは打って変わって静まりかえっていて、暗くなると少し怖い。

だからいつもついつい小走りになって、最終的には全力疾走になってしまうのだ。

カストルからの申し出をありがたく思いながら、私たちは隠れ家をあとにした。

……のだけれど。

「カストル、カストル」

「……なんだ」

「あの、もうすこーしだけ、ゆっくり歩いてくれっ、ないかな」

騎士であるカストルは身長が高く、体格もいい。

そしてその分足も長いので、すぱっすぱっと歩かれると、結局私はその歩調について
いくために小走りになって意図せず何かの特訓のようになってしまっている。

先ほどまでフレンチトーストを食べていた私にとっては少しハードだ。いやでも、こ
れくらいしないとあのカロリーは消費できないかな……？

そう考えると、惜しい気もするけど……

「……悪い」

息を切らせた私を見てカストルはバツの悪そうな顔で歩くのをやめた。

そして私がひと息ついたのを見計って、先ほどとは違うゆっくりとした足取りで歩き始める。きちんと配慮してくれることにありがたく思いながら、私は彼に答えた。

「ううん、私こそごめんね、遅くて。カストルは歩くのも速いんだね。競歩もできそう」

「キョウホとはなんだ？」

「あ……えーと、一番歩くのが速い人を決める競争で、走ったら失格なの。カストルは優勝候補だね」

「だったら、ミラは失格か……」

「む……そんなこと言うカストルは、今度のおやつ抜き！　甘いもの大好きなの知ってるんだから」

「！」

少し意地悪なことを言ってきたカストルに、私は伝家の宝刀をくり出した。

私の言葉に一瞬固まった彼は「……気付いてたのか」と目を丸くする。

「ふふ。そりゃ気付くよ。私、みんながお菓子食べてるとき、こっそり観察してるもの。

私の見立てでは、カストルはスピカと同じくらい甘くても平気そうだよね」

これまで何度もみんなにお菓子を振る舞ってきて、隠れ家メンバーのそれぞれの嗜好や好きな甘さ加減がわかってきた。

そしてその反応を見て、私はカストルは無類の甘党だという結論に達したのだ。

勿論、カストルはスピカのようにお菓子を出したらはむはむと頬張って満面の笑みを浮かべるわけではなくむしろ淡々としているけれど、いつも完食してくれるから、喜んでいるのは伝わってくる。

私の言葉に、カストルはさっと顔を背けた。

おや、おやつ抜きが効いたのだろうか。

「……おかしいだろう。俺のような男が甘いものが好きだなんて」

日が沈みかけている空は、燃えるような橙色だ。

その光が眩しくて、自嘲気味にそうこぼすカストルの表情がよく見えない。

だけど、その声はどこか震えているように感じる。

私は首を傾げた。

「どうして？　甘いものが好きなことに、性別も性格も関係ないでしょう。誰かにそう言われたの？」

その問いに、カストルは答えない。

パティシエにだって男の人はたくさんいる。お菓子が女子供だけのものだなんて、誰が決めたというのだろう。

男のくせに、とか。騎士のくせに、とか。もしそんな言葉を彼にかけた人がいるのならば、呼び出して説教をしたい気分だ。誰だって好きなものを好きなだけ食べる権利があるのだから。

「糖分は疲労回復にもなるし、息抜きにもなるよ。騎士として体を使ってるんだから、体がエネルギーを求めているのかも。あ、勿論食べすぎはダメだし、栄養はちゃんとご飯から摂らないとダメだから、バランスは大事にしてほしいけど。好きな食べ物があれば食べることが楽しくなるし、なんでも食べられるのはいいことだよ！」

言い終わってはたと気付くと、カストルが虚を衝かれたような顔で私を見ていた。

当の私は、腰に両手を当てて、完全なる母親の説教スタイルになっている。先ほどスピカに言われたばかりだというのに、早速これだ。

カストルも苦笑している。

「ミラは、たまに大人みたいなことを言うんだな」

「スピカにはお母さんみたいって言われてるけどね……。あ、そうだ、カストル」

そう言って、私は手に持っていた包みを差し出す。

そこには、先ほど作った甘い甘いフレンチトーストが入っている。作りすぎてしまって残った分を、持ち帰るために慌てて包んだものだ。

「このフレンチトースト、私とスピカじゃ食べきれなかったの。食べてくれたら嬉しいな。今日は送ってくれてありがとう」

「……ああ。俺こそ、ありがとう」

いつの間にか、私の寮まではあと少しの距離になっている。

これ以上は貴族の彼に送ってもらうのは気が引けるため、ここでお別れだ。

お礼の気持ちを込めて差し出したその包みを、カストルはしっかりと受け取ってくれた。

ミラを送り終え、貴族側の寮の自室に戻ったカストルは、着替えを済ませるとソファーにどさりと腰かけた。

「坊ちゃん、紅茶をお淹れしましょうか？」

ロマンスグレーの髪をきっちりとまとめ、目元に刻まれた皺をさらに増やして微笑みながら、執事服の男性はカストルに声をかけた。

「……ああ。頼む」

その男性にそう答えたカストルは、ミラからもらった包みを徐にテーブルに広げる。

ふわりと優しい甘い香りがして、先ほどまで一緒にいた少女のことを思い出してしまう。

「おや」

そう声をあげたのは、先ほどお茶の準備に向かった執事だ。その視線はテーブルの上にある食べ物に注がれている。

「随分美味しそうな食べ物ですね。どうされたのですか？」

「……もらったんだ」

「おやまあ。そうでしたか」

カストルのぶっきらぼうな物言いに、執事は目を細める。

執事はカストルが小さい頃から、ずっと成長を見守ってきている。だから彼はカストルが誰かから贈り物——それも、菓子をもらってくるというのは初めてだと知っている。

そして、その贈り主がきっと女性であるということも。

代々優秀な騎士を輩出することで高名な伯爵家の嫡男であるカストルは、その端整な顔立ちと才能も相まって幼い頃から注目されていた。

王子の側近候補として取り立てられるようになってからは、さらに茶会などの場に呼ばれることも増えた。基本的には断るものの、王子が参加するとなれば顔を出さねばならない。

女性、特に令嬢たちが苦手なカストルにとって、そこは騎士の鍛練よりも厳しい修業の場だった。

そんなある日のお茶会の席で、極力人が少ない場所へと移動しているときに会ったのが、第二王子のレグルスだった。

彼にも令嬢は群がっていたが、第一王子ほどではなかったのだ。

そうして出会ったふたりは親交を深め、たびたび茶会を一緒に抜け出すようになった。

護衛騎士のひとりになってからは、なおさら。

「坊ちゃん、紅茶が入りましたよ」

執事が頃合いを見て、ティーカップに紅茶を注ぎ、美しい赤褐色がカップを満たしたところで、カストルの前に差し出した。

「ありがとう。……ところで爺、坊ちゃんと呼ぶのはなんとかならないのか？」

「そうですねぇ、坊ちゃんが爺とお呼びくださる間は、そう呼ばせていただきたく思います」

「今日もわざわざ本邸の仕事を終わらせてから来たのだろう？　忙しいのに無理して顔を出さなくていいと言っているはずだ」

「ほほほっ、いつも心配していただきありがとうございます。勿論、坊ちゃんが本邸にお戻りになるまでしっかり務めさせていただきます」

「それならいいが……」

カストルが口を閉じると、執事はさらに優しく微笑む。

「いつも爺を慮ってくださり、ありがとうございます。坊ちゃんが優しいこと、邸の者はみんな知っておりますよ。クラーク様だって――」

そこまで言って、執事は口を噤んだ。カストルはその意味を察して、問う。

「――母上は、どうしている？」

「……奥様は……別邸にて……」

「わかった。もういい」

言い淀む執事の様子を見て、カストルは話を終わらせた。やはり碌なことはない。

父も自分もいない邸（やしき）で、あの人が好き勝手に過ごすことはカストルにはわかりきっていた。

きっと他の男でも連れ込んでいるのだろう。前からの馴染みの男なのか新しい男なのかはわからないが、その違いは些末（さまつ）なことだ。

カストルの父であるクラーク・クリューツは、現在は第二王子の近衛（このえ）騎士団長を務めており、滅多に家には戻らない。

カストルでさえ、城で会うことのほうが多かったほどだ。

政略結婚により縁付いたカストルの父と母は、最初から折り合いが悪かった。当時事情があり近衛（このえ）騎士から一般の衛兵にまで格下げされた父に嫁いだことに対する反発の気持ちもあったのかもしれない。

良くも悪くも普通の貴族令嬢であったカストルの母は、その話を幼いカストルに何度も繰り返した。何度も何度も、呪いのように。

そしてクラークが近衛（このえ）騎士に復職し、あっという間に団長まで上り詰めたとき、手のひらを返したようにすり寄る妻を、クラークは冷たい目で見下ろしていた。両親は不仲なのだ。

「坊（ぼっ）ちゃん、紅茶が冷めてしまいますよ」

「……ああ、少し考え事をしていた」

執事の言葉に我に返ったカストルは、紅茶をひと口飲むと目の前の優しいクリーム色の菓子に手を伸ばした。

口に入れるとじゅわりと甘さが滲み出る。ミラがくれた言葉を反芻しながら味わうと、心の中の澱がなくなるような感覚があった。


――翌日の昼休み。


「カストル様っ！」

人気のない裏庭でひとり鍛練をして過ごしていたカストルは、自身の名を呼ぶ声に顔を上げた。

そこにはどこか見覚えのあるような、桃色の髪の女が立っている。

「……なんだ」

怪訝な声を出すとその女は少し怯んだようだったが、意を決したような顔をして、すたすたとカストルのもとへと近づいてきた。

「これ、どうぞ。甘いもの、お好きなんですよね。大丈夫です、わたしが作ったんじゃなくて、うちの優秀な料理人が作ったちゃんとしたものですから！」

差し出されたのは、何かの包み。話からすると、菓子が入っているということなのだろう。なんの目的かはわからないが、受け取らないと立ち去らなさそうな雰囲気に、カストルはその包みを受け取る。

するとその女は、目を輝かせて「是非食べてくださいねっ！」と笑顔で去っていった。

その後ろ姿を呆気に取られたようにぼんやりと追っていたカストルは、その女生徒がクラスメイトであることにようやく気付いた。

そして、首を捻る。

「なぜ、知っている……？」

甘味が好きなことは、学園ではあの隠れ家以外で露見していないはずだ。

カストルは渡された包みを訝しく見下ろしながら、汗を拭う。

そしてその包みは開けることなく、近くにあった休息用のベンチの上にそのまま置いた。

――その菓子が、ミラからのものだったらよかったな。

カストルがそう思ったのは、ほとんど無意識に近かった。

◇閑話　桃色の男爵令嬢

「ここまでは順調ね。……多分」

学園に併設された女子寮の一室。部屋に備えつけられた机の引き出しから紙を取り出し、それを見つめながら、男爵令嬢のシャウラ・ブラウアーはそう呟いた。

彼女の桃色の髪はふわふわと緩やかなウェーブを描き、愛らしい瞳は焦げ茶色をしている。

シャウラの手元の紙には見慣れたこの国の公用語が綴られているが、元々は訳のわからない外国語のような文字から内容を翻訳してもらったものだ。

あの日、この紙と料理人を手に入れることができたのは、シャウラにとって僥倖だった。

上から、アルデバラン、アークツルス、カストル、ベイド、メラク。

それから別枠に、ジークハルト、レグルス、シリウス。

王族や貴族、それに大商人と錚々たるメンバーの名が並んだそれには、ご丁寧にそれそれの人物の性格や外見の特徴、そして出会いと攻略方法が書かれている。

「少し違うような気もするけど……だいたいは合っているもんね。現に、アルデバラン様とアークツルス様との出会いのシーンはここに書いてあるとおり。レグルス様とカストル様とメラクさんはクラスメイトだし、ベイド様は先生」

次は道案内をしてくれたお返しにと、第一王子にクッキーを渡すそうなのだが、貴族令嬢の端くれであるシャウラは、クッキーを作ったことがなかった。というより、お菓子を作る暇があったら、畑の手伝いをしたほうが有意義だったからなのだが。男爵家の庭園は、シャウラの手によって菜園と化している。

そんなわけで先日クラスメイトのカストルに渡した焼き菓子……多分マドレーヌのようなものも、シャウラが作ったものではない。少し前に雇い入れた家の料理人が作ってくれたものを学園に届けてもらって、それをただ渡しただけだ。

青髪の騎士……カストルに菓子を渡すときは、緊張のあまり変なことを口走った気がするが、もうやってしまったものは仕方がない。

参考にしているロマンス小説のようにできた気もするが、どうなのだろうとシャウラは考える。

一冊しか持っていないからわからない。

「……もう、みんな一回会ったから終了ってことにならないかな。ならないよね、そんなに甘くないよね……。ああ～もう、全部お父様のせいなんだからっ」

嘆(なげ)きながら、シャウラは見ていた紙を机の引き出しに仕舞う。そして、その隣から別の手紙を取り出した。父からの手紙だ。

「『期限は一年だ。頼んだぞ、シャウラ』かあ。今までロクにお茶会とかに参加したこともなくて、マナーも不十分な田舎者(いなかもの)のわたしにどうしろって言うんだろ。無理難題すぎ」

その手紙を破りたい衝動に駆られるが、なんとか堪(こら)えてまた引き出しに仕舞い込むと、シャウラは部屋のベッドにぼふりと飛び込んだ。

侍女など雇えないほど困窮(こんきゅう)している男爵家。

こうして学園に通えているのも、とある筋(すじ)からの援助があってこそだ。

自分に課せられている役割を思えば、それが心からの援助と言えるのかは判別できないけれど。

「……家に帰りたい」

枕に顔を埋(うず)めながら、シャウラはそうぼやく。

だが、家には帰れない。シャウラが学園で計画を成功させなければ、家族と領民が路頭に迷うことになる。もう既にブラウアー家の財政は父の借金のせいでギリギリなのだ。

しがない男爵令嬢のシャウラは特進クラスに入ったが、令嬢たちからは身分的に浮いているし、裕福な平民よりも貧しい。

唯一普通に話しかけてくれたのは、お人形のように可愛い隣室の伯爵令嬢、スピカだった。

だが、彼女はあの紙によると本来の『ヒロイン』で計画を遂行しなくてはいけないシャウラとは相容れない存在だった。

彼女よりも早く事を運ばなければ、シャウラの計画は成立しないのだ。

暫く悶々としていたシャウラは、ばたばたとしていた足を止めて、顔を上げた。

嘆いていたって仕方がない。そんなことをしていても、借金はなくならないのだ。

「とりあえず、わたしにはやるべきことがあるわ」

クローゼットへ向かったシャウラは、少ない荷物の中から、大切にしている少し汚れた袋を取り出すと、部屋の外へと飛び出した。

目的地に向かいながら、シャウラは過去に思いを馳せる。

――あれは、この学園に入学する少し前、父からこの計画について打ち明けられたときのことだ。

シャウラの父であるブラウアー男爵に言われ、シャウラは必死に勉強し学園の特進クラスに入った。家柄だけなら普通クラスになってしまうところ、無理にでも特進クラスを狙ったのは、父がなんとしてでもシャウラと王子を接触させたがったからだ。

そうすれば、男爵家の借金をなんとかできるかもしれないからと。

『シャウラ様、お話があります』

それでも男爵令嬢が高位貴族と親しくすることはあまりに無謀でシャウラが頭を悩ませていると、それを見兼ねた使用人から深刻そうな顔で話しかけられた。

ここ数日、ずっとシャウラの愚痴（ぐち）を聞いていた使用人——シルマは、何か思うところがあったらしい。

彼は四年前、男爵領でよれよれの身なりで行き倒れていた元料理人だ。共に連れていたフィネという少女も、すっかりとやつれていた。

そんなふたりを捨て置けず、農作業でよかったらと、シャウラは男爵家の働き手としてふたりを招いた。

そしてその青年は、元料理人だと言っていたのに、なぜか料理よりも農作業を効率化するための道具作りにその才覚を発揮したのだった。

彼が改良した水車はよく動き、領内の小麦の製粉効率がぐっと上がった。

そのため、シャウラはシルマに一目置いている。

そんな彼がなんの用だろうと思っていると、彼は徐に口を開いた。

『王都を追放された俺たちを拾っていただき、感謝しています。だからこれがシャウラ様の助けになればと思いまして』

そうしてシルマから差し出されたのは、謎の文字が書かれた紙切れだった。

『これは何？　見たことがない文字ね』

『これは〝日本語〟という外国語です。オレはこの文字が読めます。そしてこれには……信じられないかもしれませんが、学園で起こる出来事の予言が記されています』

『え？』

『俺には前世の記憶があって――』

照明を節約しているせいで薄暗い室内で、シャウラは突拍子もないことを告げられ、困惑した。

シルマの口から飛び出す単語たち……前世の記憶、ニホンジン、おとめげーむ。

どれも耳馴染みがない言葉で、理解が追いつかない。

ただ、シルマがその文字を目にしたときに急激に前世の記憶が蘇ったのだということだけ、頭に残った。

シャウラは話を聞きながらなけなしの知識を総動員してなんとか考えをまとめる。

『ええと、つまり、そのおとめげーむとかいうものは、ロマンス小説や劇のようなものね？』

『まあ、そのようなものです。このメモに書かれている登場人物はこの世界にみんな実在しているので、この手順を踏めば攻略対象たちと恋愛関係になれる可能性が高いです。ちなみにヒロインも悪役令嬢もこの世界にいます』

ヒロインが別にいるのであれば、その子よりも早く行動を起こす必要があるということだ。

そこで、ふと思う。

『……でもこれ、わたしがもらってもいいのかしら』

『もう今さら、持ち主に返せない。合わせる顔がありません。命の恩人であるシャウラ様に活用してほしいと思っています』

そう語るシルマの顔は、薄暗い中でもわかるほどに悲しそうだった。

思わず大きな声を出してしまう。

『でもシルマ、あなたはフィネを庇（かば）って――』

フィネは現在、シルマと共に農作業をしたり繕（つくろ）い物をしたりして働いている。

質素な食事しか与えられないが、彼女は嬉しそうに食べている。

ふたりを拾ったときに、シャウラは彼らの身の上話を聞いていた。

フィネの話によると、メイドをしていた彼女が前世で使っていた文字で書かれたメモや、手紙を盗んでしまったときに、シルマがそれを自分がしたことだと庇ったのだという。フィネは泣きながら、吐き出すようにそう言っていた。

その後王都から追放されたふたりは、きっとその王都にいるというメモの持ち主とはもう会えないのだろう。

ふたりの気持ちを考えて苦しくなっていると、シルマは首を横に振った。

『でも、フィネは……短慮でしたが、オレのためにやったんです。オレがしたのとさして変わりはありません。それにオレも、フィネが盗ってきたそれをすぐに返さなかったのですから。前世の文字が懐かしくて、手放せませんでした』

シャウラはシルマが見せてくれたその紙切れに視線を移す。

くたびれた身なりだったはずなのに、そのメモはちっとも汚れていなかった。どういう経緯があったにしろ、彼がそれを大切に扱っていたことは、容易に想像がついた。

『シルマ……。事情はだいたいわかったわ。でもそのままだとわたしには難しいから、こっちの言葉で書いてくれないかしら。この紙に』

シャウラはそう言って、別の紙をシルマに渡す。

そして、まっすぐに彼の目を見た。

『それで、そのメモの持ち主にはわたしから返しておくわ』

『シャウラ様……！』

『いろいろと終わってからになるから、時間はかかるけど。誰に返せばいいのか、教えてくれる？　大事なものを預かるんだから、それくらいするわ』

シャウラの言葉に、シルマは涙を堪えているようだった。

『ずっと、彼女にこれを返したくて……謝りたかったんです。あの日のオレの行動は、とてもひどいものだったから。彼女は後輩として、オレを慕ってくれていたのに……』

シルマは意を決したように唇を噛んで、顔を上げた。

『ミラです。ミラ・ヴェスタ。バートリッジ公爵家にいます。シャウラ様、お願いします』

それから数日後、シルマはメモの内容を完璧に写し終え、その紙をシャウラへと手渡した。

彼から託されたのはそれだけでなく、彼の思いを綴った手紙も一緒だった。フィネの分も。

『シャウラ様、いってらっしゃいませ』

『ありがとう、シルマ。わたし、頑張ってくるわ。男爵領のために！　これも、ちゃんと持ち主に返すわね』

シャウラは見送りに来てくれた使用人たちに笑顔で手を振りながら馬車に乗り込んで、学園へ向かう。

こうして領地をかけた彼女の闘いの日々が、始まったのだった。

四　鯛焼きと特別な放課後

週末になり、一度学園から公爵邸に戻った私は、そわそわしながら食堂の厨房にいた。

「ミラ、いこー」

裏口からひょっこり顔を出したのは、今日も今日とて愛らしいメラク。今日は以前から彼と約束していた、工房に行く日なのだ。

メラクに頼んでいた調理器具ができたというのだ！

「うん、楽しみだなあ！　……あれ、イザルさん？」

待ちわびた来訪者のもとに駆け寄ると、その背後にこれまた見慣れた人物を見つけた。

「やっほー、ミラちゃん。今日は俺もついていくからね～。保護者でっす」

イザルさんは、私にひらひらと手を振る。

厨房にいないことを不思議に思っていたが、今日は私たちについてきてくれるようだ。

子供だけだと危ないので、イザルさんが来てくれるのはとてもありがたい。

「よろしくお願いします」と頭を下げて私はふたりの後ろにくっついて、工房へと行くことになった。

ふたりと会話をしながら歩いていたら、工房まではあっという間だった。石畳の街路の先に、工房の看板が下がっている。

楽しみな分、とても早足になってしまった。メラクとイザルさんが、終始私のことをによによと優しい微笑みで見ていたので、わくわくする気持ちを抑えられていなかったに違いない。

「よっし、到着〜。ミラちゃん、ちょっと待っててね。おーい、おやっさーん！」

工房内に入ると、イザルさんはその奥のほうへ声をかける。そして現れたこの工房の責任者らしき人と楽しそうに会話をしたあと、その人は一度奥へと戻っていった。

そして。その人が再度登場したときには、手元に私が頼んでいたものがあった。

「うわぁ〜〜、これこれ、これですよ!!!」

その仕上がりに、大袈裟（おおげさ）なくらい感動の声をあげてしまう。

「ミラちゃん……ほんとにこういうの好きだね〜」

イザルさんはそう言って少し呆（あき）れたように笑っている。これまでも調理器具を見るたびにこうなっている私を何度も見てきたからだろう。

「ミラの言うとおりに作ってもらったけど、これでよかった？」

「うん、完璧だよ！　よくあの絵でここまで作れるね！　本当にすごい～!!」

小首を傾げるメラクに、私は興奮したまま思いを伝える。

だって、私がメラクに渡したのは、紙にさらさらと描いた簡単な絵だけだ。しかもそんなに絵心はない。

それでこんな鋳型ができるのだから、メラクの理解力と職人さんの腕前は素晴らしい。

そう、私の目の前にあるのは、魚の形をした鉄の型――、鯛焼きを作るための鋳型だ。

「ははっ、満足してもらったならよかったよ。こんな型は見たことねぇや。魚の模様なんてよ。お、そういえばこの型も改良しておいたぜ、若旦那」

「わあぁ、ありがと、おじさん！」

メラクは工房のおじさんから、笑顔で別の鋳型も受け取っている。あれはワッフルの型で、この世界で主流の薄くて平べったいものでなく、厚めの生地が焼けるように、あの特有の格子を少し深くしてもらったものだ。

はじめは、前世と違ってぺたりと薄いワッフルの改良をしようとしていたのだけれど、ワッフル型を見ているうちに思ったのだ。鯛焼きの型が作れないかな、と。

正直難しいかなと思っていたけど、本当にできるなんてとっても嬉しい！

鯛焼きの鋳型を抱きしめながら、早々に食堂への帰路を急ぐ私は、とても浮かれている。

昔からそうだったが、新しい調理器具を手に入れた日というのは、早く使いたくてうずうずして仕方がない。

小豆はまだ見つけられていないので、まずはカスタードクリームの鯛焼きを作りたい。

「ミラ、嬉しそうだね」

そんな浮かれた私にそう声をかけたのは、メラクだ。

「うん。早く鯛焼きを作りたいなぁ」

メラクは私と一緒になってにこにこと笑っているが、イザルさんは顎に手を当ててどこか神妙な顔をしている。

「タイヤキ……絶対に美味そうだけど、甘いものってことはどっちの事案になんだろ……鉄板で焼くなら食堂？　それともドミニクさん行きになんのか？」

確かに、食堂とパティスリーのどちらの店舗で出すのがいいのか、悩ましい。

そのことを考えていると、刹那、ガラガラという大きな音と、尋常ではない人のざわめき、さらに悲鳴のようなものが後ろから聞こえた。

「ミラちゃん、危ない！」

何が起きているのだろう。そう思ったときには、私はあたたかいものにぽふりと包まれていた。

「大丈夫だった⁉」

「は、はい」

何度かぱちぱちと瞬きをしてから見上げると、私のことを心配そうに見下ろすイザルさんの顔が近くにあった。

どうやら私はイザルさんの腕の中にいるらしい。身長差のせいで鳩尾あたりに頭突きをしたような形になってしまったけれど、大丈夫だろうか。

視線を移動させると、未だに猛スピードで大騒ぎの群衆の中を走っていく馬車がちらりと見えた。こんな人の多い場所なのに、あの速度は異常だ。

みんなすんでのところで避けたのか、怪我人はいないようで安堵する。

「ミラちゃん、怪我はない？　ったく、しょうがねぇ連中だな……落とし前つけさせるか……？」

「馬車の紋章はぼくがおぼえたよ。あとで話をつけよう」

どす黒いオーラを発しながら、イザルさんとメラクは先ほどの馬車が消えていった街道の先を睨みつけている。

私はというと、未だにイザルさんにくっついたままだ。

（あのまま馬車にぶつかっていたら、どうなっていただろう。それこそ、交通事故みた

いに――）

　ふたりのこの剣幕からして、あの馬車は私のすぐ側を掠めていったようだ。一歩間違えれば大惨事。ぶつかったら大怪我をしていたに違いない。下手したら、命だって危なかったかもしれない。

　そんなことを考えたところで、心臓が大きくどくりと跳ねた。

　頭に一瞬、何かの映像が過る。黒い服を着た人がひとつの部屋に集まって、泣き声も聞こえる。

　それはこの世界のものではなくて……私は、何か大切なことを忘れている気がする。

「……っ！」

「ミラちゃん……？」

「あ、わ、ごめんなさい！」

　私は思わず、イザルさんの服を掴む手に力を込めてしまっていた。

　慌てて手を離すと、イザルさんも私を抱き留めていた腕の力をぱっと緩める。

「ごめんね、咄嗟のことで俺もうっかり力が入っちゃって。苦しかったよね。痛くはないかな？　顔色が悪いけど」

「痛くないです。助かりました、ありがとうございます！　もう大丈夫です」

心配そうに眉尻を下げるイザルさんに、私は勢いよくそう返してにへらと笑ってみせた。

先ほどの緊張があって頬に力が入らないが、きっとうまく誤魔化（ごまか）せていると思う。

「ミラ、あいつらはぼくたちにまかせてね。二度と王都を走らせないから。デキンだよ」

「うん、ありがとう……？」

うるうるとした瞳で私を見るメラクから、何か物騒な言葉が飛び出した気がする。

とはいえ彼にもお礼を言って、私は懐（ふところ）に抱えた鋳型（いがた）を眺めると、心を落ち着かせるように一度深呼吸をした。

（――よし！　とりあえず、これで早速（さっそく）何か作ろう）

料理をしていれば、この心のざわめきもきっと解消できるはずだ。

「じゃあとりあえずは近い食堂に行きましょう。早く試作品を作りたいです。鯛焼きにワッフルに……とっても美味（おい）しいもの、たくさん作りますね！」

気合いを込めて握りこぶしを作って見上げると、気遣わしげな顔をしていたふたりもなんとか笑ってくれた。

そうして食堂に戻った私は、厨房に入り、早速（さっそく）カスタードクリーム鯛焼きと厚めのふわふわワッフルを完成させた。

「はい、これが鯛焼きだよ。こっちは厚めのワッフル」

食堂の二階の客室で、二種類の菓子をテーブルにのせながら紹介すると、イザルさんとメラクの目が輝き、あとからやってきたふたりは少し不思議そうな顔をした。

「タイヤキ……これは、魚の形か？」

「魚の形の菓子とは、なかなか斬新（ざんしん）ですね。いい香りです」

レオとセイさんだ。

私が厨房にいる間に食堂に来たふたりは、テーブルの上に並ぶ魚の形をした菓子たちを見て、ごくりと唾（つば）を呑んでいる。どういう反応なのかは不明だけれど、事前の約束どおり、ふたりが来ることができて本当によかった。

「そう、魚の形のお菓子なの。中のカスタードクリームは熱いから気をつけて食べてね。頭からでも尻尾からでもいいよ。あ、お腹からって人もいるから」

私がそう言うと、部屋にいたみんなは素直にこくりと頷いた。飛び出す熱いカスタードクリームはもはや凶器なので、是非とも気をつけてほしい。

部屋には、生地（きじ）が焼けた甘い香りとバターの芳（こう）ばしい香りが充満している。

鯛焼きの型を手に入れることができたことが嬉しくて、作りすぎてしまった。おかげで、さっきの得体の知れない恐怖心は、いつの間にかどこかに吹き飛んでいた。

「んじゃ、いただきまーす」

まず声をあげたのはイザルさんで、てっぺんに鎮座していた鯛焼きを手に取った。続けてメラクの「ぼくも」という声が続く。

それを見て恐る恐る手を伸ばしたレオとセイさんは、鯛と目を合わせながらパクリと噛みついた。どうやらみんな頭から派らしい。

「あつっ！　はふ、でも外はカリッとしてて、中はカスタードクリームでとろとろなんだね」

「見た目からは想像がつかない味ですね……！」

笑顔のイザルさんとは対照的に、セイさんは真剣な表情で手に持った鯛焼きを見つめている。どうやら魚の見た目に少し抵抗があるらしい。

「んん、ミラ、美味しいよ。ぼくこのワッフルもすきだなぁ。ざくざくしてて」

鯛焼きを片手に持ちながら、もう一方の手でワッフルを持っているメラクは、鼻の頭にカスタードクリームがついている。どうやったらあんなお約束なところにクリームがつくのだろう……と思っているうちに、隣にいたイザルさんが布巾でゴシゴシと拭き取っていた。

みんなの様子を眺めていると、いつもは真っ先に笑顔を見せてくれるレオが、黙々と鯛焼きを食べている様が目に飛び込んできた。心なしか、元気がないように見える。

「……レオ、美味しくない？　嫌いなら嫌いって言っていいからね？　誰でも嫌いなものはあるもの」

彼の隣に座って、小声でこっそりとそう問いかける。

友人だから遠慮してしまって、言い出しにくいのかもしれない。

私の言葉にレオは青紫の目を丸くして、そして慌てたようにぶんぶんと首を大きく横に振った。

「違う……！　ミラの作るものはなんでも美味しい。ごめん、少し考え事をしていたんだ」

「そう？」

「ああ。見た目は少しインパクトがあるが、美味しい。タイヤキはどうして魚の形なんだ？　菓子なのに」

レオにまっすぐな視線を向けられ、少したじろいでしまう。

確かに、中にクリームを挟むなら今川焼きのような丸い型でもよかった。

ただ、ワッフル型の格子模様を見ていたら、頭に鯛焼きの形がほわほわと浮かんできたのだ。それに。

「……前に、海の話をしたこと覚えてる？」

「ああ。行きたいと言っていたな」

「なかなか行けないから、お菓子で魚を作ってみたの」

王都は市場の規模が大きくて品揃えも豊富だ。だが、海産物はやはりもう少し流通ルートが発展しないと新鮮なものを口にすることは難しい。干物や乾物は手に入るようになってきたけれど、まだまだだ。

「……ミラ、その、もしよければなんだが」

すると食べかけの鯛焼きをお皿に戻したレオが、体ごとしっかり私に向き直った。かしこまった様子に、つられて私の背筋もピンと伸びる。

「今度の夏季休暇に、俺は視察も兼ねてバートリッジ公爵領に行くことになっているんだ。そのときにミラも一緒に行かないか？　隣国との交易も盛んな港町だから、楽しいと思う」

「公爵領……」

頭に浮かぶのは、公爵夫人のアンナ様と隣国へ留学中だというアナベル様だ。レオは王子様だから、執務の一環としていろいろな領地を視察するのだろう。

それについていって大きな港町を訪ねることができるのは、とてもありがたい話なのだけど……、と私はレオを見上げた。

「すごく行きたいけど、私なんかがついていってもいいのかな……？」

「本当か⁉　ミラなら大丈夫だ。絶対に歓迎される。アナベルも帰ってきているだろうし、ミラと会ったら彼女も喜ぶだろう。アナベルはなかなか王都に出てこないからな。では、叔父上には俺から話をしておくから」

「うん、ありがとう」

私がそう返事をすると、レオがとても嬉しそうな笑顔を見せるので、私もいつものように笑顔を返した。……でもいつもより、うまく口角が持ち上がらなかった気もする。

（そっか、レオはアナベル様に喜んでもらうために、私を連れていきたいんだ）

そんな言葉が、心の中にもやりと広がったからだ。

ずっと行きたかった港町に行けることはとても嬉しいはずなのに、心から喜べないのはなぜだろう。

もやもやを振り払うべく、私はもうひとつのお皿を手にした。

「レオ、ワッフルも食べてみてね」

「ああ！」

もうひとつの菓子を勧めてみると、先ほどまでの物憂げな表情とは打って変わって、レオは笑顔でもぐもぐと食べ進め始めた。

セイさんは、黙って二つ目の鯛焼きに手を伸ばしている。お気に召したらしい。

（鯛焼き、気に入ってもらえてよかったなあ。それに港町なら、珍しい食材や、小豆だってあるかもしれない。うん、楽しみ）

私も鯛焼きを手に取って頭からがぶりと噛みつく。溢れ出るカスタードクリームとパリパリの皮がとても合っている。

でもいつもなら、ひとつ食べると作りたいものがどんどんと浮かぶはずなのに、今日は何も思い浮かばない。馬車の危険運転のせいで、まだ気が動転しているのかもしれない。

私はそう決め込んで、鯛焼きを尻尾の先まで勢いよく食べ進めた。

それから週が明けた放課後——へろへろになった私は、例の隠れ家でスピカに盛大に呆れられていた。

「ね、ねえ、スピカ。もう一回教えてくれない？」

「そういえばミラって、意外と運動できないんだった……」

スピカの流れるような動きに目がついていかない。私がもう一度！　と頼むとスピカは足を止めてまたダンスの初めの姿勢を取った。

「ほら、こうやって背筋を伸ばして……それで、一、二、一、二ってステップを踏むんだよ」

「頭ではわかってるんだけど～」

説明しながら優雅にステップを踏んでいくスピカを横目に、なんとか足を動かすものの、我ながらぎこちなくて情けない動きだ。彼女が呆れるのもわかる。

貴族の家に引き取られて早三年。その間も真面目に研鑽を積んだ彼女は、軽やかに舞うことができている。その姿に、スピカのこれまでの努力が見えた気がした。

こうやって私たちが踊っているのは、『ふたりでいつもただ食べてばっかりもあれだし、軽い運動でもしない⁉』とスピカが言い出したことが発端だ。

レオ、カストル、メラクの隠れ家によく来ていたメンバーはみんな生徒会役員になったらしい。最近はそのせいでなかなかここに来られないので、大半の時間をスピカとふたりで過ごしている。

すると、今日もカロリー増し増しの鯛焼きが積み上げられている中、スピカはただのんびりしているだけではいけないと唐突に思ったらしい。

運動をして綺麗に体形を保ちたいという彼女の決意に、スピカの乙女心がぎゅっと詰まっている気がして、微笑ましくなった。

だから『いっぱい体を動かしたら、このあとに食べるお菓子のカロリーは実質ゼロだよね！』というかなり前向きな意見は、とりあえず否定しないでおいた。前向きなのはいいことだ。

こうして、私も慣れないダンスに一緒に取り組むことになり、スピカ先生の指導を仰ぐことになった。

「スピカ、すっかり貴族令嬢らしくなったんだね。すごい」

彼女の優雅な動きを見て、心のままにそう言った。

もつれる足を止めた私は、暫く彼女のダンスに見入っていた。やがてスピカは動きを止めると、頬を上気させて照れ笑いを浮かべる。

「えへへ……だって、上手にできるとお兄様が褒めてくれるから」

「そっか、普段はアークツルスさんと練習してるんだったね」

イメージの中の社交ダンスは、男女ペアで踊るものだ。小説でもそうだったし、あまり単独でダンスを披露するということはないだろう。

スピカも以前そんなことを言っていたな、と考えていると、やはり彼女は私の問いにこくりと頷いた。

「授業ではメラクと踊ることになったけど、やっぱりお兄様とのほうが慣れてるから踊りやすいなあ。わたしが苦手なところはカバーしてくれたりするし……あ、そうだ！」

「どうかした？」

話していたスピカが、何かひらめいたように目を見開く。むふふ、と意味ありげに微笑んでいるのは、きっと何かとんでもないことを思いついたからに違いない。

「わたし、ミラが上達するための方法、思いついちゃった。レオ様に手伝ってもらったらいいんじゃない？　王子様だし、絶対に上手だよ。やっぱりふたりで踊ったほうがわかりやすいしね」

「えっ、レオに？　でも私、別にそこまで上達する必要は……」

「まあまあ、できないよりできるほうがいいって！　レオ様が来たら言ってみよーっと。あ！」

そこでちょうど来訪者を告げるノッカーの音がして、彼女はあっという間に玄関のほうへすっ飛んでいってしまった。

隠れ家に到着したのは、アークツルスさんとレオのふたりだった。カストルとメラクはあとから来るらしい。

「ダンスの練習……？」

到着早々スピカから話を聞いたレオは、とても困惑した表情を浮かべている。その気持ち、わかるよ。とっても。

「放課後も自己研鑽を怠らないなんて、スピカは偉いね」

「えへへ～」

当のスピカはダンスレッスンをしていたことをアークツルスさんに褒められて、とろけそうなほど甘い表情をしている。

私がスピカをじとっと見ていると、しばし思考していたレオは、ゆっくり顔を上げた。

「俺は構わないが。……ミラは、どうだ？」

どこか所在なさげなレオの青紫の瞳がまっすぐ私に向けられて、不覚にも少しどきりとしてしまう。

「えっと……私、きっとかなり下手だし、その、これから役にも立たないだろうけど、迷惑じゃなければ」

ぼろぼろのステップから想像するに、ふたりで練習したとして、どういう結果になるかは火を見るより明らかだ。それでも、せっかくスピカとレオが私のために気を遣ってくれたのだから、やってみたくなった。

私がまっすぐに彼の瞳を見返すと、レオはとても嬉しそうに破顔した。

「そうか、よかった。といっても、俺も特別に上手なわけではないんだ。でも、ミラと踊ってみたかったから、嬉しい……な……」

にこにこと話していたレオだったが、そこまで言ったところで、はたと我に返ったように顔は真っ赤になって、声が尻すぼみになってしまった。

見つめ合っていた私も、なんだか気恥ずかしくなって、つられて顔を赤くしてしまう。

「……えーと。じゃ、わたしとお兄様は先におやつ食べとくね」

お互いに目が合わせられないでいると、スピカの声が割って入った。そうだ。この場にはスピカとアークツルスさんもいたんだった。慌てて（あわ）ふたりのほうを向く。

「あ、アークツルスさんには甘くないものも作ってあるので、それも食べてみてください」

「お気遣いありがとう、ミラ嬢。ではレグルス殿下。節度は守ってくださいね」

顔を上げると、とても美しい笑みを浮かべる兄妹（きょうだい）の姿がそこにあった。そして、ふたりは何事もなかったかのように、そそくさとこの場を立ち去ってしまった。

スピカに至っては、去り際に親指をぐっと立てていた。

（えっと……えーっと……）

レオとふたりで取り残されたこの空間で、なんとなく頭の中がまとまらないまま一生（いっしょう）懸命（けんめい）考えを巡らせる。私と踊りたいだなんて、光栄なことだ。友人として、とてもありがたい……それでいいんだよね？

するとこほん、という咳払い（せきばら）の音がする。

「ミラ」

名前を呼ばれて顔をそちらに向けると、まだ頬の赤みは引いていないものの、落ち着いた様子のレオが、私に優しい笑みを向けていた。

「まずは簡単なステップからでいいか？」

「う、うん」

「じゃあ、手を」

差し出されたレオの手に、おずおずと私の手を重ねると、やんわりと握り込まれた。あたたかい。

思ったよりも大きい手のひらに、少しびっくりしてしまう。

「お手柔らかに、お願いします……本当に、下手だから」

「ははっ。ミラに苦手なことがあるなんて、なんだか新鮮だ。いつも美味しいものを食べさせてもらっているから、今度は俺がお返しする番だな。じゃあ、始めようか」

「うん、足を踏んじゃっても、許してほしい……！」

「勿論」

レオの屈託のない笑顔を見て、私も安心して自然と笑みがこぼれる。

私のダンスの完成度はやはりとても低く、宣言どおり何度もレオの足を踏んだし、あまりの不器用さにレオも少し笑いを堪えているときもあったけれど。

思いがけず始まったダンスレッスンは、この空間が隠れ家だということを忘れてしまいそうになるくらい、楽しいものだった。

そして、ダンスの練習が終わって食事をするフロアに戻ると、既にみんなは揃って鯛焼きとワッフルを食べていた。

メラクとカストルも私たちが踊っている間に来ていたらしい。

アークツルスさんは、甘くないチーズとベーコン入りの鯛焼きをしっかりと食べ終えたようで、にこにことスピカの様子を眺めている。

スピカとカストルは、蜂蜜や練乳をかけて甘々になったワッフルをもぎゅもぎゅと食べ続けていた。スピカは言わずもがなだが、カストルも無表情ながらとても幸せそうに見える。

美味しく食べてもらえて、本当に嬉しい。

「ミラ～なくなっちゃうよ～。殿下もはやくはやく」

こちらに気付いたメラクは、そう言って私たちに手を振る。

あんなにたくさん作っておいたのに、鯛焼きの山はもう皿の底が見えるほどに減っていた。犯人はスピカだろう。本当に、あの胃袋はブラックホールだ。

「急がなきゃね」

「ああ。すっかり出遅れてしまったな」

レオと顔を見合わせて、急いで席に着く。

運動をしたおかげで体がぽかぽかとあたたかいのもあるけれど、それと同じくらい、胸の奥も満たされている気がした。

◇閑話　変な女

夏季休暇まで残すところあとひと月程度となった、ある日。

「……では、わたくしはこれで失礼します」

定例の生徒会での集まりが終わると、赤髪の令嬢――ベラトリクス・ロットナー侯爵令嬢は、無表情で足早に生徒会室を出ていった。

パタリと扉が閉まると同時に、一番上座（かみざ）に座っていた第一王子のアルデバランは小さく息をつく。

（どうせ外には例のあの執事が待機していて、ふたりで寮に戻るのだろう）

そんな考えがアルデバランの頭を過（よぎ）る。いくら病弱だったからとはいえ、侍女ではなく男をつけるとは、侯爵の過保護が行きすぎているのではないかと言いたくなる。

婚約者であるのは自身のはずだが、定例的な贈り物をする以外は全く接点がない。

ゆえにアルデバランとベラトリクスは共に生徒会に在籍してはいるが、仕事以外の話をしたことがなかった。

「兄上、俺たちももう行きますね」

「殿下、失礼いたします」

朗らかな笑顔でそう声をかけてくる弟のレグルスの後ろには騎士のカストルもいて、さらにはダムマイアー商会の跡取りだというメラクまでも「ぼくもー」と声をあげる。

最近は生徒会の集まりが終わるとそわそわして、三人ともあっという間にいなくなってしまう。

特にレグルスは、共に同じ城に戻るだけだと思うのだが、どこかで寄り道をしているらしい。

そしてそれは、例のあのミラとかいう娘が関わっていることは間違いないだろうと、アルデバランは踏んでいる。

学園の敷地内にある建物で、彼女が料理をすることに許可を出したのは自分だ。

あの娘が作ったというマドレーヌはとても美味しく、バートリッジ公爵家で食べるものと遜色はなかったからだ。

三人が去って、アルデバランはじろりと隣にいるアークツルスに視線を送る。

視線に気がついて肩を竦めたアークツルスは、やれやれといった表情で話し始めた。

「今日もベラトリクス嬢と話せませんでしたね」

「……向こうがすぐ帰るからだ」

「そう言って、二年生になってからもうふた月以上……いや、学園に入ったときから数えると既に一年以上が経過していますよ。あなたが婚約者と不仲だという説は、全く払拭できていないじゃないですか」

「ベラトリクスが逃げるからだ」

「……まあ確かに、彼女の逃げ足の速さは僕も認めますが」

それだけではないだろう、とアークツルスは暗に責めるような視線を目の前の友人に向けた。

何を拗らせているのか、完全無欠の王子は、婚約者の扱いがとても下手くそだ。

全ての根回しが完了し、あとは本人に婚約の件を告げるだけの状態になっているアークツルスにとっては、どうしてこう親友がまごまごとしているのかがわからない。

愛のない婚約、とは言うけれど。

婚約が嫌で、それを解消したいのならば、お互いに話し合って解決すればよい。

それをしないまま、こうしてずるずると徒に結論を引き延ばして何になるのか、アークツルスは全く理解ができずにいた。

「――ベラトリクス嬢のことを、アランがそんなに想っていたとは知りませんでした。

昔はお茶会で同席してもにこりとも微笑まなかったじゃないですか。アナベル嬢以外には」

「それは……」

「まさか、誰かに取られそうだから惜しくなったわけではないですよね。そもそも、逃げようとするから追っているだけではなく、彼女のことを愛しているから執着していると言えるのですか？」

「……っ！」

アークツルスの言葉に、アルデバランはそれ以上何も言えなくなった。

それと同時に、心臓の柔らかい部分――核心をぐさりと突かれたような気になる。

黙り込んだアルデバランにアークツルスが追撃する。

「……今まで口を出しませんでしたが、前侯爵から代替わりしたロットナー侯爵家は、わざわざ婚姻によって縁を結ばずとも、王家と良好な関係を築いているでしょう。もしあなたがベラトリクス嬢のことを心から愛しているわけでないのなら国のための縁談だ、と深く考えず、ベラトリクス嬢を解放してあげてもいいんじゃないですか。これは友人としての意見です、アラン」

「……ありがとう、アーク。少し考えさせてくれ。頭を冷やしてくる」

席を立ったアルデバランは、険しい表情をしながら部屋を出ていく。

その背中を見送りながら、親友であるアークツルスは困ったように眉尻を下げた。

「アラン……全く、真面目すぎるのも困ったものだなぁ」

拗れた関係が前進することを願うアークツルスの口からは、思わずそんな言葉がこぼれたのだった。


どこか頭を冷やせるところへ、と考えているうちに、アルデバランは学園の校舎裏にたどり着いていた。

テラスや美しく管理されている前庭と違い、裏庭はどこか鬱蒼としていて、人気がない。

「……裏庭の整備についても、今後議案として盛り込むか」

結局は仕事のことを考えてしまいながら、アルデバランはさらに足を進める。

校舎の角を曲がったところから聞こえてきたのは、女の声だった。

「ふんふんふーん♪　これだけ立派な土なら、きっと美味しい野菜ができる！」

アルデバランの視線の先では、花壇のようなところで、桃色の髪の女が嬉々として土を耕していた。

どこか見覚えのあるその少女は、とても楽しそうに鼻歌を口ずさみながら花壇をひらひらと移動する。

「こんな場所が捨て置かれているなんて、もったいない。流石は上流貴族、土になんて見向きもしないんだわ……って、え……」

その女が顔を拭いながら顔を上げたところで、アルデバランの視線はその人物とかち合った。

少女の目はまんまるになり、口はぽかんと開いてしまっている。

「ここで何をしている？　……それから、なんて格好をしているんだ。君も生徒なんだろう」

「わわっ、アルデバラン殿下……！　なんでよりによって殿下が来るの⁉」

ほとんど同時に声を出したせいで、アルデバランの声はきっと彼女に届いていない。

だが、アルデバランの目の前の女は、制服のスカートをたくし上げていて、膝まで丸見え、おまけに顔には先ほど汚れた手で拭ったせいで泥がついている。

――変な女だ。

怪訝な表情を崩さないアルデバランが、学園の裏庭で農作業を行っていた男爵令嬢のシャウラに対して抱いたのは、そんな印象だった。

五　夏のバートリッジ公爵領

それから、夏季休暇に入るまでのふた月は、矢のように過ぎていった。

毎日変わらず授業を受けて、放課後は隠れ家に行ってスピカやレオとダンスの練習をしたり、みんなとお茶をしたり。週末になれば食堂か『パティスリー・一番星』に顔を出す。

そんなことを繰り返しているうちに、明日からは待望の長期休暇だ。

学園は昼までで終わったため、みんなもう自宅へと戻った頃だろう。私も同じように、寮からバートリッジ公爵家の住まいへと帰ってきていた。

明日からレオと公爵領の視察に行くのだから準備が必要だろう。

「……そう言えば公爵領って、どんなところだろう」

「そうだな、風光明媚でよいところだ」

「えっ！」

自室へと続く廊下をてくてくと歩きながら独り言を呟いたつもりだったが、後ろから声がして慌てて振り返る。

そこには公爵のジークハルト様が立っていた。

切れ長の鳶色の目を細めて、綺麗な笑みを浮かべている。

普段から公爵家に住まわせてもらっているとはいえ、お忙しい公爵様ご本人とこうして偶然廊下で出会うことはかなり稀だ。

私が驚いていると、公爵様は優しく声をかけてくれた。

「ミラも明日から行くんだったな。馬車に乗っている時間が長くなるから、今日は早めに休みなさい」

「は、はい。お世話になります」

「いやいや、可愛い甥っ子のためでもあるからな。都合上、私とは別の馬車になるが……レオが言っていた公爵領での視察には、公爵様も同行するらしい。そこに私がついていっていいのかという思いもあるが、夢の港町への切符を手にしたのだから、是非とも参加したい。

私はぐっと拳を握りしめて、公爵様を見つめた。

「公爵領、とても楽しみです！」

「……そうだな。私としても、ミラが気に入ってくれると嬉しいよ」

「？　はい」

なんだか公爵様の声に含みを感じて首を傾げながら頷いたけれど、公爵様は特にそれには触れず、笑顔で続けた。

「アンナやアナベルも君に会うのを楽しみにしている。ミラは気兼ねなく寛いでくれていい」

「ありがとうございます、公爵様」

畏れ多い言葉に感謝を述べたあと、少しだけ会話をして、私は自室へと戻った。

少ない荷物ながら、荷造りをしないといけない。

(……港町の市場はどんな感じなんだろう。新鮮なお魚を見に行く機会はあるかなぁ。やっぱりその土地の市場は見てみたいし、アンナ様の薬園も気になる)

服を鞄に詰め込みながら、私はまだ見ぬ土地へ思いを馳せる。

港町といえば、海。それにいよいよ、公爵夫人であるアンナ様の立派な薬園をこの目で見ることができるのだ。

アンナ様には以前一度会ったことがある。高貴な身分ながら優れた薬師である彼女は、王都にいる公爵様には同行せず、公爵領に留まって昼夜研究を続けているという。前は興味深いお話を聞けたので、現地を見られるのはとても楽しみだ。

ご息女のアナベル様はパイを気に入ってくれていたから、公爵領でもパイが焼けるといいな。

(レオは喜んでもらえると言っていたけど、そうだったら嬉しいな……あれ？　なんだろう、緊張してるのかな)

彼女の顔を思い浮かべたところで、少しだけ胸の奥がちくりと痛んだ気がした。もしかしたら、楽しみにしすぎて胃に負担を与えているのかもしれない。

急いで残りの荷造りを終えた私は、長旅に備えて早めに就寝することにした。


そして翌朝。私が公爵邸のエントランスへとたどり着くと、そこにはいつものお忍びのようにマントをまとったレオとセイさんが既にいた。

「ミラ、おはよう！」

「おはよう。レオ、早いね」

「レオ様は大変楽しみにしていたので、今朝(けさ)は早起きを――」

「セイ！」

眩(まぶ)しい笑顔を見せていたレオは、横から口を出した護衛のセイさんの口を押さえ込んだ。キラキラとした銀髪がさらりと揺れて、そこから見える耳の先が、心なしか赤くなっている。

「私も楽しみにしてたから、なかなか眠れなかったよ。また馬車で寝ちゃうかもしれないなぁ。レオは公爵様と同じ馬車？」

公爵様は私と違う馬車だと言っていたから、レオが公爵様と同乗するのかもしれない。外には公爵家の紋章が入った立派な馬車が、ででんと出発のときを待っているようだし、それには当然王子様のレオが乗るのだろう。

するとレオは首を振った。

「──いや。俺は……その、ミラと一緒に行きたいから、とお願いしていて」

「え……？」

「そっちの馬車で、行こうと思っている」

レオが指差した先には、街中でよく見かけるシンプルな見た目の貸馬車のようなものがある。大きさも控えめだ。

「私は馬で並走しますので、おふたりで乗ってくださいね」

にこやかな笑顔を見せるセイさんは、私が手に持っていた荷物を「馬車にのせますね」と言って持っていってしまった。

本当に私とレオをふたりで小さい馬車に乗せるつもりらしい。途端に不安になってきた。

「レオ、あの……大丈夫？　レオはおっきい馬車のほうがいいんじゃない？」

「あの馬車は見た目はあんなだが、中は快適に過ごせるようになっている。貴族が目立たないように街中で使う馬車なんだ」

「へぇ～。あっ、もしかして、私が王都に来たときに乗った馬車もあれだったの!?　道理で快適だと思った！」

　以前イザルさんと一緒に乗った馬車を思い出す。

　あの日、私がやけに快適な乗合馬車だと思っていたものは、やはり一般的なものではなかったらしい。ここにきて謎が解けた。

「ほら、ミラ。手をどうぞ」

「あ、ありがとう……。なんか、王子様みたいだね」

　馬車に乗り込むとき、レオに手を差し出されてエスコートされた私は、彼の手のひらに手を重ねながらそんな感想を漏らしてしまった。

　本当の王子様だから、そう改めて言うのも変なのだけど。

「そう？」と言いながら優しい笑みを湛(たた)えているレオは、町に来るときのようなラフな格好をしているのに、なんだかいつもより王子様然として見える。私は瞬(まばた)きを数回繰り返して、ゆっくりとその馬車に乗り込んだ。

公爵領へと向かう一行（いっこう）は、公爵様が乗る立派な黒塗りの馬車を先頭に出発した。

その周囲には騎士服の屈強な人たちが大勢配置され、警備はばっちりといった感じだ。

馬車の窓から様子を窺（うかが）っていた私だったが、ふと気付いた。

なんだか、その騎士たちの中に見かけたことがある人たちがいるような気がする。気のせいかもしれないが。

対するこちらの貸馬車風のお忍び馬車にも、後ろから馬に乗った騎士がふたりついてきている。ふたりとも旅人に扮していて、わかりやすく騎士の格好をしているわけではない。

「ミラ、大丈夫だよ。こっちの馬車にもちゃんと騎士は配置されている。セイとクラークがいれば、百人力だ」

私が不安そうにしていると思ったのか、向かいに座るレオはそう言葉を足した。

「クラークさん……クラーク様って、そんなに強いの？　カストルのお父さんなんだよね」

クラーク様とは今まで会ったことがなく、馬車の窓越しに目が合ってぺこりと頭を下げた程度だったが、快活な笑みを浮かべてくれた。

私がそのことを思い返していると、レオは誇らしげに頷いた。

「そうだ。クラークは近衛騎士団の団長だからな。セイよりも強いと聞いている。そのふたりもいるし、御者も騎士団に所属している者だ。見えないところにも随行している者たちがいるから、安心してくれ」

「うん。ありがとう」

あれ、なんでだろう。レオのキラキラとした笑顔が眩しい。

以前、スピカがレオのことをヤンデレとか闇落ち間近とかなんとか言っていたけれど、この爽やかな王子様からはその気配は微塵も感じられない。

どちらかというと、神に祝福されているかのようなキラキラ具合だ。

「……ミラと、ずっとこうしてゆっくり話をしたいと思っていたんだ」

そんなキラキラした人に、改めてはにかみながらそう言われると、こちらも照れてしまうのは仕方のないことだと思う。

顔が熱くなっているのに気付かれていないかなと不安になりつつ、私はレオに答える。

「確かに、いつもみんなでご飯とかお菓子を食べていたから、こうしてふたりきりで話してなかったね。ダンスだと私がいっぱいいっぱいで……」

隠れ家でのひとときは、いつもあっという間に過ぎてしまう。

特にレオが何度か付き合ってくれたダンスの練習の間は、私の頭の中がどうしたら足を踏まずにいられるかということばっかりで、パンクしそうになっている。前世からの運動音痴を呪うばかりだ。

「学園だとどうしても人目につくからな。俺も基本的にひとりで行動はできない」

「王子様も大変なんだねぇ」

困ったように眉尻を下げるレオに、私はそう相槌を打った。

王族という身分は恵まれているという意見もあるかもしれないけれど、その分自由もないのだと思う。その身に背負う責任や役割は、重いものだ。

いろいろな人に守られながら、好き勝手に過ごしている私のほうがよっぽど自由かもしれない。

私が勝手に思いを馳せていると、困り顔をしていたはずのレオは、ふ、と口の端から笑みをこぼした。

「隠れ家でのダンスも楽しかったが、今日の旅でこうしてゆっくり話せるのも楽しみにしていたんだ。ミラとなら、退屈な移動も全く苦にならないだろうな」

「そ、そう……？　買いかぶりすぎじゃない？　私、面白い話なんてできないよ」

「いつもどおりに過ごしてくれるだけでいい。俺はそれで楽しい」

「う……じゃあ、いいけど……。あ、そうだ。また馬車での移動用にお菓子を作ってきたの。食べる？」

「ああ、勿論！」

レオのまっすぐな発言に少したじろいだ私だったけれど、お菓子の話を出すと彼の表情はころりと幼くなった。楽しそうな様子に、安堵する。

気を取り直した私は、持っていたポシェットをごそごそと探ってマドレーヌを取り出す。それを彼に渡すと、とても幸せそうな顔で受け取ってくれた。

美味しいものはお城で食べ慣れているだろうに、レオは私の料理を気に入ってくれていて、とても嬉しい。レオがはぐはぐとご飯を食べる姿を見るのは、好きだ。

「……ミラもやっぱり、公爵家では随分と修業したのか？」

マドレーヌにはくりと噛みついたレオは、ちょっとだけ驚いた表情を浮かべながら唐突にそう尋ねてきた。

「え？　なんのこと？」

どうしてここで公爵家の話が出てくるのだろう、と不思議に思う。

私のぽかんとした表情で何も知らないと察したのか、レオは改めて説明してくれた。

「公爵夫人……叔母上は、昔から料理人に厳しい修業を受けさせているとアナベルが話しているのを聞いたことがあったからな。特に菓子については、かなり厳格だと」

「あ……」

その言葉に、ふいにシルマさんの顔が浮かんだ。

人懐っこい笑顔の厨房の先輩。私のメモを盗んだかもしれない人。厨房に入ったばかりの頃に、『奥様はマドレーヌの味に厳しい』と笑いながら言っていた。

「……ううん。私は受けてないよ！」

暗い顔をすると心配をかけてしまいそうだと思って、努めて明るく返事をする。

レオは食べかけのマドレーヌをしげしげと眺めると、またひと口ぱくりと食べた。

「そうか。前食べたときも思ったが、公爵家の味によく似ている。ミラのマドレーヌのほうが、俺は……好きだけど」

「あ、ありがとう……材料が一緒だからかな？」

まっすぐに見つめられて、思わず背筋がピンと伸びる。

無性にどぎまぎしてしまった私は、誤魔化すように笑いながら、窓の外に視線を逃がした。鮮やかな風景が、緩やかなペースで後方に流れてゆく。

そうして、他愛もない会話に花を咲かせたり、道程の説明を受けたりしながら、のんびり和やかに数日間の移動をこなしているうちに、馬車は公爵領へと到着した。

長旅の末にたどり着いた公爵領の邸宅は、緑溢れる自然豊かなところだった。

敷地の中央には王都の公爵邸よりもさらに大きな屋敷があり、その傍らには別の白い建物やガラス張りのドームがある。

窓の外を必死に覗いていると、隣からレオが丁寧に説明してくれた。

「真ん中の白い建物が研究室兼別邸で、周囲にあるのが叔母上の薬園だ。ドームのような建物は、温室だと言っていた」

「そうなんだ……すごいね！」

少し前に門をくぐったからもう公爵家の敷地内に入っているはずなのに、なかなかエントランスにたどり着かない。馬車で移動しながら、その広大な庭園のスケールに感嘆の声が出る。

植物園のようなアンナ様の薬園。あとでなんとかお邪魔したい。以前いただいたハーブ類もあるのかと思うと心が躍る。

心をときめかせる私に、レオは真剣な顔になって言った。

「ミラ。今回の滞在中に、一緒に港町へ行かないか。明日はここで催しがあるらしいから、明後日にでも」

「……いいの？　レオは忙しいんじゃない？」

港町の散策はとても楽しみにしていたので、レオの申し出は願ってもないことだ。

だけど、ただついてきた私とは違って、彼は視察のためにここに来ている。時間を割いてもらっていいものかと、ついつい顔色を窺(うかが)うような反応をしてしまう。

そんな私の問いかけに、レオはからっとした笑顔を見せた。

「勿論だ。叔父上からも、ミラを案内するよう仰(おお)せつかっている。今日は疲れただろうから、ゆっくり休んだほうがいい。明後日が楽しみだな」

確かに馬車の旅は長くて、体が疲れてしまったことは事実だ。何度か馬車に揺られながら、ふわふわのクッションの誘惑に勝てずに寝落ちしてしまった。反対に寝落ちするレオを眺めることもできて、楽しい旅でもあったのだけれど。

「じゃあ、お願いします。うん、楽しみ……！」

「ああ」

港町で、どんな食材と出会えるのかと思うと、とてもわくわくする。

この公爵領や港町に何度も訪れたことがあるであろうレオも、私と同じように心から楽しそうに笑うから、私の頬も自然と緩んだ。

「――レオ様、到着いたしました」

馬車が停まり、窓の外で馬に跨(また)るセイさんからそう声がかかる。レオは扉が開いてすぐにさっと先に降りると、また私に手を差し伸べた。

その手を取って、馬車から降りる。

視線を上げて屋敷のほうを見ると、エントランスには公爵様とアンナ様、そしてアナベル様が並び立っていて、みんなこちらを見ていた。

「いらっしゃい、待っていたわ！」

満面の笑みを浮かべたアナベル様は、令嬢らしからぬ速さで駆けてくる。レオとアナベル様の久しぶりの再会だ。嬉しくてたまらないのだろう。

こちらに猛然と駆けてくるアナベル様を見ると、どこか居心地が悪い気がして。

私はレオの手を離して、ふたりの再会を邪魔しないように少しだけ距離をとった。

――のだけど。

「ミラ、久しぶりに会えて嬉しいわ！」

「うえっ⁉」

ストロベリーブロンドの髪を揺らすご令嬢の突進を受け止めることになったのは、レオではなく他でもない私だった。

「アナベル様。ミラ様はお疲れですのでお控えください」

びっくりして固まっていると、どこからか颯爽（さっそう）と現れたセイさんが、彼女をべりりと引き剝（は）がす。

「あっ、もう、セイったら。私たちの感動の再会を邪魔しないで」

「お転婆もいい加減にしないと、いつかお怪我をしてしまいますよ」

口を尖らせるアナベル様に、セイさんは珍しくお小言モードだ。ふたりがやりとりをするのを見たことはなかったけれど、レオや私に対するものとはまた少し違った雰囲気を感じる。

（えぇっと……？　なんだかいろいろと思っていたのと違うような）

予想外のことに呆気に取られてしまった私だったけれど、その後は無事に公爵夫妻にご挨拶をして、紺色のお仕着せを着たメイドさんに部屋まで案内してもらうことになった。

そんな初日は、本当に疲れていたようで、しっかりぐっすりと睡眠をとるだけで過ぎ去っていった。

そうして、二日目の本日。

私の目の前では、アナベル様が嬉々として動き回っている。

「ねぇミラ、こっちはどう？　ほらこれなんかも綺麗な色だわ」

「は、はい」

「レーナはどう思う？　どちらがミラに合うかしら」

「そうですね。ミラ様であれば、あまりリボンなどでゴテゴテしていない、こちらのすっきりとしたデザインがいいかと思います。裾（すそ）のフリルや色彩が綺麗ですし」

「そうね、これにしましょう！　うふふ、いろいろと用意した甲斐（かい）があったわ……！」

ほくそ笑むアナベル様に苦笑しながら、私はこうなった経緯を思い出す。

すっきりと目覚めた朝だった。だけれど、ぐぐっと上体を伸ばしていたところで、アナベル様率いる統率のとれたメイドさんたちが私に宛がわれた部屋へと突撃してきたのだ。

そして朝食をとったあとに丁寧に湯浴みをされ、マッサージまでしてもらい、エステ気分でとても気持ちがよかった。その心地よさにうとうととしていたところで、「さあやるわよ！」というアナベル様の号令がかかり、私はアナベル様の侍女であるレーナさんをはじめとしたメイドの皆さんにさらに揉みくちゃにされ――様々なドレスを身体に当てられ続けて今に至る。……着せ替え人形にでもなった気分だ。

「でもこんなドレス……私には似合わないかと」

目の前に並べられた美しい色合いのドレスの袖を摘（つ）まみながら、思わずそうこぼしてしまうと、アナベル様はとても楽しそうに胸を張った。

「そんなことないわ。せっかく今夜は晩餐会なのだもの。ミラを綺麗に飾り立てなくっちゃ。ふふふ、レオの驚いた顔が目に浮かぶわ……！」

「お嬢様。落ち着いてくださいませ。お嬢様もそろそろお着替えなさってください。間に合いませんよ」

「まあ、もうそんな時間？　じゃあ、レーナ。ミラのことは頼んだわね。私は自室に戻るわ。ミラ、またあとで会いましょう」

「え！　あの、アナベル様⁉」

　言うが早いか、レーナさんの言葉を受けたアナベル様は、また部屋をびゅんと飛び出していってしまった。相変わらず、溌剌としたお方だ。

　昨日も天蓋つきのベッドがあるお姫様のような広い部屋に通されて驚いたけどまさか、今日はドレスを着せられるなんて。私はおまけでついてきたつもりだったのだけれど、どうしてこんなことになっているのだろう。

　確かにレオと一緒に来たけど。公爵様にはお世話になっているけど……！

「さあ、ミラ様。まだまだ準備が必要です。今日は料理人はお休みですからね」

　ぐるぐると目が回り始めた私に、レーナさんは悪戯っぽく微笑みかける。

「は、はい……お手柔らかにお願いします」

「ええ。不肖レーナ、お嬢様のお望みどおり、ミラ様を立派に仕上げてみせましょう」

腕まくりをするような仕草で気合いを入れたレーナさんに、私はその後もされるがままで、全てを受け入れるしかないのだった。


――それから、どれくらい時間が経ったのだろう。

「レーナ、準備はできた？」

「ええ。万全でございます」

レーナさんが頷く仕上がりになる頃には私はすっかりくたくたで、力なく椅子に座り込んでいた。扉を挟んでレーナさんとアナベル様が会話をしているのも、どこか遠くに感じる。

がちゃりと扉が開く音がしてゆっくりと首をもたげると、数年前に公爵家の庭園で見たような盛装をまとったレオがそこに立っていた。

紺の生地に銀の刺繍が施されたジャケットは見事で、凛々しくもあり、神々しくもある。

（流石王子様……すごく似合ってる……！）

レオの姿をまじまじと眺めていると、その隣に立っていたアナベル様が、レオの背をどんっと勢いよく押した。

「わ！」

「レオ！」

完全に気を抜いていたらしいレオは、体勢を崩して二、三歩前へとよろめく。私は慌ててそんなレオに駆け寄った。

「じゃ、私は先に行ってるわね。まだもう少し時間はあると思うわ！」

アナベル様は廊下から部屋を見てそう得意げに微笑んだあと、レーナさんを引き連れて本当にさっさとこの場から立ち去っていった。

私は慣れないドレスでつんのめりそうになりながらもレオの身体を支える。

「……っ、ミラ、その、似合ってる」

するとレオはなぜか口元を押さえて、私を見ていた。

手の隙間から見える頬が赤く、銀髪の間から覗く耳の先も赤くなっている。

「ふふ、ありがとう。レオもすごく格好いいよ」

「！」

褒めてくれたことが嬉しくて素直に気持ちを伝えると、レオは何やら言おうとしたことを呑み込んでしまったらしく、口元の手が今度は目元に移動してしまった。顔が見えない。

私は自分の格好を改めて見下ろした。

青を基調としたドレスは、裾に向かって紫色になるよう緩やかなグラデーションを描き、スパンコールがあしらわれている、それはだんだん深くなる星空のよう。

アナベル様の指示で他にもいくつか候補のドレスが並べられていたが、よく考えたら全てが青系のドレスだったように思う。それに……

「なんだかお揃いみたいだね」

「あ、ああ」

こうして並んで立つと、レオが着ている衣装と私が着ているドレスは同じような色遣いだ。偶然だろうが、銀髪のレオには夜空のような色合いのその衣装がよく似合っている。

ふう、とひときわ大きなため息をついたレオは、姿勢を正して私に右手を差し伸べた。

戸惑いながらもその上に私が右手をのせると、彼はいつものようにはにかんだような笑顔を見せた。

「ミラ、今日の晩餐会ではダンスの時間もあるんだ」

「えっそうなの？　あのあともスピカと練習してはいたけど、どうしよう、そんな場でできるかな……」

というか、そもそもこうやってドレスアップするのも初めてな私には荷が重すぎる。ダンスの練習は隠れ家でスピカに習ってなんとなくやっていただけで、レオと一緒に練習した回数も数えてみればさほど多くない。

私の不安を読み取ったのか、レオは重ねた手をぎゅっと握ってくれる。

「大丈夫、俺に任せて。参加は自由だけど……俺はミラを最初にエスコートしたい」

「レオ……」

身に起こる全てのことに現実味がなくて、ぱちぱちと何度も瞬き（まばた）を繰り返す。

ドレスアップして、晩餐会に、ダンス。こんな機会は二度とないかもしれない。せっかくの機会だから、楽しまないと損だよね。うん。

「あ、でも私……下手（へた）だからまた足を踏んじゃうかも」

「心配ならここで少し練習しよう」

隠れ家での練習で、既にレオのつま先は何回も被害に遭（あ）ってしまっている。

彼はそんなことは全く気にも留めない様子で、言うが早いか私の手をぐっと引いた。

彼の右手は私の背中に回り、左手で私の右手を取る。少しどきりとしたが、私もゆっくりと自分の左手を彼の背中に回した。

（うっ……本当に、何回やっても慣れない。こんな抱きしめ合うみたいな感じ……！）

　こうしていろいろな人と踊るのかと思うと、貴族の皆さんには脱帽してしまう。スピカがアークツルスさん以外と踊るのを嫌がる理由が少しわかった気がする。

　相変わらずの拙（つたな）ぐぎこちないステップのまま、レオのリードについていく。

　部屋の窓からはいつの間にか西日が差し込んでいて、夜が近づいてきていることを雄弁に語ってくれている。

　――この先、こうして彼と友人として親しくしていられるのは、どのくらいの猶予（ゆうよ）があるのだろう。

　陽光を反射するキラキラした銀の髪を眺めながら、ぼんやりと考える。

　レオは王子様で、私は料理が好きなだけの一般人。学園を卒業して、お互いに夢中になることが増えれば、自然とそのまま関係が希薄になってしまうことは容易に想像がつく。

　卒業、就職、結婚、出産……人生のターニングポイントでは、人間関係だって簡単に途切れてしまうもの。前世でもそうだった。

（あの頃……私は、駆け出しのパティシエで、子供がいて……）

「～～～っ！」

「あっ、ごめんね、レオ！」

少し上の空になってしまったところで、私はレオの足をぐにりと踏みつけてしまった。

一瞬うめき声をあげた彼だったが、すぐに笑顔を向けてくれる。

「大丈夫だ……問題ない。そろそろ会場に向かおうか」

「うん。あ！　私、パーティーに参加するのなんて初めてなんだけど、どうしたらいいんだろう。お客さんもいっぱいいるんでしょう？」

「領地での小さなパーティーだから、来客はこの公爵領の関係者が集まっている程度だろうと思うが」

「そっか。それは楽しみだねえ」

「ああ」

柔らかく微笑むレオを見ていると、私もこれからのパーティーに思わず胸をときめかせてしまうのだった。

◆◆◆

「アナベル様、いろいろとありがとうございます」

盛装したミラとレオを部屋の外から見送ってすたすたと前を歩くアナベルに遠慮がち

にそう声をかけたのは、レグルスの護衛騎士であるシリウスだった。

全く世話の焼ける従弟（いとこ）だと考えていたところで、美麗な護衛に呼び止められたのだ。

シリウスがかしこまった様子で深々と礼をしたため、艶々（つやつや）とした黒髪がアナベルの目線の位置まで下りてきた。

そんな彼を見て、アナベルは小さく嘆息した。

「……あなたに言うことではないけれど、アランにい様もレオも、レディの扱いが全くなっていないわ」

「大変耳が痛いですね」

アナベルが腰に手を当ててぴしゃりと指摘すると、顔を上げたシリウスは苦笑した。

その様子をじっと見つめていたアナベルは、「ちょっとお茶に付き合って」とシリウスを誘い、サロンへ移動することにした。

晩餐会まではまだもう少し時間がある。

あのふたりがそれまでどう過ごすのかはわからないが、時間になれば誰かが呼びに行けばいいだろう。

アナベルはそんなことを考えながら、シリウスと共に別室へと向かった。

レーナが素早（すばや）く即席のお茶の準備をし、アナベルはそこに腰かけると、出された紅茶をひと口だけ飲んで喉(のど)を湿らせた。

「好きな女の子をデートに誘うのに、他の女の名前を出すなんて、どういう了見なのかしら。レオは安心材料のつもりで言ったのだろうけど」

アナベルは紅茶を飲んでいるカップを置くと、一気にそう吐き出した。

シリウスも、アナベルの言葉に苦笑する。

「まあ、そうですね。隣で聞いていてヒヤヒヤしました。口は出しませんでしたが」

夏季休暇に入るひと月ほど前、従弟(いとこ)であるレグルスから届いた手紙には、夏季休暇中の公爵領への視察にミラを誘った旨が書かれていた。

そこまではよかった。へぇ、レオもやるじゃない、とアナベルはにまにましながら読み進めていた。問題はそのあとだ。

「『ミラには、アナベルもミラが来ると喜ぶと伝えてある』って一文を見たときは、肝が冷えたわ……」

レグルスがミラのことを好いていることは明白で、周囲もそれを咎(とが)めはしない。本人たちが知らないだけで、割と地盤は固められていると言ってもいい。

しかし馬車でふたりきりになりたいくらい彼女のことを想っているのならば、他の女のことを引き合いに出さないでほしいと心から思う。

そして勝手に巻き込まないでほしい。

それはレグルスについてだけではなく、第一王子のアルデバランも同様だ。

「――それで。学園でのにい様は、相変わらずなのかしら？」

ふう、とため息をついたアナベルは、シリウスの深い藍色の瞳をまっすぐに見据えた。

隣国に留学中のアナベルの耳には、この国の詳しい状況はなかなか入ってこない。隣国からあまり戻ってこないことも原因ではあるのだが。

アナベルの母、アンナの出身国である隣国で、アナベルはもうひとつの祖国と言ってもいいほどそこの暮らしを大満喫していた。

アナベルがこちらの社交界にあまり顔を出さなかったのも、ゆくゆくは隣国に移り住もうという計画があるからであり、それについては両親の了解を得ている。

そのため、アナベルが第一王子のアルデバランと懇意にしているという社交界の噂は全くもってでまかせで、アナベル自身も迷惑していた。

「……そうですね。どうやら婚約者であるベラトリクス嬢とは、未だに全く話ができていないようです」

物憂げなため息をつくアナベルに、シリウスはそう答えた。

レグルスの護衛をしながら彼が見た限りでは、必要なときしかベラトリクスは生徒会室に寄り付かない。それに基本的にすぐ部屋に戻っているようで、常にあの執事を連れている。

「……はあ。アランにい様ったら、ベラトリクス様の愛称すら呼べないでいたのに、私のことは何も考えずに小さい頃のまま『アナ』と愛称で呼ぶのだもの。そのたびに彼女からの視線が突き刺さって痛かったわ。私が直接ベラトリクス様に説明するのも余計拗れそうだったし……」

「そうですね。心中お察しします」

シリウスはアナベルに慈しみにも似た憐れみの表情を向けた。

以前社交の場に出ていたときは、ベラトリクスからの明確な敵意をアナベルも感じてはいたが、かといってどうしたらいいのかわからなかった。

あの第一王子は、少しだけ生まれが遅いアナベルを妹のように可愛がっていて、それが普段の様子と違いすぎるものだから周囲に誤解を少々――いや多分に与えているのだ。

兄弟で育てられ方が違うからか、アルデバランはレグルスとも少し距離をとっている。

そんな中で、誰にも気兼ねすることのない存在であるアナベルにだけ、異様に甘く振る舞ってしまったという寸法だ。

自分とアルデバランは何もやましい関係ではないとアナベルが言ったところで、信じてもらえる気がしない。もし自分がベラトリクスの立場だったら到底信じられないし、激しく嫉妬(しっと)してしまう気持ちもそれなりにわかる。あくまでそれなりに、だけれど。

「あ」

「何？　どうかした？」

ひと言発したあとに急に引き締まった顔になったシリウスに、アナベルは首を傾げた。何か思うことがあるのだろうか。

シリウスもなんとも言えない表情で口を開く。

「……そういえば、最近アルデバラン殿下の周辺で、何かあったようですね」

「え⁉　何それ！　セイ……じゃなかった、シリウス、詳しく教えてちょうだい」

「護衛の話によると、アルデバラン殿下は空(あ)いた時間になるとふらりと学園の裏庭に行かれるそうです。レグルス殿下はそちらには立ち寄らないので、私が近づいたことはないのですが」

「まあ……何があるのかしら」

アナベルは頬に手を当てながら、想像してみる。

学園の裏庭。そこに何があるのか皆目見当もつかない。自身が通っている隣国の学園であれば、生徒会専用の美しい花壇(かだん)が広がっているくらいだ。

(にい様も、何か息抜きを見つけたのかしら……?)

あの仕事の鬼のような従兄に、何か楽しみが見つかったと言うのならば、それはそれでいいかもしれない。

そう結論づけたアナベルは、レーナが用意したマドレーヌを口に運んだ。

考えても仕方がない。

「アナベル様、晩餐の前ですよ」

シリウスに優しく咎められるが、それには笑顔で返す。

「マドレーヌは別腹なの。昔からだもの。うちのマドレーヌほど美味しいものは隣国にはなかったわ」

「マドレーヌといえば、ミラ様が作られるマドレーヌも絶品ですよ。食べたことはありますか?」

「そうなの? それは是非作ってもらいたいわね」

「……アナベル様」

もうひとつのマドレーヌに手を伸ばしたところで、アナベルはシリウスに呆れたように名を呼ばれた。全くもう、世話焼きな護衛だ。

仕方なくその手を紅茶のカップに移すと、柔らかな笑みを浮かべたシリウスがアナベルを見ている。

（――ずるいわ、シリウスってば素敵すぎるもの！）

いずれ隣国へ行くアナベルと、いずれ近衛騎士団の団長になるであろうシリウス。

相容れないのはわかっているが、幼い頃から憧れのお兄さんなのだ。

「アナベル様……」

そんなアナベルの心の声は、扉の側に立つレーナにだけしっかりと伝わっていた。

◆　◆　◆

私はどこか嬉しそうなレオに手を引かれて、そのまま一緒に晩餐会の会場へと足を踏み入れた。

……のだけれど。

今は、少し前に『楽しみだねえ』とか呑気なことを言った自分を殴りたい衝動に駆られている。

『小さなパーティーだから』と前置きされていたが、目の前に広がっていたのは、私の想像よりずっと大きなパーティーだった。

公爵様の帰還を祝っての催し、しかも今回は第二王子であるレオがいるのだからこうなるよね、と気付いたのは、会場に到着したあと。完全に迂闊だった。

そして、そんな中でレオに連れられて登場した私に、参加者の視線が注がれるのは、至極当然のことだと思う。

「ミラ、大丈夫だから。顔を上げて。ほら、よく見てごらん」

私の緊張が繋いだ手から伝わったようで、隣に立つレオが優しく声をかけてくれる。

俯きがちだった視線を上げて、ゆっくりと周囲を見てみると、参加者の大半は一緒に来た騎士たちだった。セイさんの姿もある。私が見ていることに気がついたのか、彼は優しく笑ってぺこりと会釈してくれた。

「騎士たちの慰労を兼ねての晩餐会だから、内輪のようなものだ。……今回は」

「？」

レオの最後の言葉は、よく聞こえなかった。少し緊張がほぐれたといっても、歩き慣れないドレスとヒールの高い靴で、一歩一歩がドキドキだ。

ようやく用意された席に到着したときには、安堵のあまり思わずため息をついてしまった。――とはいえ、なぜか上座に近いレオの隣の席だったので、完全に息抜きするわけにはいかないのだけど。

（スピカ……大変だったんだなぁ。私といるときはいつもどおりだから気がつかなかった）

同時に、こんな煌びやかな世界に身を置くことになったスピカの大変さを改めて思い知る。貴族も大変だ。

そんなことを考えていると、明るい声が飛んでくる。

「ミラ、自分の家だと思って寛いでくれていいからね！」

「ありがとうございます。アナベル様」

「相変わらずアナベルは元気そうだな……」

斜め前の席に夫人と並んで座っているアナベル様が無邪気な笑みを向けてくれたので、お礼を言う。レオは彼女を親しげに見つめている。

煌めくパーティー会場、楽団の華やかな演奏。

やがて音楽がワルツに変わると、レオに手を差し出された。本当に自分と踊るのか、と驚きつつ彼にエスコートされてダンスホールに出る。レオの背中に手を回すと、レオはわずかにほほ笑んでゆったりとステップを踏み始める。

拙い足さばきでなんとかダンスを終えたと思うと、今度は豪華な食事のテーブルマナーに苦戦した。

そういう風に緊張が途切れることがないまま夜は更け、部屋に戻ってベッドにダイブしたら、ぷつりと糸が切れたかのように眠りについてしまった。

（緊張したけど……ダンスは楽しかった……かも……）

まどろみの中で、私はそんなことを考えた。

六　港町にて

舞踏会の翌日は快晴で、絶好のお出かけ日和となった。

夏なので快晴だと暑いくらいなのだが、この世界……というか、この国の夏は日本のようにベタッとしたりじめっとしたりはしていないから、暑くても快適だ。

昨日は舞踏会が終わって部屋に戻り、ベッドにダイブすると、スイッチが切れたように眠ってしまった。朝まで一度も目を覚まさなかったから、かなり疲れていたのだと思う。

だけど、今日は楽しみにしていた港町へのお出かけの日。疲れを吹き飛ばして支度をした。

「うわあ……！」

「ミラ、危ないぞ」

今は公爵家の馬車に乗って、港町へと向かう道中。私は窓の外に映る景色に釘づけになっている。窓に張り付いて外を眺める私の後ろからは、レオの心配そうな声がする。

白を基調とした王都の街並みとはまた違い、テラコッタのあたたかみのある色合いの建物が立ち並んでいる。青空との色のコントラストが眩しい。

心なしか、外からは潮の香りがしてきた気もして、ますます気持ちが昂る。

「あらあら。レオ、街中ではしっかりミラを掴まえておくのよ？　このままだとふらふらとどこかに行ってしまうわ」

「そうですね……ミラ様とレオ様の組み合わせはかなり心配です」

向かいに座るアナベル様とセイさんにも心配そうな顔を向けられていることに気付いた私は、馬車の椅子にきちんと座り直した。

おそらく精神的に一番年上なはずなのに、私が一番はしゃいでしまっていた。羞恥で頬が赤くなっていくのがわかる。

「ミラ。知らない人にはついていかないのよ？」

「ミラ様。珍しい調理器具や調味料があると聞かされても、おひとりでは近づかないでくださいね」

「大丈夫、俺がしっかりミラを見ておく」

「……はい、気をつけます……」

私の浮かれた様子が心配になったのか、アナベル様、セイさん、レオから口々に忠告が飛んでくる。

そうして目的地に着くまで、町歩きの注意点についてアナベル様に懇々と説かれ、最後には「悪いやつに捕まりそうになったらこれを振りかけなさい！」と、謎の粉末が入った小瓶を渡された。

一体これはなんなのだろうと見上げると「内緒よ」と、とても愛らしいウインクも添えられた。

そんなやりとりをしていると町の中央らしいところに着いたようで、馬車がゆっくりと停まった。別の目的があるというアナベル様とセイさんとはそこでお別れとなり、レオとふたりきりになる。

「ではミラ、行こうか」

はぐれないように、とレオの手が迷いなく差し出される。少しだけ躊躇したあとに、私はおずおずと自分の手をのせた。

「ミラ、まずは市場に行くだろう？　今朝ちょうど隣国からの交易船が到着したらしい。きっと今日の市場の品揃えは壮観だと思う」

「そうなの⁉　レオ、早く行こう！」

その言葉に、先ほど戸惑ったことも綺麗さっぱり忘れて、私はレオの手を引く。

向こうに見える、人通りが多いところ――白いテントのような日避けの屋根があるところが市場だとアナベル様からも聞いている。

駆けるように市場にたどり着くと、そこには珍しい品と海鮮品が溢れていた。

あちこち駆け回って見たいけれど、レオが私の右手をしっかりと掴んでいるからそれはできない。私がこうなってしまうことは、きっと三人にはお見通しだったのだ。

ちらりと見上げると、私の視線に気付いたらしいレオは、「どうかしたか？」と問いかけてくる。

王都にいるときは基本的にフードを被っていたレオだが、公爵領ではその銀の御髪を全く隠す気はないらしい。

周囲もちらちらとレオを見ては、隣に立つ私までついでに一瞥していくので、とても居た堪れない。

それどころか「おお⁉　もしかして王子じゃないですか？　大きくなりましたねぇ〜。ほら、これも持ってってくださいよ！」だとか「あら！　レグルス様がお嬢さんを連れているだなんて……うふふ、こちらもおひとついかがです？　揚げたてですよ」と、市場のおじさんやおばさんたちが親しげに声をかけてくる。

どうやらここは、レオにとっても馴染みがある場所のようだ。

そんな状況だから、私たちが少し歩いただけでお土産に試食にといろいろと渡されて、あっという間に荷物がいっぱいになってしまう。

最後に手渡されたお魚のフライを口に入れると衣がさくりと小気味のいい音を立てた。中の白身はほっこりとしている。早速のお魚はとっても美味しい。

「これじゃ歩けないな。主人、この荷物を置かせてもらってもいいか？」

私が魚のフライに合うタルタルソースを作りたいな、と意識を飛ばしている間に、レオは近くの人のよさそうな店主に声をかけていた。店主は鷹揚と頷く。

「ああ、勿論ですとも。公爵家に送るように手配しておきましょうか？」

「それは助かる。そうしてくれ。ではミラ、行こう」

「う、うん」

しまったまた食べ物に夢中になってしまった。でもレオは気にする様子もなく、また私に手を差し出す。

手を引かれ、市場を歩く。様々な魚や貝類、それにたくさんのスパイスがあり、あれこれと目移りしてしまう。

これだけあれば、作りたかった料理がなんでも作れてしまいそうだ。食材については王都よりも豊富なこの市場に、私はすっかり魅了されてしまった。

隣国からの交易品の中に、黒光りする念願の小豆を見つけたときは胸がときめいて仕方がなかった。これであんこが作れる！　となると、いろいろな和菓子も作りたい。

嬉しくて小豆の詰まった樽を間近で眺めていると、レオが後ろから声をかけた。

「ミラ、楽しいか？」

「うん、とっても！　ほら見てレオ、この豆はね、甘く炊いたらあんこになって、鯛焼きに入れるととっても美味しいんだよ」

「そうなのか。また作ってくれるか？」

「勿論！　これだけスパイスがあると、カレーも作れる……！」

「かれー……。きっと美味しいんだろうな」

今私たちがいるのは各種のスパイスが取り揃えられている店の前だ。

スパイスや小豆だけではなく店の奥には貴重なココアや、結晶のように美しい岩塩なんかも並べられている。

私はその中からいくつか選んで包んでもらった。

これだけあれば、なんとカレーも作れそうなのだ。

海鮮素材に小豆にスパイス。ここは夢の楽園なのではないだろうか。

頭の中では、既に何品も料理が完成してしまっている。とても楽しい。

「ミラが楽しそうでよかった」

柔らかく微笑むレオの後ろでは、夏の太陽が燦々と輝いている。その笑顔がとても眩しくて、私は思わず目を細めた。

「ミラ、少し涼しいところに行かないか」

レオのその誘いに、私はこくりと頷いた。

いくらカラッとした暑さだといっても、やはり夏だから暑いのは暑い。興奮しているときは気にならなかったが、落ち着いてくると、じわじわとその感覚が襲ってくる。

でも、繋いだ手は離されることはない。じっとりと汗ばんでいるのは確実だろうが、レオは何も言わない。

（……まあ、いいか。私のためだもんね）

少し気になりつつも大人しく手を引かれて着いた場所は、砂浜の見える海沿いにある、木陰の下のベンチだった。

そこに着くと、ずっと繋いでいた手が、ゆっくりと離された。

そよ風が手のひらを拭っていく感触がひやりとしていて、心地よいはずなのに、どこか寂しくも感じる。

「ミラ、座って」

どこから取り出したのか、レオは上質そうなハンカチをそのベンチの上にのせ、私にそこに座るよう促(うなが)した。「でも……」と言いかけたところでまた手を引かれて、有無を言わせずすとんと座らされてドキリとした。

「やっぱり外を歩くと暑いな」

「そうだね。でもここは気持ちいい……」

レオに答えながら、私はレオの視線が景色に向いたことにホッと息をついた。

ざわざわと葉を揺らす風の音も耳に優しく、少し火照(ほて)った体を冷やしてくれる。

ちらりと見るとレオは着ていたシャツの袖を捲(まく)り上げ、手でバタバタと煽(あお)いでいる。

その仕草にどきりとしてしまった私は、慌(あわ)てて目を背(そむ)けた。

カレーライス、鯛焼き、シーフードグラタン、エビフライ、シナモンロール、アイスクリーム……目を閉じて、心の中で料理や菓子を念仏のように唱える。

すると、少し落ち着いてきたように思えて、ゆっくりと目を開けた。

「……疲れたか？」

——失敗した。

目を開けると、レオが心配そうに私の顔を覗(のぞ)き込んでいて、余計に至近距離で目が合ってしまった。

「う、ううん！　戻ったら何を作ろうかなぁって考えてたの」

「はは、ミラらしいな。その料理や菓子は、俺も絶対食べたいから楽しみだ」

急いで弁解する私に追い討ちをかけるように、いつものふにゃりとした可愛い笑顔を向けられる。心が落ち着かなくてざわざわする。

スピカは以前、レオは学園ではツンとしていると言っていたけれど、本当だろうか。この笑顔は、みんなに向けられているわけではないと、自惚れてもいいのだろうか。

（……でも）

「――ミラ。聞きたいことがあるんだが」

ぐるぐると考えている途中で、こほんと咳払いをしたレオは落ち着いた声で言った。私も自然と背筋が伸びる。

「ミラは、こういう町で、こういう風に買い物をしたり料理をしたりして過ごすのが、好きか？」

「……うん、そうだね。いろんな食材を見て、いろんなお菓子や料理を作るのは好き。でもそれを美味しいって言って食べてもらうほうがもっと好き」

「そうだな。そっちのほうが、ミラらしい」

穏やかに微笑むレオに、私も曖昧に笑みを返した。

この会話の意図について聞いてみたいけれど、聞きたくない気持ちもある。

そんな心の内を押し隠して、私は少し声を大きくする。

「ねぇ、レオ！　レオは辛(から)いのは好き？」

「辛(から)い……辛(から)いものをあまり食べたことはないから、わからないが……」

「そっか、じゃあカレーは、まずは辛(から)さ控えめで作るようにしようかな。デザートはやっぱりアイスがいいよね」

「あいす……？　デザートということは、甘いものか」

「冷たくて甘くて、夏にぴったりなの」

「氷菓ということか。きっと驚かされるんだろうな」

なぜだか無性にざわざわする心の中を誤魔化(ごまか)すように、私は食べ物の話をいっぱいした。

暫くして休憩を終わらせ、帰りしなにまた市場を覗(のぞ)く。すると嬉しい食材に出会った。デビルフィッシュ――いわゆるタコだ。周囲の人にどん引きされながらも届けてもらうことにした。

そしてアナベル様とセイさんと合流して、行きと同じく馬車に揺られた。

公爵家に戻ったあとは厨房にこもって無心で料理を作った。

気持ちが落ち着いた頃には、呪文のように唱えていた料理の大半が完成していた。私は椅子に座って大きく息を吐く。

　スパイスの香り高いカレーに、チーズがとろけるシーフードグラタン。市場で手に入れて送ってもらった大きな海老は衣をつけてサクッとフライにして揚げた。今は隣の鍋では小豆をふつふつと煮ているところだ。

　それに届けてもらったタコも今は足をくるりんと丸めた茹で蛸に仕上がっている。あのときは、流石のレオも引いていた気がする。

　この世界ではあの見た目のせいで、悪魔と呼ばれ忌み嫌われているらしい。わかる気もするが、タコは美味しいのでその味を知らないのはもったいない。

　きっと港町でタコに出会えると信じて、休暇に備えて密かに作ってもらっていたたこ焼き鉄板を持ってきていてよかった。

　思い返すと、王都から出発する際に荷物を馬車に積み込んでくれたセイさんには『……武器ですか？』と訝しげな視線を向けられたものだ。

（よし！　休憩が終わったら、このタコと鉄板を使ってたこ焼きを作って、みんなを驚かせよう）

　外側はかりっとしていて、中はとろーり、そしてぷりぷりのタコが食感を主張する、あの魅惑の食べ物。お好み焼きが好きならきっと好きになってもらえるはず。

うまくいったら鉄板作りに手を貸してくれたメラクやイザルさんにもご馳走しないと。

ここまでは順調だ。ただひとつの誤算は、手を止めると、こうして並ぶ料理を食べたら絶対に美味しいと言ってくれる人の笑顔が頭に浮かび、ますます気合いが入ってしまうことだ。その感情の揺らぎに気付いたら、なかなか払拭できない。

だからこそ、これまで気に留めないようにしていたのに。

「ああーもうっ！　スピカと話したいっ」

だんっと包丁を振り下ろす手に力が入る。まな板の上にあったタコの足は、見る見るうちにぶつ切りになって転がっていった。

そうしてご飯の時間になり、みんなで盛りだくさんの料理やお菓子を食べることになったのだけれど——

タコを切るときの鬼気迫る様子がとても恐ろしかった、と。

厨房を覗いていたらしいアナベル様にこっそり耳打ちされてしまった。

さて、公爵領でのひと月近くに及ぶ楽しい滞在を終え、私は帰りの馬車に揺られている。行きとは違い、次の休息所までは、私は公爵様の馬車に乗せていただいている。どうやら公爵様からの提案らしい。

見た目も豪華な馬車は、中の装飾も凝っていて、例の馬車とは違った意味でふかふかで乗り心地がいいけれど、向かいに公爵様が座っているせいで緊張もしてしまう。

「――公爵領の滞在は楽しめたか？」

「はい、とても。素敵な港町でした」

しゃっきりとした姿勢を保ちながら、面接のようなやりとりをする。端整な顔立ちの公爵様は、私の答えを聞いて口の端から笑みをこぼした。

「そうか。気に入ってもらえたなら嬉しい」

「レオも……レグルス殿下も同じことを言っていました」

聞いたことのある言葉に私が思わずそう漏らすと、公爵様は目を丸くしたあと、慈しむような眼差しを私に向ける。とてもとても優しい瞳だ。

「……レグルスもあの土地を気に入ってくれているんだな。喜ばしいことだ。きっと君のおかげなんだろうね」

「私、ですか？」

思ってもみない言葉に首を傾げると、公爵様は優しく頷いた。

「ああ。こうして話す機会を作ったのも、一度君に礼を言いたかったからなんだ。ミラ、あの子を……レグルスを救ってくれてありがとう。君たち親子には、助けてもらってばかりだ」

「は、はい」

よくわからずに生返事になってしまう。

（レオを救った……？　なんのことだろう）

出会った頃から、レオはレオだ。ご飯を食べてとても幸せそうにするから私も嬉しくなる。

私の気持ちが伝わったのか、公爵様はククッと悪戯っぽく笑う。まるで少年のようだ。

そういう表情をしていると、やはりレオと血が繋がっているのだなということをひしひしと感じる。

すると公爵様は優しい表情のままで言った。

「君が君のままでいてくれることが、アレにとって何よりも喜ばしいことだろうね。これからも支援は惜しまないから、パティスリーでも食堂でも、のびのびと過ごしてほしい」

「ありがとうございます、公爵様。アンナ様からもお土産に香草をたくさんいただいたので、帰るのがとても楽しみです」

「そうか、それはよかった」

公爵様の言葉が嬉しくて、私も思わず微笑む。

来月からは学園の後期の授業が始まる。その前に、食堂でたくさんの試作品が作れたら楽しいだろうな。そんなことを考える。

穏やかな会話を交わしながら、揺れる馬車は王都への帰路をまっすぐに進むのだった。

◇閑話　青いドレスの令嬢

「お父様、今の話は本当ですの⁉」

父親の執務室で話を聞いていたとある令嬢は、そう言いながら眉を吊り上げた。そして父親に詰め寄り、ばん、と彼のいる机に両手をつく。

「残念ながら事実のようだ。詳細は不明だが、休暇中にバートリッジ公爵領で催された晩餐会に、レグルス殿下はどこかの令嬢と連れ立っていたそうだ」

娘の剣幕に気圧されながらも、かなり出っ張ったお腹を撫でながら、父である侯爵はそう述べた。

「……どういうことですの。レグルス殿下は婚約者は定めていないのでしょう？　今までそういった話は全くなかったではありませんか！　お菓子がお好きだと聞いたからうちの料理人に覚えさせたときも、わたくしの誘いには乗ってくださらなかったのに……っ。どこの女なの……！」

「落ち着きなさい。まだその令嬢が婚約者だと決まったわけではあるまい。正式に発表できないということは、きっと戯れに選んだ下賤な娘に違いない」

父のその言葉に、令嬢は少し考えてから再び口を開く。

「学園の令嬢は全て手を回したはずでしょう。でしたら、貴族ではないということですのね」

「お前の懸念もわかる。……だがその娘は、青と紫のドレスを身にまとっていたそうだ」

「まあ……！　なんということなの……！」

口元に手を当てて、大袈裟に驚いた顔をする娘を見て、侯爵は妻にそっくりだと思う。

だがそれくらい驚くのも無理はない。

婚約者もなく、これまで茶会や学園で目立って令嬢たちと話すこともなかった第二王子のレグルスが、急に彼自身の瞳の色のドレスをどこぞの女に許したのだ。

それどころかダンスのエスコートもしていたらしいというから驚きだ。

侯爵の頭もズキズキと痛む。計画が台無しになることは避けなければならない。

令嬢は目を鋭くして、侯爵に問う。

「お父様。その女が誰なのかはわかりませんの。まさか、あのクルト伯爵家の女ではないでしょうね」

「残念ながらこれ以上の情報はない。だが、そうだな。髪色は平凡な茶色だと聞いている」

「茶色……ふうん、あのスピカとかいう令嬢は、金髪でしたわね。わかりましたわ」

苛立ちを隠しもせず、侯爵令嬢は手に持った扇子でぱしりと左手を打った。

休暇が明ければ、また学園に生徒が集う。そこにいるかはわからないが、その特徴の令嬢を探さなければならない。

数年前急に現れ社交界を騒がせたクルト伯爵家の令嬢は、学園に来るまでは全く茶会などにも参加せず、幻の姫だと言われていた。

そして実際にその姿を現してからは、輝く金髪と可憐なかんばせから、本当に幻のように美しい姫だと話題になっている。

だが、彼女は茶会への出席は最低限しか行っていない。何よりその娘の傍らには常に義兄のアークツルスがいて、一片の隙も与えないため、親しくなれた者はほとんどいない。

時折、レグルスやカストルと話していることがあるらしいため、彼女が第二王子の相手かと思ったが、どうやらそうではないらしい。

(……早急に、対処しなければならないわね。調子に乗る前に)

「――ケーティ。あまり目立つ行動はしてはならぬぞ」

眉間に皺を寄せる娘の考えが手に取るようにわかった侯爵は、額に手を置いて、大きく息を吐いた。

「せっかく別の令嬢に攪乱させているのだ。あの計画は必ず遂行しなければならない」

「ふふ、わかっていますわ、お父様」

「わかっているのならばよい。まあどうせ、最後にはあの貧乏男爵に全てを負わせるのだからな」

「あら……シャウラも災難ですわね」

全く慮る表情は見せずに、口だけはそう宣う娘を見て、侯爵はにやりと口角を吊り上げた。

あのしがない男爵令嬢のシャウラが、意外にも第一王子を相手に順調に事を運んでいるらしいことは報告書に書いてある。役に立たないかと思ったが、使える娘だ。

全ての転機は三年前。

政敵であるロットナー侯爵家の娘が病に倒れ、未だに第一王子の婚約者という肩書きはあるものの、王妃として立つのは難しいのではないかとの噂が出始めてからだ。

あれから数年が経っても婚約が解消されないのは甚だ謎だが、完全無欠で真面目すぎるきらいがある第一王子のアルデバランよりも、兄への劣等感に苛まれる第二王子のレグルスのほうが御しやすく、のちのち事を運びやすい。そしてそれ以外の物事は全て侯爵の思惑どおりに進んでいた。

その計画に、今さら水を差されては困る。

「——学園の卒業パーティーは全ての学生が来るのだったか？」

侯爵の低く太い声に、娘は大きく頷く。

「ええ。そうですわ。平等に、という学園の方針とのことですけれど。過分ですわね」

「学園長に言っておこう。これから卒業パーティーは貴族側と平民側、校舎ごとにきっちり分けて行うようにと。そうすれば余計なことは起きまい。そこらの平民にエスコートなど不要だからな。特進クラスの平民さえ出席できるようにすれば文句はあるまい」

いい考えですわ、と同調する娘に、侯爵の笑みはますます深くなる。

青いドレスの令嬢がどこの馬の骨かはわからないが、絶対に邪魔はさせない。

父娘の笑い声だけが、怪しく部屋に響いていた。

七　不穏な空気

実りある夏季休暇が終わり、季節は秋になった。学園では後期の授業が始まっている。

「ねぇミラちゃん。最近学園で流れてる噂、知ってる？」

授業が終わった教室で、私にそう声をかけてきたのは、クラスメイトの女の子だった。

知らない、と私が首を横に振ると、その子は話を続ける。

「あのね、お貴族様の中にとっても怖いご令嬢がいて、他の女の子をいじめてるんだって！　ミラちゃんこれから食堂に行くんでしょう？　食堂は貴族の校舎と近いから、その人たちに見つからないように気をつけてね」

「あ……うん。ありがとう。えーと、怖い人って、誰のこと？」

全くもってよくわからない忠告に首を傾げながらそう尋ねると、私が噂話に興味があると思ったのか、その子は目を輝かせながら近づいてきた。噂話が好きなタイプの子らしい。

「……ロットナー侯爵家の、ベラトリクス様だよ！　そういえばミラちゃん、入学式のときに一緒にいたよね。大丈夫だった？　ほらあの、お姫様みたいに可愛い一年生の女の子が標的になってて、嫌がらせをされてるらしいよ！」

周囲を窺うようにして声を潜めているのに、その声色はどこか楽しそうでもある。

私はその名前を聞いて、思わず目を丸くしてしまった。

「……ベラトリクス様？」

「怖いよねぇー！　王子様の婚約者らしいけど、そんなに性格悪いなんて、王妃の資格ないよね！」

「そんなこと、ないと思うけど……」

「まああたしたち庶民には正直関係ないし、よくわかんないけど！　あはは！」

心底楽しそうにそう語るクラスメイトに、うまく返事ができない。ベラトリクス様といえば、あのベラさんのことだろう。

身分で差別などしない、と微笑んでくれた、食堂のご飯が大好きなあの人。

（ベラさんがいじめなんてするはずはないと思うけれど……？）

この話を切り上げようと、もう行くね、とクラスメイトに声をかける。目の前のその子は、気をつけてねと妖しく笑っていた。

――だからなんとなく嫌な予感はしていたのだけれど……

いつもどおりのコースでいつもの隠れ家に向かう途中、人気（ひとけ）のない渡り廊下で目の前に急に現れたのは、煌（きら）びやかな令嬢の集団だった。

普段ならばこんなところで人に会うことはなかったのだが、どうしてだか遭遇してしまった。

制服のデザインがスピカと同じだから、貴族側の校舎の人たちなのだろう。

彼女たちは私を見るとすぐに表情を怖いものに変えた。

「あら、どうしてこんなところに庶民がいるのかしら」

「本当だわ。特進クラスでもないのに、こちらに来るなんて、流石（さすが）は庶民ね。ネズミのようにどこでも入り込みますのね」

「怖いですわねえ」

ひと目見て庶民だとわかる私は、まんまと彼女たちの口撃の標的となってしまった。

クラスメイトの噂話に付き合ったせいで、出発が遅れてしまったことが悔やまれる。

揃いも揃って私に対して蔑（さげす）んだような目を向ける令嬢三人は、通せんぼをするように私の前に立ちはだかる。

スピカやベラさん、それにレオたちといった優しい貴族の人たちに囲まれてばかりだったから完全に油断していた。

この世界で貴族と平民の身分差は絶対で、目の前の彼女たちのような振る舞いのほうが往々にしてあることなのだ。

この場をどう切り抜けるべきかと逡巡している間も、貴族のご令嬢たちはなんやかんやと私に言ってきている。ただ正直あまり頭には入ってこない。

鞄に入っている公爵領産の煮干しをぶちまけたら、令嬢たちは驚いて立ち去るのではないかとも考えたが、そのあとの報復が怖いしせっかくの貴重な煮干しももったいない。

自分のことなのに、どこか俯瞰して見ているような気になって、ぼうっとしてしまう。

――そんなときだった。

『よっちゃんのこと、いじめないで！』

私の頭の中に、幼い声がそう響いた。

小さな手をいっぱいに広げて、私よりも少し身長の低いその子は、震えながらも私の前に立つ。

――ああ、これは前世の記憶だ。

近所の公園で、悪ガキたちに意地悪をされて泣きべそをかいていた私と、それを守ろうとしてくれた親友の姿が鮮やかに脳内に浮かび上がる。

今まで思い出せなかった部分が、この出来事をきっかけにして、唐突に私の頭の中に流れ込んでくる。

大好きだった親友。

パティシエになった私がマドレーヌ研究に勤しんでいるとき、嫌な顔ひとつせずに、いつも笑顔で試作品を食べてくれたあの子。

ずっと、お互いがおばあちゃんになっても、仲良くしていられると思っていたのに、彼女は突然私の世界からいなくなった。

彼女の死因は交通事故だった。夜道で急に道路に飛び出してきたと運転手は言っていたらしい。

彼女の職場がブラックだったことは、会って話したときに聞いていた。でも私はそのとき、子供が生まれたばかりで、出産や産後のことや育児のことばかりを話して、ちゃんと彼女の話を聞いてあげられていなかった気がする。

その後悔は、前世の人生に幕を下ろすまでずっと続いて、彼女を亡くした喪失感は、なくなることはなかった。

その後、彼女が生前に活き活きと語っていた乙女ゲームのノベライズ版が出ることを偶然知った私は、本屋で見つけたその本に手を伸ばした。

そうだそこから、彼女の好きだった世界に触れたくて、私は同じような乙女ゲームものの小説を読み漁ったんだった。瞬（まばた）きをすると手の平が濡れて自分が泣いていることに気がついた。

「……な、なんですの⁉」

「そこまでのことは言っていないでしょう！」

目の前にいる貴族の令嬢たちはそんな私に、幾分かたじろいでいるようだった。

だけど、私にはそれをどうにかするほど余裕はなかった。

ずっとモヤがかかっていた記憶が明らかになったはずなのに、気持ちは晴れない。

あのとき――彼女を亡くしたときのような喪失感が止めどなく私を襲う。

私は無意識に、ずっと記憶に蓋（ふた）をしていたのだろう。

「何をしているの！」

涙が止まらず、足が竦（すく）んで動けなくなったところに、凛（りん）とした声が飛んできた。

「そんなところで一般の生徒に寄ってたかって……貴族の品格が聞いて呆（あき）れますわね」

手の甲でぐいっと涙を拭（ぬぐ）うと、ぼんやりとだがその声の主（ぬし）が視界に入ってきた。

私の前に立つその人の髪は、燃えるような赤色だ。

「べ、ベラトリクス様……っ。わ、わたくしたちは何もしていませんわ。その平民が勝手に泣いているのです」

「そのような恐ろしい顔で彼女を囲んでいながら、何もしていないと？　随分と物忘れが激しいのね」

私を庇うようにしているのは、ベラさんらしい。

その堂々とした物言いに、先ほどまで姦しく話していた令嬢たちは途端に静かになる。

リーダー格のような令嬢が「知りませんわ！」と慌てて立ち去ると、他の令嬢もあっという間にいなくなった。

「……ミラ。どうしてこんなところにいるの？　こちらの校舎にはああいう令嬢がそこら中に溢れているから危険なのよ。下町じゃないんだから。ああでも、最近は特に目立つわね……何かあったのかしら……？」

「は、はい……」

まだぼんやりしている私は、ベラさんになんとか頷く。

令嬢たちに泣かされたわけではないのだが、状況的にそうとしか取れないだろう。怪訝な表情をしていたベラさんは、泣き止まない私に優しく声をかけてくれた。

「こんなに泣いて……。どうせ身分がどうとか言われたのでしょう。わたくしにしてみたら、烏合の衆のような令嬢たちより、美味しいご飯を作れるあなたのほうが特別だわ」

私の目元には、肌触りのいい布――おそらくハンカチであろうものが優しく触れる。

「ベラトリクス様、汚れてしまいます……」

「手で擦ったら、ますます腫れてしまうのよ。それに、いつものようにベラと呼んでくれて構わないわ」

ぽんぽんとハンカチが当てられて、私の胸はじんわりとあたたかくなる。

こんな場所で、こんなタイミングで前世のことを思い出してしまうなんて。

そしてそんな私に、ベラさんはずっと付き合ってくれている。

明日になったら、例のクラスメイトにベラさんがいじめをしているなんて噂は絶対に嘘だと猛抗議しなければ、と私は決意して顔を上げた。

「あの……ありがとうございます、ベラさん。だいぶ落ち着きました」

「いいのよ。でもやはり腫れてしまったわね」

それからどのくらいそうしていたのかわからないが、涙がすっかり乾いてきた頃に、私はようやく彼女に笑顔を向けることができた。

自分でも瞼が重く感じる。こんなに泣いたのは、前世のあのとき以来かもしれない。

「ミラ、あなたはどこに行くつもりで――」

「っ、ミラちゃん！」

ベラさんが話しかけてくる途中で、切羽詰まったような声が私の耳に届いた。そしてこの声を私は知っている。

腫れぼったい目で声のほうに顔を向けると、見慣れた茶髪のお兄さんが、焦った顔でこちらに駆けてきていた。

「ミラちゃん、大丈夫？」

「は、はい。イザルさん、どうしてここに……？」

私が返事をすると、イザルさんは一瞬だけ安堵したように表情を緩めた。だが、尋常ではない私の様子に気がついたのか、すぐに眉を顰める。

「これ……」

イザルさんの指が目元に伸びてきて、瞼に触れる。

ひやりとした指先が心地よく、思わず目を閉じてしまった。

やがてイザルさんの手が離れて、私は目を開く。……といっても、いつもより視界が悪い。半開きになってしまっていると思う。

目の前には私を背に庇うようにイザルさんが立っていて、ベラさんに一礼したのだが、後ろから見えるイザルさんの表情は、とても険しい。

「――ロットナー侯爵令嬢とお見受けします。非礼を承知でお伺いしますが、何があったのか尋ねてもよろしいでしょうか」

「ええ。構わないわ。といっても、わたくしも詳しくはわからないの。あなたには随分疑われているようだけど」

対峙するベラさんも同様に不審そうな顔でイザルさんを見ている。

（……あれ。もしかして）

状況を察した私は、慌てて口を開く。

「イザルさん！　ベラさん……じゃなかった、ベラトリクス様は私を助けてくれたの。私のこの顔は、えーっと、不可抗力です！」

「……不可抗力……？」

私の涙とベラさんは無関係であることをイザルさんに伝えると、彼はぴくりと片眉を上げた。やはり、ベラさんのせいだと解釈してしまったらしい。

ベラさんは小さく嘆息すると、私の言葉を補足するように話し出した。

「ミラがここで貴族の令嬢たちに取り囲まれていたのよ。わたくしは寮に戻るところだったのだけれど、ミラが見えたからその令嬢たちを追い払ったの」

「……えーっと、つまり、ミラちゃんが泣いている理由は、ロットナー侯爵令嬢ではないということですかね……？」

「そう、そうです！」

判断がつかないらしいイザルさんの腕を掴んで、私はこくこくと何度も首を縦に振る。

私を見下ろしたイザルさんは、もう一方の手をぽんと私の頭に置くと、「わかった」と微笑んだ。そして、ベラさんのほうに向き直ると、その場に膝をつき、頭を垂れる。

「――ロットナー侯爵令嬢、このたびの無礼、大変申し訳ありません」

「仕方ないわ。状況的にはわたくしがミラを泣かせているようだったものね。あなたが誤解するのもわかるもの。お気になさらず」

「……寛大な御心に感謝いたします」

ベラさんは、頭を下げたままのイザルさんに優しく声をかけると、ハラハラと動向を見守っていた私に、その紅の瞳を向けた。

「ではミラ。あなたの保護者も来たようだし、わたくしはもう寮に戻るわ。遅いとウィルに心配をかけてしまうから」

「あっ、あの、ありがとうございました！」

隣のイザルさんはベラさんに深く頭を下げたまま。颯爽と去っていく彼女に、私も礼を言って頭を下げる。

先ほどの思考能力が低下した状態では、あの令嬢たちを切り抜けられなかっただろうから、とても助かった。本当に煮干しをぶちまけていたかもしれない。

ベラさんが角を曲がって姿が見えなくなるまで、私たちふたりは頭を下げたままでいた。

ベラさんが去ったあと、イザルさんは頭を上げると私をじっと見つめ、少し身動ぎして自分の上着を脱ぐと、次の瞬間には私をひょいっと抱え上げていた。いわゆるお姫様抱っこというやつだ。

思いもよらない行動に私を目を白黒させる。

「イザルさん、あの……っ」

「しーっ。このまま医務室に運ぶから、静かにしておいて。できれば顔を隠すようにくっついてくれると助かる」

「えっ、あ、はい……？」

そう言えば羽織っていた上着を私の頭の上からかけて、隠すようにしてくれている。

おそらく、他の人の目に触れないよう配慮してくれているのだろう。

動揺している場合ではないということを悟り、私は大人しくイザルさんに引っついて顔を隠した。

そうしてしまえば、視界は遮られ、耳から聞こえるのは走っている音と風と、あとはイザルさんの心臓の音だけ。

その振動がなくなってふわりと体を下ろされたのは、どこかの白い部屋だった。

「ミラちゃん、目は閉じたままでいてね。冷やすから」

返事の代わりに目を閉じると、瞼にひやりとした感触があった。濡らした布をかけてくれているようだ。

「イザルさん、ありがとうございます」

「礼はいいよ。俺は間に合ってないんだし。……本当に、何もされてない？　体は平気？」

顔は見えないが、イザルさんの言葉には憂慮の色が滲んでいる。私がいっぱい泣いたせいで、余計な心配をかけてしまっている。

「はい。少し意地悪を言われたような気はしますが、全然気にしていません。これはその……ちょっと、今朝悲しい夢を見て、それを思い出したら涙が止まらなくなってしまったんです」

「夢……」

「夢のことがなければ、最終的にはあの人たちに鞄の中の煮干しをぶちまけようと思っていたんですけど……」

夢――あの記憶は、そういうことにしておこう。

私にとって、永遠に忘れられない夢の話。

どんなに悔いても、もう戻らないのだ。

無理やりにでも笑い話に聞こえるように私は声の調子を上げる。

「あー。確かに鞄からは磯のにおいがしてたね。煮干しを投げられたら令嬢も困るだろうな」

するとイザルさんがいつものように少し戯けたような口ぶりになったので、ほっとした。顔は見えないけれど、きっといつものように緩やかに笑ってくれているだろう。

「ねえ、ミラちゃん」

私の左手が、あたたかいものにぎゅっと包まれる。イザルさんの手だ。私よりもずっと大きな、大人の手のひら。

「これから君が進む先には、きっと困難が待ち受けていると思う。今日のような出来事は比較にならないだろう」

「？　はい」

「だからさ、逃げたくなったらすぐに言ってね！　俺はいつでも君の味方だ。どこへでも連れていってあげるよ。あの小さな町でも、港町でも、隣国でも——君が望むなら」

私の手を握る彼の手に、さらにぎゅっと力がこもったことを感じた。少し痛いくらいに。

はい、と答えたところでその手は離れて、頭を優しく撫でてくれる。他愛もない会話を続けていくうちに、いつの間にか私の意識はふわふわと宙を漂った。

「……ん？」

ぱちりと目を開けると、そこには知らない天井が広がっていた。

どうやらイザルさんと話しながら目を瞑っているうちに、耐えきれず眠ってしまったらしい。なんたる不覚。……それはそれとして、ここはどこなのだろう。

あのときの部屋は、医務室のような雰囲気の真っ白な部屋でシンプルな造りだったけれど、今私が寝ているベッドからは天蓋のようなものが垂れており、さっきよりもお布団はふっかふかだ。

まるで休暇を過ごした公爵家の客室のような雰囲気が感じられる。

目が覚めたのはいいけれど、どうしたものかと思案しているとき、がちゃりという音がした。

「――ミラ！　起きたんだね！」

扉から現れたのは、部屋着姿のスピカだった。

驚きのあまり目を丸くしていると、スピカはぱたぱたと駆け寄ってくる。

「ここ、もしかしてスピカの寮室……？」

「そうだよ。気分はどう？」

「うん、目がちょっと開けづらいくらい。えっと、私はどうしてここに……？」

「あ、えっとね～」

ベッドの端に腰かけたスピカは、事の顛末を私に教えてくれた。

いつもどおり隠れ家で私の到着を待っていたスピカは、急に現れたセイさんから今回の件を聞き、私が医務室で眠っていることを知ったらしい。

「……それで、ミラにはわたしの部屋に来てもらうことにしたの。セイさんも元々わたしに頼むつもりっぽかったけどね。ねえねえミラ、ところでお腹空かない？」

悪戯っぽく笑うスピカに、どこかほっとする。窓の外は真っ暗で、私もお腹は空いているが、彼女はもう夕食を済ませた時間だろうに。

彼女の笑顔を見ていると、安堵と共にまたあの寂しさと虚しさがないまぜになって込み上げてきた。思わず歪みそうになる顔を押さえると、スピカの表情が心配そうなものに変わった。

「ミラ、まだどこか辛いの？　貴族に囲まれたって聞いたけど、どんな人たちかわかる？そいつら絶対に許さないいんだから……！」

「う、ううん、違うの、大丈夫」

私はなんとか微笑んで首を横に振る。

握りこぶしを作ってメラメラと復讐の炎を燃やすこの子はヒロインらしいのだが、気質は幼い頃から変わっていない。

（私がスピカを破滅から守りたかったのは……もしかしたら前世のことも関係しているのかも、しれない。今度こそ、友人の助けになりたくて）

そう考えると、涸れたはずの涙がまたぽろりと頬を伝い、スピカがますます怒りの形相になる。

その顔が、アークツルスさんがこっそり見せる顔に似ている気がして、少しだけ固くなった心が解けた。

すると彼女はすぐに表情を緩めると、一転した明るい声で言う。

「ねえミラ、ご飯を食べよう！　辛いときは、美味しいものを食べるのが一番だって、ミラも言ってたじゃない」

「スピカ……」

「実は……その、わたしなりにフレンチトーストを作ってみたの。ミラのよりは全然不格好だけど、味はまあまあだと思うから……だから、一緒に食べよう？」

頬を赤らめて照れながら、私の手を引いてスピカが誘ってくれる。

なった。

試行錯誤しながら頑張ってくれた姿が容易に想像できて、知らぬ間に私は笑顔に
ベッドから出て、案内されるがままに隣の居室へ移動すると、テーブルの上にはフレンチトーストが用意されていた。ソファーに腰かけ、いただきますのあとに、目の前のフレンチトーストをゆっくりと口に運ぶ。

卵とミルクの優しい甘さが口いっぱいに広がり、とても幸せな気持ちになる。

スピカは感想が気になるらしく、自分は食べずにじいっと私のことを見つめている。

「ふふ、スピカ、美味しいよ」

「っ、よかったあ。えへへ、少し焦がしちゃって、焼き色はまばらなんだけど」

そう言われてお皿に視線を落とすと、確かに焼き色はそれぞれ焦げ茶、狐色、それから淡い茶色と様々だ。

でも、そんなことは些末なこと。

「スピカが作ってくれたってだけで、美味しいよ」

人に作ってもらうご飯も、また格別に美味しい。

作るのも好きだけれど、私は食べるのも好きなのだ。むしろ、食べるのが好きだから作るのを頑張っているとも言える。

　しかしいつの間にかこんな風に料理を振る舞ってくれるようになるなんて、スピカも随分と成長したものだ。

「……ミラ。また視線がお母さんみたいになってるから。私だって、これくらいできるわ！」

「うんうん、そうだね。スピカ、偉いね」

「なんなの、その邪気のない笑顔は……」

　カッと赤くなったスピカは、今度はぐったりと脱力している。かと思うと、一度大きく息を吐いて、気を取り直したようにフォークをぐっと握りしめた。戦闘モードだ。

　不思議なもので、先ほどまで気落ちしていた私も、スピカの手作りのフレンチトーストと、美味しそうに食べるスピカ本人の姿を見たおかげで力が湧いてくる。

「ねえスピカ。今度はあんまり甘くないフレンチトーストを一緒に作ろうか？　中にチーズとハムを入れて挟むの。甘いものが苦手なアークツルスさんにもいいかと思うんだけど」

　お腹がいっぱいになった頃には、新しく作る料理を提案する余裕まで出てきた。

　パンにチーズとハムやベーコンを挟んだあと、卵液に浸して焼くモンテクリストという料理は、外側のパンのフレンチトーストのような優しい甘さと、中に挟んだハムとチーズの塩気の対比が甘じょっぱくて美味しい軽食だ。

目の前にいるスピカは、嬉しそうに微笑んで、「いいわね！」といつものように勝ち気な笑顔を見せてくれた。

それから寝室に戻った私たちは、ひとつのベッドに潜り込んで、内緒話をするように身を寄せた。

「なんだか昔に戻ったみたいね」

スピカが懐かしそうに話すから、私も大きく頷く。

「スピカが急に、私はヒロインよ、とか言い出したときにはびっくりしたなぁ」

きっとスピカの頭にも、あの日の屋根裏部屋で見た星空の風景が浮かんでいる。そう自然と思えて、私の口からはそんな言葉が出た。

小さな町の宿屋の屋根裏部屋。大きな窓から射し入る柔らかな月光。八歳の私たち。

脳内では、幼いスピカが布団を巻きつけてドレスのようにくるくると舞っている。

あの頃と違うのは、ベッドが格段に広くてふかふかだということ。もう十四歳だ。

「やめて！　ほんと黒歴史だから！　逆ハーとかほんとないっ」

足をばたばたとさせて悶絶しながら、スピカはこれまたふっかふかの枕に顔を埋める。

ああ、懐かしいなあ。私とスピカの、始まりのとき。

「でも私は、スピカに感謝してるよ。あの日のことがなかったら、こんな風にはなってなかったと思う」

スピカとの関係もそうだし、料理の記憶もそう。

あそこから始まった全ての出会いは、今の私にとってかけがえのないものになっている。

「……それはわたしもそう。あのときのまま突っ走ってたら、やばかったと思う」

スピカは顔を枕から少しだけ上げて、ぼそりとそう言った。もうスピカが電波ヒロインとして振る舞うことは、きっとない。

「スピカがちゃんとしているから、きっと、卒業式の断罪イベントもないだろうね」

私がそう口にすると、スピカからは予想外の言葉が返ってきた。

「……でもなーんか最近、妙な感じなんだよねぇ」

「え？」

「前にミラが『強制力』ってやつのことを言ってたでしょ。話を元の筋に戻そうとする謎の力。それなのかなーとか思ったりして」

「⁇」

頭上にハテナを浮かべたままスピカの話を黙って聞く。

話によると、休暇明けから特進クラスがある貴族の校舎の雰囲気が一変し、ギスギスとした空気になっているらしい。

スピカの周囲でものがなくなったり、ちょっとしたことで振る舞いを他の令嬢に咎められたり……といった異変が起きているそうだ。

「……そんな、スピカが？」

「ほら、レオ様とカストル様って、教室じゃわたし以外と話さないって言ったでしょ？　メラクもそうだけど、お兄様を通じてアラン様とも知り合いだし。それでなんか、客観的に見たらわたしが逆ハーヒロインぽくなってるみたいでさぁ」

「だ、大丈夫なの？」

「今のところは。予想外に乙女ゲーム的展開で内心びっくりしてるけど」

そして、その嫌がらせをする令嬢たちは、口々にあの人の名前を口にするという。

――ベラトリクス様の、指示だと。

「変よね。わたし、ベラトリクス様と一度も話したことないんだけど。怖いから避けてるし、そもそもアルデバラン殿下ともそんなに関わらないもん」

不思議そうなスピカを見ながら、私はごくりと唾を呑み込む。

ベラさんはそんなことしないとわかっているし、そうスピカにも言ったけれど……今日イザルさんの疑いが彼女に向いたことを思うと『強制力』は本当にあるのかもしれないと、少し怖くなる。

「それで……ミラはどうして泣いていたの？」

躊躇（ちゅうちょ）するように、スピカの桃色の瞳が揺れる。そういえば、まだ話していなかった。だから私は意を決して、思い出した前世の記憶を彼女に告げた。親友が不慮（ふりょ）の事故で亡くなってしまったこと。そのときの無力感。自分の不甲斐（ふがい）なさの全てを。

——全てを話し終えたとき、スピカは私にいつもの勝ち気な顔で、にっこりと笑って告げた。

「ミラの親友はわたし。それでいいじゃない。あと、もしかしたらその友だちもこの世界にいるのかもしれない。わたしたちだけが転生してるかどうかだって、誰もわかんないんだから！　だってわたしたちはもう、スピカで、ミラなんだから」

「……そう、だね。うん、そうだよね……！」

私はその言葉を、噛み締めるようにして頷いた。

——スピカが言うように、彼女にもしいつか会えたら。

マドレーヌ以外のものも、たくさん食べてもらおう。

モンブランだって、パイだって。あの子はなんでも大好きだった。その日がとても、待ち遠しい。

「あ！　でも、その子と再会できても、今世のミラの一番の友だちの座は譲らないから！」

「ふふ、ありがとう」

ちょっぴりやきもちをやくように言ったスピカが、愛しくなる。

(そうだ。私はミラ・ヴェスタ。もうこの世界に、大切なものも、大切な人も、たくさんできた)

そう考えると、心がすっと軽くなった。

励ましてくれるスピカの笑顔を見て、私は満ち足りた気持ちでゆっくりと瞼を閉じた。

◇閑話　甘くないけど甘い

「お、お兄様っ」

ミラが久しぶりに私の寮に泊まった日から数日後の、休日の昼下がり。

自宅に戻ったわたし――スピカは、自室にこもって勉強をしているというお兄様の部屋を思い切って訪ねてみた。

朝からお兄様は部屋から出てこず、朝ご飯もメイドに軽食を運ばせたきりだったらしい。迷惑だったらどうしようとノックをする手が震えて、声も少し上擦ってしまった。

「どうしたの、スピカ」

でも扉を開けたお兄様は、いつもと変わらない柔和な笑みを浮かべている。

「あ、あの……今日はほとんど何も食べていないと聞いて……その、わたしがご飯を作ってみたんだけど」

緊張から、わたしはワンピースのスカートをぎゅっと握りしめる。

簡素な部屋着といっても、美しい刺繍があしらわれ、可愛らしいリボンが施されているそれは、小さな町で過ごしていたあの頃に比べると、十分すぎるほどによそ行き仕様だ。

「スピカが？」

サファイアのようなお兄様の美しい青い目が、大きく見開かれる。

ミラに習って作ったモンテクリスト。フレンチトーストの応用編だというその料理は、わたしの後ろのワゴンにのせられている。紅茶セットも一緒だ。

頷くとお兄様はにこにことわたしを見つめて扉を大きく開いてくれた。

「嬉しいな。さあ、入って。スピカも食べるだろう？」

「うん……」

兄への差し入れと言いながら、ちゃっかり自分の分も用意していることは、とっくに見透かされているらしい。わたしは頬を熱くしながらも、お兄様に促されて部屋に足を踏み入れた。

配膳を済ませ、ドキドキとしながらお兄様の様子を窺う。

「うん、とっても美味しいよ、スピカ。チーズがとろけて、ほのかに甘いパンとよく合ってる」

「よかった～～！」

優しい眼差しと声に、わたしはほっと安堵のため息をついた。朝から何度も練習して、一番綺麗にできたものを持ってきた甲斐があった。

「これも、ミラ嬢に教えてもらったの？」

「うん、そうなの。この前ミラがわたしの寮に泊まった日があったでしょう？　そのときに、甘くないフレンチトーストを教えてくれたの」

「ふふ、スピカは本当にフレンチトーストが好きだもんね」

好き、という単語がお兄様の口から出てきて、わたしは思わずどきりとして固まってしまった。

どうしたの、と首を傾げるお兄様も綺麗で素敵すぎて困る。

というか、お兄様を好きすぎて困る。

「ありがとう。最近忙しくなってきたから、すごく癒やされたよ」

柔らかな笑みを湛えたお兄様がそう言うから、わたしもこくりと頷いて口を開く。

「そういえば、生徒会の時間が長くなったね」

「本当にね。……こうなるんだったら、スピカを生徒会に入れなかったのは失敗だったかもしれないなあ」

「え？」

お兄様がいつもよりも低い声で言うのを不思議に思いながら、わたしもモンテクリストを口に運ぶ。何度も試食したから知っているけれど、やっぱり美味しい。

「ねぇスピカ」

紅茶を飲んでひと息ついたお兄様は、真剣な眼差しでわたしのことをまっすぐに見ている。

「これから、学園の中が少しゴタゴタするかもしれない。だけど、僕のことを信じてくれるかい？」

「お兄様……」

どういうことだろうと思うけれど、お兄様はそのまま続ける。

「僕から直接聞く話以外は絶対に信じないで。噂には惑わされないこと。……あ、それから、スピカに嫌がらせをした子たちは、暫く停学になったから安心してね」

「えっ、お兄様」

わたしの私物を隠したり捨てたりと、訳のわからない嫌がらせをしてきたのは二年生の令嬢たちだった。その人たちは、停学になったらしい。

そのことに戸惑っていると、お兄様から美麗な笑顔で迫られた。

「返事は？　スピカ」

「は、はい。わかりました」

　安心したように微笑んだお兄様の手がわたしの頭にのり、宥めるように優しく撫でてくれる。

　頭を撫でられることは、前世では苦手だった気もするのに、お兄様だったらいくらでも許してしまえるから不思議だ。

「スピカ。あまり無防備なのも考えものだね」

　うっとりして目まで閉じてしまったわたしに、ため息交じりのお兄様の声が降ってくる。

「……僕は週末になって家に帰ればこうしてスピカに会えるからいいけど、アランたちはそうはいかないからなぁ」

（アラン様って……アルデバラン殿下のことだよね）

　その点はよかったかな、というお兄様の声を、考え事をしていたわたしは、どこか遠くに聞いていた。

◇閑話　君の影

「げっ」

その月。支給された給与を自室で確認した俺――イザルは、思わず苦い顔になった。

爆発的な人気が出たたこ焼きと鯛焼きを食堂でひたすらに焼きまくったはずなのに、俺の給料は、先月分よりもなぜか少なかった。

「……有言実行(ゆうげんじっこう)か、ちっ、厳しいなぁ」

頭を掻(か)きながら、給料袋を無造作に机に放り投げて、ベッドにぼふりと沈み込む。

減給の心当たりがありすぎて、抗議のしようもない。目を閉じた俺は、半月ほど前のある日のことを思い出していた。

俺は、レグルス殿下の命(めい)を受けて、ミラちゃんが学園に入学してからずっと、こっそり護衛をしている。

あの事件が起きたのは、所用を済ませていたら、ミラちゃんの護衛につくのが少し遅れてしまった日のことだった。

俺が到着したとき、ロットナー侯爵家の令嬢を前に、ミラちゃんが目を真っ赤にして立ちすくんでいた。

その姿を見て、頭に血が上ってカッとなってしまい、感情的に令嬢の前に立った。

結果として、ミラちゃんを泣かせたのはベラトリクス嬢ではない上に、彼女はミラちゃんを他の令嬢から守ってくれていたらしい。

俺は王子の間諜をしているとはいえ、身分は一介の平民だ。そんな人間が高貴な侯爵令嬢に楯突くなんて、厳罰もありえた。そんな状況で、ベラトリクス嬢は本当に何も気に留めない様子で颯爽とその場をあとにした。やはり世間に蔓延る噂とは違い、気っ風のいいお方だった。

ここまででも十分問題だが、大問題はこのあとだ。

「……俺は何を口走ったんだ……ああ～もう！」

思い返しただけで、顔を覆いたくなる。あのときに戻れるなら、自分の横っ面を引っ叩いてやりたい。

(でもあれが、俺の本心なんだよな)

俺は漠然と、木目を数えるように天井を見つめた。

あのとき俺は、涙に濡れたミラちゃんを人目につかないように学園の医務室へと運び、ベッドに寝かせた。

彼女が泣いている理由はわからなかったが、令嬢たちに囲まれていたことも理由のひとつだろう。そう考えるとたまらなくなり、つい言ってしまった。

『逃げたくなったらすぐに言ってね！　俺はいつでも君の味方だ。どこへでも連れていってあげるよ。あの小さな町でも、港町でも、隣国でも――君が望むなら』

……と。

出会った頃の彼女は八歳の幼い女の子だった。

その小さな手から次々と生み出される美味しいものたちには、毎回存分に驚かされたものだ。

バートリッジ公爵直々の命であの宿屋に身を寄せることになり、裏では彼女を守る影となり、表では彼女のよき兄貴分として振る舞ってきたつもりだ。

ほぼ同時期に、第二王子であるレグルス殿下が彼女に恋をして、これまでの五年のうちに、彼女が知らないところでどんどんと外堀は埋められつつある。

生来王族や貴族として過ごしていた人々にはわからない困難が、これから彼女にはきっと降りかかる。

見た目こそ煌びやかな貴族の世界は、陰謀や打算、欲望が渦巻いている。急にそんな世界に飛び込むことになったら、どう考えても負担が大きいのはミラちゃんのほうだ。

レグルス殿下やバートリッジ公爵も勿論手を尽くすだろうが、彼女に降りかかる火の粉を完璧に払うことは難しいだろう。

辛い思いをして、どうにもならなくなったときのために、彼女には逃げ道もちゃんと用意しておきたかった。

（……いつからだろうな。こんな風に思うようになったのは）

少なくとも最初は、公爵様からの任務をこなしているだけだった。暫くすると、そこにレグルス殿下からの命も追加されることになり、彼女に起こる出来事を逐一報告していたのだが。

ただの仕事場だったはずの彼女の隣は、案外と居心地がよく陽だまりの中にいるようで、俺はどうやら少しばかり距離をはかり間違えてしまっていたらしい。

「……にしても、本当に減給するなんてなぁ～」

ぼやきながら、彼女の看病をしていたときに、医務室に現れた黒髪の騎士のことを思い出す。旧知の仲であるシリウス――セイだ。

俺が呼んだのだから、やつが現れるのも当然のことだというのに、驚いて思わず肩が跳ねてしまった。

常人にはばれない程度の揺れではあるが、やはりあいつには目ざとく見つかってしまい、疑いの目を向けられた。断じて不埒なことはしていないのにひどい話だ。

(でもセイのやつ、絶対にわかってたよな)

『……まさかとは思いますが、減給になりそうなことはしていないでしょうね』

くそ真面目な顔で、あの騎士はそんなことを言ったのだから。

俺がミラちゃんに何かしたら減給とやつは口癖のように言う。

だが今回の言い方はいつもの冗談めかした感じではなく、真剣な声色だった。

俺は安心させるように、明るく言った。

『ぶっ！　は、セイ、お前、そんな冗談も言えたのか』

『さあ？　冗談で済むのならばいいのですが』

『……大丈夫だよ。俺は王家の影だぞ？　公私混同はしない。ミラちゃんが望まない限りは』

物言いたげに俺を見るセイを、こちらからもまっすぐに見据えた。そのときのセイの表情は、如何とも表現し難い。

改めて見たらめちゃくちゃ端整な顔立ちをしていて、近衛騎士団では既に二番手の地位にある、そんな友人がまるでどうしたらいいかわからないというような困った顔をしていた。

『……複雑な心境ですが、私は殿下を応援しています』

『ふーん。奇遇だな、俺もだよ。……今のところは』

心苦しそうに告げる騎士に、俺は飄々と本心を返した。

顔をしかめていたセイだったが、俺がこの先の対応についての話題をふると、その眉間の皺をなくして事務的にてきぱきと話し始めた。

そうして、セイは話し合った手筈どおりにスピカちゃんを呼びに行き、俺の看病はそこでお役御免となったわけだが――

「ま、減給も仕方ないか。実際、仕事には失敗してるしな」

回想をやめた俺は、そうぼやいた。どうやら、他の影が一部始終を報告していたらしい。いつもより少ない給与を横目に見ながらそう考える。

……この減給は、ベラトリクス嬢への非礼と、ミラちゃんの護衛が間に合わなかったことへの罰だと思おう。

「ま、俺は影だからな。従うのは、彼女の心にだけだ」

セイはセイで、王子であるレグルス殿下の苦悩をずっと側で見てきたのだから、いろいろと思うところがあるのだろう。

だが俺だって、彼女のことをずっと見守ってきたのだ。この場所は譲れない。

――俺は彼女の影。

日の当たる場所に出ることはない。彼女が望むとき以外は。

だが望むのならば、どこへでも連れ出そう。

それはこれまでも、これからも変わることはないのだ。

八　変わりゆく日常

私が欠けていた前世の記憶を取り戻し、スピカとフレンチトーストを食べてからの日々は、いつもどおり……とはいかなかった。

スピカが言っていたように、学園にはなんだかよくない空気が蔓延（まんえん）していて、普通クラス側の校舎から特進クラス側の校舎への移動は原則禁止されたとのお達しがあった。

なんとこれまで学園全体で執（と）り行（おこな）われていた卒業パーティーも、それぞれの校舎で行（おこな）うことになったらしい。当然隠れ家での課外活動も中止だ。

同じ頃に、ちょうどレオたち生徒会のメンバーは、『どうしてもしなければならないこと』があって忙しくなったらしく、結局のところ、暇を持て余すのは私とスピカだけという構図になった。

そんな生活が一週間、ひと月……と続き、週末しかお菓子や料理を作れないのがストレスになってきた。

だって季節は秋なのだ。美味（おい）しい食材が豊富なこの季節。作りたいものがたくさんあって困る。

「家に帰りたいなぁ……」

待ちに待った休日、食堂で仕込みをしていた私は、思わずそう呟いた。

「親父さんのところ？　確か今の時期は、収穫祭の頃だったね」

イザルさんに聞かれて、私は頷いた。

「うん。みんなで焼き鳥焼いて、すっごく大変だったけど、とても楽しかったです」

「……あれはすごかったね」

みんなで燃え尽きて灰のようになったあの日のことを思い出したのか、相槌を打ちながら遠い目をするイザルさんは、今はカレーパンを揚げている。

ご飯にかけるものよりも水分を飛ばしたカレーのフィリングを、パンの生地に包んで衣をつけて揚げるのだ。

それとは別に揚げパンも作って、そっちには砂糖ときな粉をたっぷりまぶす予定だ。

前世で大豆からきな粉ができると知ったときは本当にびっくりしたものだ。大豆の万能さには頭が上がらない。

着々と揚がっていくパンを眺めながら、イザルさんは目を細める。

「ミラちゃん、パン屋さんもできそうだよね」

「ああー、確かに昔、進路を決めるときに迷いました」

「昔？」

「いえっ、小さいときになりたかったなぁーって」

「はは、小さい頃って、俺が宿屋に行ったときも十分小さかったのに」

うっかり前世の話をしてしまったが、なんとか誤魔化せたらしく、イザルさんは笑いながらそう言ってくれる。

イザルさんと会ったときといえば、八歳の頃だ。

前世の記憶を思い出して、初めてうどんを作って――

過去に思いを馳せていると、不意に幼いレオの姿までが思い出された。はぐはぐとうどんを頬張る、可愛い姿。

あのときはまさか、王子様だなんて全く思わなかった。

パンを揚げまくるイザルさんとは別に、私はリタさんに教えてもらった特製のビーフシチューをことことと煮込む。

日中はあたたかいが、夜になると冷え込むこの季節はシチューがよく売れる。私は夕方になる前には公爵邸に戻るから、夜の食堂の様子は見たことがないけど、今日もきっと賑わっているのだろう。

（今日は久しぶりにたまごのうどん……温玉釜玉うどんでも食べたいな）

どうしてだか、無性にうどんの気分になってしまったので、今日のお昼は賄（まかな）いにあのうどんを作ろうと決めた。

そして、お昼時になり、食堂の裏口のドアベルがカランと鳴った。

「……あ、レオ。いらっしゃい！」

「ミラ……」

私がそこに向かうと、疲れた顔をしたレオが、ひとりで立っていた。珍しくセイさんを連れていない。

目の下にはクマがあるようだし、顔色もなんとなく悪い。寝不足のように見える。

痛々しい表情に私は慌（あわ）てて提案をした。

「私もちょうど休憩なの。一緒に食べてもいい？　今日はなんと久しぶりに、たまごのうどんにしようと思ってて」

「！　うん。食べる……食べたい」

私の言葉に、どんよりと暗かったレオの表情がぱああっと明るくなる。やはり今でもたまごのうどんが大好きらしい。

そんな彼にふたり分のうどんを持ってもらいながら、二階の部屋へ移動した。

部屋に入って、なぜだか口数の少ないレオを不思議に思いながら、私はうどんを口に運ぶ。

随分と久しぶりに作ったそれは、当然ながらシンプルイズベストで、卵の濃厚さともちむちの麺がとても美味しい。故郷の味というかなんというか、懐かしさすら感じる。

お父さんと公爵様が試作して、世に広めたうどん。

改良を重ねて編み出されたつるりとした食感は、もはや前世の現代日本と遜色ないように思う。

そのうち、この世界でも平たいきしめんタイプのものや、手延べタイプの細麺も生み出されるのだろう。

そんなことを思いつつ、ちらりと目の前に座るレオを盗み見る。

つるつると麺を頬張る姿は幼い頃と変わっていない。だけど、やっぱり元気がない。

「……レオ、何か悩み事？」

うどんを食べ終わってひと息ついたところで、私は彼にようやく問いかけた。机越しに向かい合い、レオの青紫の瞳が私をまっすぐに見ている。

こうしてふたりきりになるのは、あの港町でのお出かけ以来だなあ、と頭の片隅でぼんやりと考える。

「ミラ……その、体調を崩したと聞いたが、大丈夫なのか？　すぐに見舞いに行きたかったんだけど、流石に女子寮には入れなくて」

するとレオは眉尻を下げて申し訳なさそうな顔をする。

そうか。あのときからレオには会えていなかったんだ。

週末の食堂でベラさんとウィルさんやカストルの姿はたまに見かけたが、レオが来ることはなかった。

私はレオを安心させるように微笑みながら頷く。

「うん。スピカといっぱい食べたら元気が出たよ。……あの、お見舞いとお手紙ありがとう」

あのたくさん泣いた日の翌朝、スピカの部屋に――私のもとに届けられたのは、可愛らしいミニブーケだった。そこにはレオからの手紙も添えられていて、私はにまにまするスピカに肘でぐりぐりとされながらそれを受け取った。

手紙には私を心配する言葉が綺麗な筆致で並んでいて、ほっこりとした気持ちになったものだ。

そう言うとレオの顔が少しだけ柔かくなる。

「気に入ってくれたならよかった。花屋では随分悩んで……っ、いや、なんでもない。俺も、ミラからの手紙、すごく嬉しかった。大事にとっておいてあるから、今も疲れたときには読んでるよ」

「ええっ！　大した手紙じゃないのに……」

確かに、私もそのあと返事を書いた。

だけど、せっかくもらったレオからの手紙に、いざ机に向かったものの……内容に随分と悩んでしまった。結局は当たり障りのない文章のみで構成された、ちっとも面白みのない手紙になってしまったのだ。

ようやく書き上げた手紙をそんなに読み返されているかと思うと、羞恥で顔が熱くなる。ああもう、こんなことならもっと手紙や文字の練習をしておくんだった。

英才教育を受けてきたであろうレオのそれとは、我ながら雲泥の差があるように思う。

「ミラがくれるものは、なんでも特別だから」

ふっと優しく微笑むレオは、とても綺麗だ。

私が王子様にあげられるものなんて、ささやかなものしかないのだけれど、そう言ってもらえると、なんだかむずむずしてくる。

「じゃあ私、また手紙を書くね？　学園では暫く会えないみたいだから。前みたいに、公爵様がお城に行くときに同行する人に預かってもらおうかなあ……」

「本当か？　じゃあ俺は、すぐに返事を書くよ。叔父上が帰る前に持っていってもらわないといけないな」

「公爵様のこと、郵便屋さんみたいにして大丈夫かな……？」

「ちょうど今、城で叔父上にいろいろと教えてもらっているところなんだ。俺からもお願いしておく。叔父上も、可愛がっているミラと可愛い甥っ子が頼めば頷くほかないだろう」

「ふふっ、自分で言っちゃうんだ！」

とても偉い人を郵便屋さん扱いしている自分たちがおかしくて、私も思わず笑ってしまう。

隠れ家での活動は中断してしまったけれど、また繋がりができたことが嬉しい。

くすくすと笑っていると、レオは不意に椅子から立ち上がった。そしてゆっくりとした足取りで私の隣まで歩いてくる。

不思議に思いながらも椅子に座ったまま彼のほうに向き直ると、レオはその場に片膝をついた。

「レ、レオ……？」

なんだか映画のワンシーンみたい、とどぎまぎしながら、私は俯いているレオの、銀髪を見下ろす。

ゆっくりと顔を上げたレオの眼差し(まなざ)は、これまでになく美しくて、とてもまっすぐだった。

「ミラ、手をとってもいいか……？」

「う、うん」

レオが伸ばした右の手のひらの上に、私はおずおずと自身の左手を重ねた。彼の手のひらに触(ふ)れた途端、その手をぎゅうっと包み込まれる。

部屋は静まりかえっていて、階下の笑い声やざわめきが遠くに聞こえる。むしろそれがないと、ここが食堂であることを忘れてしまいそうだ。

「……本当は、いろいろと考えていたんだけど」

「？」

困ったようにはにかむレオに、私は首を傾げる。

何を考えていたのか、教えてくれることはあるのだろうか。

「――ミラ。会えない時間も、ずっと想っていた。君が今何をしているのかとか、また誰かに困らされて泣いてはいないかと」

見上げてくるレオに、私は唇を引き結んだまま、金縛り(かなしば)りにあったように動けない。なんだか緊張して、呼吸をすることすらうまくできない。

もしかして、と逸る気持ちが私の中で形になって本当に暴れ回っているような、そんな感覚だ。

「俺は……まだまだ力不足で、ミラのことを完全に守れないとわかっている。俺の申し出が、これからミラに負担を強いることになることも。……だけど」

どくどくと、胸が早鐘を打つ。泣きそうになってしまうのはなぜなのだろう。

私を見ている青紫の瞳はとても真剣で、熱を帯びている。

「この先もずっと一緒にいたいと、隣で笑っていてほしいと想うのは、ミラだけだ。ずっと君のことが好きだった。生涯、俺と共に歩んではくれないか？」

ごめん、諦められないんだ、と。

最後にそう付け足して、レオはまた柔らかく微笑んだ。

身分が、とか。王子様の相手が私なんかでいいのか、とか。そんなことが一瞬だけ頭に浮かんだ。

だってとても美しい王子様だ。あの大きく立派なお城に住む人だ。私とは、正直釣り合っていない。

（――でも、私は……！）

だけれど、迷いはすぐに吹っ飛んだ。そんなこと、どうでもいいのだ。

溢れた思いが涙となって、つぅ、と私の頬を伝う。目がとても熱い。心臓がうるさいくらいに動き回って痛い。

同時に、レオがアナベル様について話していたときに胸が痛くなった理由にも気がついてしまった。

私はもう随分前から——

「ミ、ミラ……？」

「……っ、あ」

何も言わずに黙って涙を流してしまった私を、レオが不安げに見ているのがわかる。

それなのに、口が震えて言葉がうまく出ない。

だったら、と、足に力を込めて立ち上がる。

そしてそのまま、私は跪いているレオの首元に、ぎゅうっと抱きついた。

「嬉しい……っ」

レオの肩に顔を埋めて、ようやく絞り出せたのはたったそれだけ。胸がいっぱいで、抱きついている彼があたたかくて、ますます涙が出てきてしまう。

大切な人を亡くして、どうせ失うのなら大切な人なんて作らないほうがマシだと思った前世があった。

……でもきっと、そのときの前世の私も立ち直ったはずだ。うっすらとした記憶ではあるけれど、『私』にも確かに家族がいたのだもの。

くっついたまま泣き出してしまった私の背中に、最初は躊躇いがちだったレオの手が回る。そしてそのまま幼子をあやすように、ぽふぽふとさすってくれた。

その心地よさに、私はますますぎゅうぎゅうと身を寄せる。

いつからだろう。子供のように、弟のように思っていたレオが、私の中で特別になったのは。

正確な境目なんてわからない。

――だけど。

私が美味しいものを作って、それを彼に美味しいと言ってもらえる日々が、これから先も続くことが、とても嬉しい。

暫くの間、私がくっついて泣いていたため、顔を上げるとレオの首元はしっとりと濡れていた。

慌てて飛び退こうとしたけれど、レオにしっかりと抱き込まれているから大して離れることはできなかった。反対に、彼の手に力がこもったように思う。

「……ミラ、落ち着いた？」

至近距離で見るレオのはにかみ顔はとても可愛らしく、私の顔はぼぼぼっと火がついたように熱くなってしまう。

「レオ、あの、服が……。ごめんなさい」

「……本当だ。ミラ、泣いたあとはしっかりと水分を摂るんだよ」

「う、うん」

「もう少しこうしていたいけど、時間みたいだ。ミラ、いろいろと不安だろうけど、払拭できるように俺も最大限努力する。それで……また一緒にあの港町へ行こう」

レオは私から手を離して、ゆっくりと立ち上がった。促されて、私も同じように立ち上がる。

最後に笑顔を見せたレオは、すっと私の手をとって、そこに唇を落とした。

軽く触れる程度のそれでも、また顔に熱が集まるのがわかる。

レオが名残惜しげに部屋を出たあと、私はぺたりと床に座り込み、しばし茫然としていた。

そして家に帰るまで、両想いのふわふわっとした高揚感と、そういえば彼は王子様だからこの先どうなるのだろうという不安感とで、ぐるぐる考え続けた結果。

私はベッドにたどり着いたあと、ぱたりと眠ってしまった。

前世での経験があるとはいえ、ときめきには慣れるものではない……と変なことを再確認させられる羽目になったのだった。

◇閑話　君の隣

「……顔色は随分とよくなりましたね。ミラ様とはゆっくり話せましたか？」

城に戻る馬車の中で向かいに座るセイの言葉に、窓の外をぼうっと眺めていた俺――レグルスは視線を戻した。

城の執務室にこもりきりになっていた俺を、半ば強引に連れ出したのは、この黒髪の護衛だ。

ここ数日何かと忙しく、寝食を蔑ろにしていた俺を心配したらしい。

まだ少し頭が覚醒していないような気がするのは、先ほど起きたことが現実ではないように思えるからなのだろうか。

――本当に、夢のようなひとときだった。

「ミラにプロポーズして、受け入れてもらった」

「ああ、そうでしたか。……え？」

俺が手短に答えると、いつも冷静なセイの目が驚愕に見開かれる。そのままふいとまた視線を逸らして窓の外を見ようとすると、肩をがっと掴まれた。

「レオ様？　どういうことか説明していただけますか？」

笑顔なのに、絶対に逃がさないという気迫をセイから感じる。

観念した俺は、ぽつりぽつりと先ほどあったことを話すことにした。

「……ミラとふたりでうどんを食べた」

「はい」

「ミラが俺の体調を心配してくれて」

「はい、レオ様は顔色が悪かったですからね」

「また手紙を交換しようという話になって」

「そうなんですね。それは何よりです」

「俺との会話で笑っているミラがすごく可愛くて……」

言いながら、くすくすと笑ってくれていたミラの顔が頭に浮かんだ。陽だまりのように、あたたかな笑顔で。

疲れなんて一瞬で吹き飛んで、それと同時に、堰き止めていたものも一緒にどこかへ吹き飛んでしまって止まらなかった。

はじめは、夏季休暇を過ごした公爵領で気持ちを伝えられたらと思っていた。

馬車での道中もずっと楽しかったし、そのあと青紫色のドレスで飾り立てられたミラの破壊力が凄まじかった。

だが、貴族が集まる晩餐会の場でのミラは、楽しそうだとは思えなかった。

懸命に笑顔を作ってはいたが、無理をしていることがすぐにわかった。ミラと共にいられることに浮かれていた俺は、頭を殴られたような衝撃を受けた。

そうだ。ミラはずっと平民として暮らしていたのだ。こんな場に急に連れ出されても、困惑するに決まっている。

頭では理解していたが、実際にそうした光景を目の当たりにすると、気持ちを伝えるべきか迷いが生じた。

――このまま諦めたほうがいいのかと、思ったりもした。

だが、無理だった。

「それで……一気に頭が沸騰して、想いを告げてしまった」

「……レオ様……」

久しぶりに会えたことも嬉しかったし、もはや彼女と食べるご飯しか味がしない。

もう引き返せないと、そう感じたときには結婚を申し出てしまっていた。

「でも、ミラ様は……お受けしてくださったのですね？」

セイは、随分前からミラのことを『ミラ様』と呼ぶ。

元騎士である彼女の父に対する敬意だと言ってはいたが、それとは別の意味も込められている気がしてならない。

そっと俺の肩口から手を離したセイは、落ち着いた顔で座席に戻ると、何やら思案げに顎（あご）に手を当てる。

「いろいろと心配事は尽きませんが……レオ様、よかったですね。今後も誠心誠意（せいしんせいい）お仕えいたします。私たちはミラ様のこともお守りします。必ず、どんな害意からも」

顔を上げたセイは、顎（あご）に当てていた手を下ろし、右手を心臓に添えるようにして俺に告げる。

その言葉に「ありがとう」と返しながら、俺は城へと戻った。


「……遅かったな」

「兄上。もういらしていたのですね」

俺が自（みずか）らの執務室に戻ると、兄である第一王子のアルデバランが、強張（こわば）った顔でソファーに座っていた。

約束の時間よりは少し早いが、もう来てしまっていたらしい。申し訳ありません、と頭を下げて兄の向かいの席へと腰かける。出された紅茶を飲みながら兄の様子を見た。

堂々としているようでいて、膝の上にのせている人差し指を苛立たしげに何度も動かしている兄は、実は落ち着いていないことが伝わってくる。

「……兄上、緊張されていますか？」

「ふん、そんなわけあるまい」

勿論そんなことは認めないのだが、兄は不機嫌そうに目を逸らす。

完璧人間だと思っていた彼も、ただの人の子なのだと思えて微笑ましくなった。

兄の長年の婚約者であるベラトリクス嬢と、ここに来てようやく直接の話し合いの場がもたれることになった。ふたりは学園ではすれ違ってばかりだという。

かつては、茶会や城への訪問で会うたびに婚約者殿を邪険にしていたはずなのだが、彼女の訪問がぱたりと減ってからは、逆に動向を気にするようになった兄である。

「レグルス。何を笑っているんだ」

「いえ、ははっ、兄上も緊張することがあるのだと思うとおかしくて」

「……仕方ないだろう」

兄はぷいと顔を背けてしまった。

本来は兄とベラトリクス嬢で話し合えばいいのだが、緩衝材として俺も巻き添えにされてしまっている。兄は彼女と対面することに、いたく緊張しているらしい。

そんなところも、兄の不器用さを知るいい機会となった。

ずっと王太子になることを定められていた兄もまた、人々の理想的な王子という枠から外れることが許されずに、窮屈(きゅうくつ)な思いをしていたのかもしれない。お互いにないもの強請(ねだ)りをしていたのだ。

笑顔の俺と、不機嫌な兄が暫くの間変わらずお茶を飲んでいると、扉がノックされる。

「レグルス殿下。ロットナー侯爵令嬢がお見えです」

扉の外から来客を告げるセイの声に、兄の手がびくりと揺れる。

「――通してくれ。兄上も、準備はいいですか？」

緊張の面持(おもも)ちでカップをテーブルに戻した兄は、決意の色を浮かべた顔で俺を見て、小さく頷く。

三人で話すのは、幼い日以来のことだ。

兄に幸あれと、俺も気持ちを引き締めた。

九　パティスリーの客

レオと会った翌日、私はパティスリーの厨房に朝からこもっていた。

公爵邸の料理長が大量に仕入れたというりんごを使ってお菓子を作ることは、昨日から決めていたことだ。

「これはまた……たくさん作りましたね」

「はい……」

いつも優しいおじ様であるドミニクさんが、若干顔を引きつらせている。休みなく動き回っていた私が、大量のお菓子を完成させたからだろう。

（なんだか、公爵領でも同じことがあったような……）

状況は、たこ焼きを大量に焼き続けたあのときと似ている。私はどうやら、気持ちを料理にぶつけるタイプらしい。

こうやって焼き上がったお菓子に囲まれていると、幾分か気持ちが落ち着いてきたように感じる。

昨日は電池切れのように眠ってしまったから、今朝はとても早起きしてここに来たのだ。

「ひとつずつ教えてもらってもいいですか？」

「はい。これはタルトタタンというお菓子で、キャラメリゼしたりんごを型に入れて、その上にタルト生地をのせて焼き上げたあとにひっくり返したものです。こっちはアプフェルシュトゥルーデルというパイのようなお菓子。これはアップルパイの派生ではあるんですが、薄くスライスしたりんごを伸ばした生地で巻きながら仕上げることで、薔薇の花のような形になります」

「ほお……」

ひと息に言い切ると、ドミニクさんは大きく頷きながら感嘆の声を漏らした。

タルトタタンはりんごをたっぷりと使うからりんご好きにはたまらないだろう。キャラメル色に焦げた砂糖が、ほんのり苦くて、甘さと苦みの対比も楽しい。

そしてシンプルなタルト生地が、その甘いりんごを受け止めている。

アプフェルシュトゥルーデルは、下に敷いた新聞紙の文字が透けるくらいに薄く伸ばした生地にバターを塗って、りんごとレーズン、それからパン粉で作ったフィリングをくるくると巻いて焼き上げる。

そうしたらぱりっと焼き上がった生地が、パイのような食感になるのだ。

「それにしても、量が……」

「すいません、考え事をしていて」

いくら材料があったからといえ、タルトタタンを二台、太巻きのようなアプフェルシュトゥルーデルは三十センチの長さのものを三本。それに普通のアップルパイも焼いてしまった。

フィリングと生地は、鍋いっぱいに仕込んでいるからまだまだ焼ける。

だって、手を止めると昨日のレオの告白のことを思い出してしまって、悶絶してしまうのだ。だからこうしてがむしゃらに、お菓子を作りまくったわけなのだけれど……

(ああほら、手を止めると、また――！)

ドミニクさんは真剣な顔でお菓子の味見や造形の確認をしているというのに、私の思考はまたすぐに昨日の出来事に引っ張られてしまう。ああもう、顔が熱い。

「店主を出せ！」

しかしそのとき店舗のほうから急に男性の怒鳴り声が聞こえてきて、もだもだとしていた私の意識は一気に現実に引き戻された。

ドミニクさんも試食の手を止めて、眉を顰めている。

それと同時に、ドミニクさん、と売り子をしていた店員さんが泣きそうな顔で厨房に飛び込んできた。

話を聞いたところ、貴族の遣いだという男が、順番待ちの列の先頭に割り込もうとしているらしい。

ありがたいことに『一番星(エステル)』は大好評なので、貴族から平民まで並んで待ってもらうことが多いのだけれど、こういうのは本当に困る。

「ミラは絶対に来ないこと」と、ドミニクさんに念を押されたものの、気になって仕方がない私は、こっそりと厨房から様子を窺(うかが)うことにした。

ドミニクさんが対応に向かった先では、遣いの人らしき男性が、怯(おび)える女性店員を恫喝(どうかつ)するようにずっと怒鳴り声をあげている。

その周囲では、きちんと列に並んでいたお客さんたちが困惑の表情を浮かべていた。

ものすごい剣幕で責め立てるその客に、ドミニクさんは毅然(きぜん)とした態度を崩さない。

「お客様。お店でそのように大きな声を出されると困ります」

「あなたがこの店の責任者か？　この女がさっさと商品を売らないからいけないのだろう！　こっちは貴族だぞ！」

「列にきちんと並んでいただければお売りします」

「っ、ふざけるな！　私はロットナー侯爵家の遣いだっ！　こんな平民たちに売るものがあるんだったら、さっさとお嬢様のためにそこの商品を渡せっ！」

ロットナー侯爵家……といえば、ベラさんの家名だ。

高位貴族の遣いにしてはあまりに品がない。覗(のぞ)き見ている私が思うくらいなのだから、周囲の人々はもっと困惑しているに違いない。

（まるで最初から、騒ぎを起こすことが目的のような……）

「――お前、何者だ」

そんな風に考察していると、列に並んでいた黒髪の若い男性が、つかつかと騒いでいる男に詰め寄り、その手首を捻(ひね)った。

「なっ、な、何をする！　ロットナー侯爵家の遣いに対して無礼だぞぉぉ！」

急に腕を捻(ね)じられ、その男は情けない叫び声を出す。

黒髪の若い男性は、そのまま淡々と続ける。

「侯爵家に仕えているからといって、お前が偉くなったつもりか。そもそも貴族に権限を与えているのは、こうして民の暮らしを邪魔するためではないのだが」

「なんだ、若造がっ」

「それにしても……お前は、ロットナー侯爵家の遣いと言ったな」

「そ、そうだ。だからこの手を離せっ――？」

再びその男性が暴れようとしたところで、いつの間にか店内に入ってきた複数の騎士がその男を取り囲んだ。暴漢は強い力で床にぺちゃりと押さえつけられ、苦しそうに悶えている。

「どこから来たかは知らないが、貴族の名を騙ることは重罪だ。それにバートリッジ公爵家公認のこの店で騒ぎを起こすとは、大したものだな。――こいつを連れていけ」

黒髪の人は、ぱんぱんと手を払いながら騎士に指示を出す。

手馴れたその様子を見ていたところで、列から見慣れた赤髪おさげの少女が歩いてきた。そして、黒髪の人の隣に立つと、しげしげと床に寝かされた男を眺めている。

「……う〜ん。案の定、全く知らない使用人ですわね。こんな人、我が家にいたかしら」

「誰だお前はっ！」

「まあ……お話によると、あなたはわたくしのためにお菓子を買いに来たのではなくって？ロットナー侯爵家に、わたくし以外に娘はいませんのに。でもわたくし、美味しいものは自分で買いに行く性分ですの。うちの者なら、みんな知っているわ」

「は……まさか」

目を見開く男に対し、笑みを浮かべながら穏やかな口調で言い切ったのは、まさに槍玉に挙げられていたベラさんだった。

　いつもお忍びで食堂に来るときのように、燃えるような赤髪はおさげにして、シンプルな質のいい紺のワンピースを着ている。

　顔面蒼白になった床の男は、「なんでここに本人が……」と呟きながら震えていたが、黒髪さんの合図で騎士たちに力なく引きずられていく。

　騒ぎがひとまず落ち着いた店内では、そこに立つ黒髪と赤髪のふたりの男女に、列をなす人々からの称賛の眼差しが向けられていた。

「あれが侯爵家の幻のお嬢様？　よくこの辺にいるよね」

という囁きも聞こえてくる。

　あの隣の黒髪の人は一体誰なのだろう。私はその人物をまじまじと眺める。

　ベラさんがいつも連れている執事のウィルさんではないようだし、顔の造作がどことなくレオに似ているような気がするのは、気のせいだろうか。

「あら。ミラじゃない。ここも手伝っているの？」

　新しい執事かな、と考えながらじっくりとふたりを見つめていた私は、隠れていたはずなのに、あっさりとベラさんに見つかってしまったのだった。

「――どうぞ。新作のお菓子です」

「まあ！　とっても美味しそうね。りんごのタルトだなんて、わたくしの好きなものばかりだわ」

先ほどまでの喧騒がすっかり落ち着いた店内のカフェコーナーで、私はベラさんと黒髪さんの前にタルトタタンとアプフェルシュトゥルーデル、それから可愛いお花の形のアップルパイを並べた。

ベラさんは目を輝かせて、どれから食べようかと思案している。

「ミラ。せっかくたくさん作ってくれていたのに、わたくしの我儘でみんなに振る舞ってしまってごめんなさいね？」

「いえいえ。私も調子に乗って作りすぎていたので、ちょうどよかったです」

騒ぎのお詫びにと、ベラさんは並んでいた人々に、『一番星』の新作のお菓子をおまけで持たせることにしたのだ。

責任者のドミニクさんにそのことを提案したベラさんはとても格好よく、周りの人たちも無料で菓子がもらえるとあって「うおおお、お嬢様ぁっ！」と大興奮だった。

たまたま大量に仕込んでいたお菓子はすぐになくなり、追加で焼いた分も今日中になんとかなりそうで私も嬉しい。

ベラさんには、私がこのパティスリーでもこっそり働いていたことがバレてしまったが、このお店が大好きらしいベラさんは頬を紅潮させて喜んでいた。

「わたくしも早く食べたかったわ。ねえ、あなたはどれにする？」

「あ、あなた……だと。っ、君が先に選んでくれ。菓子が好きなんだろう」

そして今、先ほどまで勇ましかった黒髪さんは、ベラさんに水を向けられて、しどろもどろになっている。

心なしか少し顔が赤いような――と思って見ていると、ぱちりと目が合った。

（やっぱり、似てる）

鬱陶しそうな前髪の奥では、美しい瞳がこちらを見ていた。よく見えないが、あの色味は……

だから、レオに似て見えるのだろうか。いや、でも。

「……レオの、お兄さん？」

「ぶっ!!」

「あら、ミラったらもう見破っちゃったの？　ウィルとふたりでここまで仕上げたのに」

口にした予想は、どうやら当たっていたらしい。

黒髪さんは、レオの兄であるアルデバラン殿下で、ベラさんたちの手によって変装しているようだ。

紅茶のカップを手に固まってしまった殿下とは反対に、悪戯っぽく楽しそうに笑うベラさんは、いつもの凛とした顔立ちが柔らかく砕けてとても可愛らしい。

ふたりのお忍びデートを邪魔してはいけないと思い至り、慌てて頭を下げて、私はその場を去った。

その後ちらりと見えたのは、ベラさんにあーんをされそうになってひどく狼狽しているアルデバラン殿下の姿だった。どうやら完全にベラさんのペースだ。

第一王子と婚約者は仲が悪い、という噂もどうやら完全に嘘のようだ。どうしてベラさんの周りにはこう悪い噂ばかり立つのだろう。いくら乙女ゲームでは悪役令嬢だといっても、ベラさん本人は気さくで頼り甲斐のあるお姉さんなのに。

いろいろと疑問に思いながら、厨房に戻った私は新作のお菓子の作り方をドミニクさんに伝えることにした。

暫くすると、ベラさんが厨房までひょっこりと顔を出してくれた。

「また来るわね」と笑みを浮かべて、ベラさんは店を去っていく。アルデバラン殿下も一緒だ。

私も店の外に出て、深く頭を下げたあと、ふたりの姿を見送る。

ふたりが向かうのは、食堂がある方向だ。時刻はお昼時とはいえ、彼女はお菓子をペロリと食べたばかり。

まさかね、と思いながらも、食堂のご飯が大好きなベラさんの姿を思い出して、私も自然と笑顔になる。

――パティスリーでのこの騒動と、これまでの学園に蔓延る噂話と。

私がそれらの真相を知ったのは、それから少し経ってからのことだった。

また暫くして冬になっても、学園では貴族側の校舎の友人たちとは全く会えないままだった。

唯一、身分的には平民でありながら特進クラスに通うメラクは校舎を行き来できるらしく、時折私のクラスまで顔を見せてくれるのが救いだ。

「なんだか、つまらないなあ～」

放課後になって私のクラスにやってきたメラクは、口を尖らせている。周囲では他の女の子たちがその様子を見てきゃあきゃあと騒いでいる。あっという間にこのクラスでもアイドルと化しているメラクは流石としか言いようがない。

「メラクは身分のことでいじめられたりしていない？」

こっそりと耳元でそう聞いてみると、彼は元々大きな目をぱちくりと瞬き、一瞬動きを止めたあとに人懐っこい笑みを浮かべた。

「ぜーんぜんっ！　みんなぼくのこと可愛がってくれるよ。特に、二年生のおねえさんたち」

「そう……よかった」

どうやらメラクはあちらの校舎でも可愛がられているらしい。本当に可愛いから気持ちはわかる。貴族の中でもしっかりと過ごせているメラクには、脱帽だ。

「ね、ミラ、はやくかえろー。はやくはやく」

「あ、うん。急いで片付けるね」

メラクが先に席を立ち、教室の外から手招きをするので、私は慌てて鞄に教材を詰め込んだ。

こちらの校舎にちょくちょく顔を出すようになったメラクは、私を寮まで送ってくれるようになった。

『さいきん、何かとブッソーだからね？』

と、これまた可愛い笑顔で首を傾げながらメラクはそう言っていた。

私よりよっぽど美少女らしいメラクのほうが危ないのではないかと思いながらも笑顔

を返した。ブッソー、って、物騒ってことだよね。

「ミラ、ぼくがいろいろ教えてあげるよ」

「ん？　なあに？」

「キゾク社会でのしょせーじゅつってやつ」

校舎からの帰路をぽてぽてと並んで歩きながら、メラクは人差し指をぴしりと立てて、にんまりと微笑む。

「ミラはなんか抜けてるからしんぱいだけど、みんながついてるよ。あっ、コンレイヒンは、うちの商会から買ってね！　限定の記念品でもつくったら、うれそうだなあ～」

「えっ、あの、メラク？　婚礼品って？」

「ぼくもオカカエの商会にしてもらえるようにがんばる。ほんとはミラにはぼくのおねえさんになってほしかったけど、これぱっかりはしかたないね」

「??」

貴族社会とか、婚礼品とか、そこから導き出されるのはあのことしかないのだけれど、メラクはそれをさらりと言ってのけた。

まさかレオとのことって広まっているのだろうか。

私の頭がついていけないうちに、メラクはぴたりと足を止める。

「さ、ついたよ。長居するとおこられるから、ぼくはもういくね！　またあした！」

メラクはそう言って、笑顔で手を振りながら駆けていった。

ふわふわと揺れる髪が、愛らしさに拍車をかけている。

私は呆気に取られながらも、メラクに手を振り返した。


週末の食堂でいつもどおりにお手伝いをしていると、からんとドアベルが鳴って、赤髪のベラさんが笑顔で入ってきた。

先日の一件で、彼女が侯爵令嬢のベラトリクス様ご本人であることはじわじわと周囲に浸透してしまっている。

それでも、このお忍びスタイルは継続するらしい。町の人々も、あえてそのことには触れずに、これまでどおりに接している印象を受ける。

長年の常連とあって、店内の他の常連さんたちも微笑ましく見守っている。

ベラさんはとても嬉しそうで店内に入った途端明るい声をあげた。

「なんだかとってもいい香りだわ！」

「……君の胃袋は一体どうなっているんだ……」

以前と違うのは、嬉々として食堂に入ってくるベラさんの後ろに、黒髪の付き人……

凪なアルデバラン殿下がいること。

ふたりで来ることが増えたのだ。

それもお忍び用の二階ではなく、堂々と食堂内で食事をとる。もっとも、殿下はベラさんよりさらにしっかり変装しているため、彼が第一王子であることをほとんどの人は知らないだろう。

「いらっしゃいませ」

私が駆け寄ると、ベラさんの瞳はめらめらと燃えるように輝いている。

「ミラ！　ねえねえ、この香りってもしかして……」

「ふふ、今日はカレーの日なんです。いつもの甘口カレーと、バターチキンカレー、辛いキーマカレーもあります。あ、カレーうどんも」

「カレーの日……！　なんて素敵な響き……」

「かれー、とはなんだ」

うっとりとしたベラさんとは対照的に、アルデバラン殿下はカレーを食べたことがないらしく、不思議そうにしている。

そんな殿下の手をぐいぐいと引いて、早く座りましょうと席を目指すベラさんの目は鮮やかだ。また全種類制覇を狙っているのではないだろうか。

「ミラちゃん、お客さんだよ。そのまま一緒に休憩しな」

私の側に来たリタさんがそう言って私の背中を押す。

指で二階を示しているということは、スピカかレオが来たということなのだろう。

最近アークツルスさんは忙しいらしく、同じ校舎なのになかなか会えないと、先週末に食堂に来たスピカは嘆いていた。同じクラスのレオも、随分と忙しくしているらしい。

もうすぐ年末。年が明けると、卒業パーティーに向けてますます生徒会は忙しくなるらしい。

きっちりと校舎が分断された今となっては、平民の私は完全なる傍観者だ。

二階に上がり、扉をノックして中に入る。

ミラ、と私の名を優しく呼んだのは、会いたいと思っていたレオで、私は久しぶりにのんびりと和やかな時間を過ごしたのだった。

◇閑話　悪役令嬢の決意

「この茶色いものを食べるのか？　この白い粒はなんだ」

わたくし――ベラトリクスの目の前では、黒髪の町人に変装したアルデバラン殿下が、スプーンですくったカレーライスを不可解と言いたげな眼差しで眺めている。

「その白い粒はお米という穀物ですわ。パンや麺と同じく、主食となるものですの。こうして一緒に食べると……うん、とっても美味しいですわ！」

キーマカレーを口に運ぶと、ひき肉の香ばしさと、ぴりりと舌を痺れさせる香辛料の風味が口の中に広がる。それに、キーマカレーの上にはご丁寧に温泉卵までのせられており、まったりとした黄身がその辛さを中和していた。

あとを引く辛さと味にやみつきになり、ぱくぱくと食べ進めて、うっとりとしてしまう。

「……不思議な味だが……悪くはない」

初めて口にしたであろうカレーライスに、おっかなびっくりといった様子だった殿下は、むぐむぐと咀嚼したあと、そう感想を述べた。

初めての人には甘口カレーがおすすめとのことで、彼は辛くないほうを食べている。

「これが案外癖になりますのよ。カレーパンというのもあって、油で揚げたざっくりとしたパンの中から熱々のカレーが飛び出してきますの。麺が好きなら、カレーうどんもおすすめですわ」

「そうか」

カレーについて熱く語っていると、目を丸くしていたはずの殿下は、その瞳を細く緩めて微笑んでいた。

「――どうして笑っていますの」

「いや、君は案外……表情が豊かなんだなと、思って」

「わたくしは前からこうですわ。……学園以外では」

なぜだか気恥ずかしくなって、ぷいとそっぽを向くと、またカレーの続きを食べることにした。

本当にどうして、わたくしは殿下と向かい合ってカレーを食べているのかしら。

初めてふたりで城下に下りた日から、毎週末のように王都を散策している。

中央にそびえ立つ城にずっと住んでいながら、これまでお忍びで城下に行ったことがなかったという殿下の真面目ぶりにもかなり驚かされた。

落ち着いてきて、ちらりと視線を殿下に戻す。

変装していても、整った顔立ちはそのままだ。初めて食べるカレーへの興味は尽きないらしく、ひと口ひと口、スプーンを眺めたあと口に運んでいる。お行儀よく咀嚼しながら食べる様子は、どこか可愛らしく——とても人間味があった。

「君といると、毎回新しい発見があるな」

わたくしの視線に気付いたらしい殿下は、そんなことを大真面目な表情で言う。

わたくしがこの世で最も恐れていて、逃げ回っていた相手でもある第一王子。

悪役令嬢であるわたくしは、この人に近づいたら断罪されてしまうから。前世でこの世界にひどく似た乙女ゲームをプレイしていたわたくしにはそれがすぐにわかった。

だが存外、打ち解けてみると彼は普通にいい人で、わたくしの美味しいもの巡業にもこうして付き合ってくれている。

毎週末こうして抜け出すなんて、王子業は大丈夫なのかしらと心配になるが、国王陛下も容認しているそうなので、いいということにしておく。人のことが言えないのはわたくしも同じだ。

「君、だなんて他人行儀ですわ。ベラと呼んでくださっても構わないのですよ？」

以前のベラトリクス——前世の記憶を取り戻すまでのわたくしは、彼にそう呼ばれたがっていた。

優しく愛称を呼ばれている従妹のアナベルと比較して、悔しがっていた。

当時のわたくしは第一王子に冷たく接されて、頭に血が上って——そして前世の記憶を取り戻すきっかけになった出来事が起きた。今でもよく覚えている。

「っ、では、そう呼ばせてもらう。……ベラ、私のこともアランと呼んでくれるか？」

でも今の殿下にそう言うと彼は照れたように、わたくしに向かって柔らかく微笑んだ。本当にあのときの第一王子と同一人物なのかと疑いたくもなる。

実は彼も、何かの拍子に足を滑らせて頭を強く打ったなんてことはないだろうか。

「ええ、アラン。勿論ですわ」

彼の豹変ぶりを不思議に思いながらも、その笑顔に負けないようにと、わたくしは意識して笑顔で答える。

もし本当に、悪役令嬢が断罪されたり、家が没落したりすることがないのであれば……

これ以上逃げ回る必要など、わたくしにはない。

あのとき、アラン本人がそう約束してくれたのだから、それを信じる。

——まだ冬になる前、わたくしが急に呼び立てられたのは、第二王子であるレグルス殿下の執務室だった。

お父様にどうしてもこいと引きこもりを却下され、執事のウィルも途中までの随行となり、少し緊張しながらも案内人に従ってレグルス殿下の部屋へと急いだ。

幼い頃話したっきり関わりのない彼に呼び立てられる理由がわかるような、わからないような。とにかく困惑したまま目的地へと進んだ。

部屋に入ると、応接スペースにいるのがレグルス殿下だけではないことに気がつき、一瞬だけ体が強張った。

わたくしを断罪し、国外追放するはずの婚約者――アルデバラン殿下もその場にいたからだ。

元々学園でも生徒会の集まりで顔を合わせてはいたが、当たり障りのない会話しかせず、こうして時間を設けて話をするということは、本当に初めてのことだ。

『……わたくしも座ってもよろしいかしら』

『はい。では、こちらに』

声が震えないように気をつけて、レグルス殿下ににこやかに声をかけると、婚約者の隣に座らされた。

一瞬眉を顰めそうになったが、なんとか持ち堪えてすぐに顔に笑みを貼りつける。

『お招きいただきありがとうございます。アルデバラン殿下、それにレグルス殿下』

そう告げると、予想外にもアルデバラン殿下のほうから、小さな声ではあったが『こちらこそ来てくれてありがとう』と返事があったのも驚きだった。

それから暫く続いた話し合いのあと、家にたどり着いてベッドに突っ伏してから初めて、じわじわと緊張が解けた。

『今まで悪かった』

『もっと早く話せばよかった』

『ずっと縛りつけていてすまなかった』

ヒロインに傾倒し、わたくしを断罪する宿敵だと思っていたアルデバラン殿下の口から紡がれたのは、予想外にも謝罪が存分に込められた言葉たちだった。

わたくしだって理由を言わずに逃げ回っていたのだから、おあいこのような気もする。

それになぜかはわからないが、わたくしが避けていたヒロインであるクルト伯爵家のスピカ嬢もまた、ストーリーどおりではなく、殿下の周りにまとわりついているわけではない。

『王子が男爵令嬢に入れ込んでいる』という噂も耳にしたが、どうもそんな様子は微塵も感じられない。

それなら、本当にアルデバラン殿下がわたくしを断罪する理由はないかもしれない。

そう考えていたとき、話がある、と彼に真剣な表情で言われた。

わたくしはてっきり婚約がついに解消になるのだと思った。

『随分と遅くなってしまったが……これから、君に歩み寄る機会を与えてほしい』

しかし、告げられた言葉と、彼の紫の瞳には強い意志がこもっていた。

わたくしは思わず唾をごくりと呑み込んだ。

彼は……婚約者であるアルデバラン殿下は、わたくしたちの関係の再構築を望んでいるのだ。

『……でしたら手始めに、わたくしの趣味に付き合ってもらいますわ。明朝、侯爵家に来てくださいませ』

わたくしは咄嗟に、そう口にしていた。

その後、学園でのことについて三人で詳しく取り決めをして、話し合いは終わった。

そしてその翌日、約束どおり侯爵家に来たアルデバラン殿下をウィルとふたりで町人風に仕上げて、わたくしたちは王都へと出かけたのだった。

――そうして『一番星』へのお買い物から始まったわたくしたちのお出かけは、今日まで続いている。

「ほら、アラン。こちらの辛(から)いカレーも食べてみて？」

回想をやめて目の前の彼に自分のキーマカレーを勧(すす)めてみると、顔を真っ赤にされてしまう。

「きっ、君は……！」

流石(さすが)にはしたなかったかしらと思い直し、渋々お皿を引っ込める。

頬を染めたままキーマカレーを凝視(ぎょうし)する彼が、なんだか可愛らしく思えた。

わたくしが王妃になれる器(うつわ)かはわからない。

随分と引きこもってしまっていたから、これからたくさん学ぶことはある。けれど、少なくとも、学園を身分で分断するような貴族たちには、絶対に権力を握ってほしくはない。

記憶を取り戻してから断罪を恐れて過ごす中で、下町で見つけたこの食堂はわたくしの支えであり、孤児院での子供たちとの触(ふ)れ合いは今後の指標にもなった。

全てを円満に終え、あの子を、この国を守る。

あの日、貴族令嬢たちに取り囲まれて泣いていたミラの姿を思い出し、わたくしは固く決意した。

十　星降る夜に

冬も深まり、星夜祭が始まった王都の町は、毎日とても賑やかで、どこかそわそわと浮き立っている。

星夜祭は、年越しを祝う王都のお祭りだ。このお祭りで、人々は無事に今年が終わることと、新しい年が健やかであることを星に願う。古い慣わしを起源とするそれは、今では王都の一大イベントとなり、年明けまでの一週間、町は昼夜問わず鮮やかに彩られる。

いつものお忍びの装いで食堂に来たレオと合流した私は、彼とお揃いの外套を頭からすっぽりと被って、夕日が沈む町に出た。

実は食堂が忙しい時期だったせいでちゃんと星夜祭に参加するのは初めてだ。美しく飾られた町にあれこれと目移りしてしまう。

「ねえレオ、あっちも見てみない？」

「ああ。いいにおいもするな」

自然と繋いだ手はあたたかく、冬の寒さも忘れてしまいそうだ。

やがて空は薄暗くなり、星も瞬き始めた。屋台の橙色のランプと薄紫色から紺に染まる空のコントラストがとても美しい。

「ミラ、話があるんだ。馬には乗れるか？」

ぐるぐると屋台を巡ったり、綺麗なガラス細工を眺めたりして過ごしたあと、レオは真剣な顔でそう告げた。

「乗ったことはないけれど……」

「俺が一緒に乗るから大丈夫だ」

こくりと頷くと、彼に導かれるままに馬に乗せられた。

暫く馬を走らせ到着したその場所は、見晴らしのいい丘だった。

眼下にはお祭りで賑わう城下町の灯り、視線を上げると冬の澄んだ空が広がっている。

「ここ、とっても綺麗だね」

「ああ。俺のお気に入りの場所なんだ。ここからは城下がよく見えるから」

お互いの吐く息が白い。あっという間に頭上では満天の星が輝く。

「――ミラ、聞いてほしい」

私の横にいたレオは、すっと私の前に跪いた。あの食堂での状況さながらに、私の右手をとる。

夜なのに明るく感じるのは、満月が夜空を照らしているからだろう。

その光を受けて、レオの銀の髪は、幻想的に淡く輝いている。

「俺はいずれ臣籍降下して、公爵になる。叔父上のもとで学んだあと、そのままバートリッジ領を受け継ぐ予定だ」

「公爵様の……」

初めて聞いたことに驚いていると、レオは真剣な顔で頷いた。

「ああ。叔父上は時期が来たら隠居する。叔母上との時間がないと常々嘆いていたからな」

そう苦笑したあと、レオは再び表情を引き締める。

「ミラ……俺と一緒になったら、貴族としての生活になるのは事実で君に負担になることも多いだろう。それでも変わらず……俺の手をとってくれるだろうか？」

夜空を映す彼の青紫の瞳は、不安げに揺れている。

（私を、心配してくれているんだ）

これからのことを真剣に考えてくれていることが伝わってきて、じわじわと胸のあたりがあたたかくなってくる。

食堂では嬉しいという気持ちだけが前面に出て、他のことはぶっ飛んでしまったけれど、レオはこうして、私に再び考える機会をくれようとしている。

「……私のこと、諦められないんじゃ、なかったの？」

そう尋ねてしまうのは、少し意地悪かもしれない。

私を見上げている瞳が、丸くなる。

そのあとすぐに、細く甘く緩められた。

「その質問はずるいぞ、ミラ。そのとおりだ。俺の気持ちは前にも言ったように……どうしても、俺を選んでほしいと、そう思っている」

「ありがとう、レオ。でも、私だって同じ気持ちだよ。足りない部分はいっぱいあるけど、頑張りたいって、思ってる。――私は、貴族になったとしても、料理を続けられて、それをレオが食べてくれたら、それだけで嬉しいよ」

正直、貴族になることでどんな苦労があるのかは、ずっと平民暮らしをしていた私には想像がつかない。

だからといって、普通を好んだせいで先に可能性を閉じてしまうのはよくないと思いを改めたのだ。

それは何よりも、私がレオと一緒にいたいと思うから。

彼にご飯を作って、それを食べてもらって、あのふにゃふにゃの笑顔を向けてもらいたい。

それにスピカだってベラさんだって、私の周りにいる人は信頼できて優しい人ばかりだ。

その世界は、そんなに怖くないようにも思えてしまう。

レオは瞳を潤ませながら、私を見つめた。

「ミラ、ありがとう……！　一生大事にする！　一生ミラのご飯を食べるのは、俺だ……誰にも渡さない」

「ふふ、うん……私も頑張るね。美味しいご飯、期待しててね。港町なら、たこ焼きもいっぱい作れるね」

「うん、ミラが作るものならなんだって好きだ」

立ち上がったレオに強く抱きしめられ、私もそれを返した。

星空の丘から帰る前に彼から渡された、どう見ても希少な青紫の宝石が輝く指輪は、とてもではないけれど普段はつけられない。

けれど、これからは肌身離さずペンダントにして身につけていよう。

私がそう決意すると、レオは少しだけ体を離す。

「これから、あまり会えなくなる。それにその……根も葉もない噂も増えるかもしれない。でも、俺を信じてほしい」

「うん。信じてる」

宝石よりも美しい彼の瞳をまっすぐに見て、私はしっかりと頷く。

王都での年越しは、四回目のこと。でもそのどれよりも思い出深い日となった。


「お待たせしました」

そして新年をつつがなく迎え、ひと月が経った。

食堂の二階、いつもの部屋にイザルさんと共に料理を運んだ私は、それらをテーブルに置くとエプロンを外して椅子に腰かけた。

例の如く、友だちが来ているときはそのまま休憩していいという店主のリタさんからのお達しだ。

ごゆっくり、とのんびり言いながら、イザルさんは部屋を出ていく。

「はあ……相変わらず、暴力的な見た目だわ……」

「いや、フツーのお好み焼きじゃないですか！　美味しそうですけど」

運ばれた料理のうち、お好み焼きがのせられたお皿をうっとりと見つめるベラさんに、スピカが即座にツッコミを入れている。

お互いを乙女ゲームの危険人物と認識し、避け続けていたふたりがこうして会うことになったのは、私がベラさんの発言を聞いていたことがきっかけだった。

少し前にベラさんがアルデバラン殿下とパティスリーに来たときに、私はサービスとして小豆たっぷりの白玉ぜんざいと緑茶のセットを出した。

すると暫く殿下と歓談していたベラさんと目が合った。ふわふわと優しく手招きされて近づくと、耳元で尋ねられたのだ。

――あなたも日本の記憶があるの？　と。

その発言に私も目を丸くすることになったのだけど、すぐに立ち上がったベラさんに両手をがしっと掴まれて、燃えるような瞳で覗き込まれた。

観念してこくりと頷くと、ぎゅうっと抱きしめられた。

『前から気にはなっていたの。ここもだけど、食堂の料理も日本で食べたものだったから。まさか、ミラも……！　なんてことなの、とっても嬉しいわ』

耳元で囁かれた彼女の声は楽しげだった。体が離れたあとも、ベラさんはにこにこと微笑み、終始ご機嫌で食事をしていた。

そして、ふと思った。

それならば、私の親友とも気が合うかもしれない。

私は思い切ってスピカとベラさんを食堂に誘ってみて、今日に至る。

「わたくし、B級グルメが大好きなのよ」

「ああ～悪役令嬢の口から〝B級グルメ〟とかいうワードが出てくるなんてっ」

「そういうあなただって、フレンチトーストが好きすぎるって聞いているけれど？」

「だぁーって、その頃地元でめちゃめちゃ流行(はや)ってて、どハマりしちゃったんですよ～」

ベラさんとスピカの掛け合いを聞きながら、私はにんまりと笑顔になる。

早めに到着してここで雑談をしていたふたりは、私が食堂でお手伝いをしているうちにすっかり打ち解けたようだ。

「でも、あのときは本当に驚きました。ベラさんにも前世の記憶があったなんて」

「わたくしこそだわ。ミラも……それにスピカ嬢もだなんて」

私の言葉に、赤いおさげを揺らしながら、ベラさんは私とスピカを順番に眺める。

普段は階下で食事をする彼女がこの二階の部屋に来るのは初めてのことだ。

「ベラトリクス様は前世も先輩っぽいですし、わたしのこと呼び捨てでいいですよ。せっかくこうして転生者で集まれたんですから、貴族社会のことは置いといて、ブレーコー？　ってやつで」

集まる前は身構えていたスピカも、ベラさんがいいお姉さんだということに気がついて、すっかり気が緩んだらしい。

無礼講って目下の人から言い出すことではないし、そもそも、ここは宴席ではなくただのお食事会なんだけど……と思っているうちに、彼女は「いただきまーす！」と元気よくいつもの甘さ増し増しフレンチトーストにフォークを刺している。

「うーーん、ゲームシナリオなんてもう関係ないのかしらね」

ため息をつくベラさんは、特注らしいお箸をどこからか取り出し、お好み焼きをひと口サイズに切り分けて口に運ぶ。スピカの無礼講発言は全く気にしていないようで、私は胸を撫で下ろした。

彼女が食べているのはお好み焼きで、使っているのは箸なのに、どこか優雅だ。

「シナリオ的には、もうだいぶ消化してますよね～。はあ、相変わらずミラのフレンチトーストは格別っ……！」

「あとは卒業パーティーだけですか？　スピカ、野菜もしっかり食べないとダメだよ」

スピカに母親のように注意をしながら、私はベラさんに向き直る。

「このソースの味が家では出せないのよねぇ。美味しいわ。……卒業パーティー、そうね」

ベラさんは満足そうにお好み焼きをひと口食べたあと、一度箸を置いた。

「……せっかく揃ったのだから、状況の整理でもしましょうか。まずわたくしからね。

悪役令嬢のベラトリクスは、本来は婚約者の第一王子と仲良くするヒロインのスピカに嫉妬の業火を燃やして、卒業パーティーで断罪される予定だった。けれど、学園入学前に前世の記憶を思い出したわたくしは、勿論そんなことはしていない。でも、噂では『殿下と親しくする下級生の令嬢をいじめている』と言われているわ。『殿下はその令嬢を可哀想に思い恋人にした』とか『ベラトリクスは王妃には相応しくない』とも」

重いはずの内容をあっけらかんと語ってベラさんはなんてことはないように再びお好み焼きをぱくぱくと食べ始めた。それに沿うようにスピカが手を挙げる。

「あっ、じゃあ……わたしはヒロインのスピカです。前世を思い出したときは逆ハーレムなんてものを夢見ていましたが、ミラに怒られたので、もうそんなことは考えていません！　でも、噂では『レグルス殿下たちと仲良くしていることが気に食わないベラトリクス様から、意地悪をされている』ことになってます！」

元気よくそう言ったあと、スピカはフレンチトーストを頬張る。小動物のようで愛らしいのだけれど、幾分口に入れすぎだ。

「うーん。なんだか……変な感じがしますね」

悪役令嬢とヒロイン。ふたりは接触も衝突もしていないはずなのに、なぜだか悪いほうに物事が進んでいるように思えて、もやもやとする。

来月の頭にはもう卒業パーティーがある。私は普通クラスだからスピカたちのように卒業パーティーには参加できないし、スピカが本当に問題なくその日を迎えることができるのか、心配なままだ。

やっぱりどうにかして参加を……と考えているとベラさんが言った。

「そうね。とっても変だわ。キャラクターは違うのにまるでゲームの筋(すじ)書きどおりだもの。……まあ、難しいことは一度置いておいて。ねえねえ、女子会らしく恋バナをしましょうか！」

妖艶(ようえん)に微笑んだベラさんが、ぱんと手を叩く。この話はここで終わりらしい。

「スピカはアランには無関心よね。他に誰かいい人がいるの？　ミラはレグルス殿下がいるものね。うふふ」

ベラさんににっこりとした笑顔を向けられて、私は思わず頬を熱くし、リタさん特製のビーフシチューを食べる手が止まってしまう。人から言われると、とても気恥ずかしい。

私がもじもじしていると、スピカが照れくさそうに口を開いた。

「わたしはですね……えへ、お兄様推しなんです。アルデバラン殿下もイケメンですけど、お兄様の天使さには敵(かな)いませんよっ」

「まあ、そうだったのね。確かに彼が妹を溺愛しているというのは、わたくしの耳にも入っているわ。天使……そうね、うん」

　見た目はね、とベラさんが呟いた声は、きっと答えたあとにすぐ唐揚げを頬張ったスピカには聞こえなかっただろう。私が内心密かに頷くと、スピカが勢いよくこちらを向く。

「そういえば、ミラはレオ様から正式にプロポーズされたんだよね！　おめでとう。いいなぁ、星夜祭でとか、ロマンチックすぎる～！」

「レグルス殿下ねぇ、普段はあんなに無表情だから想像がつかないわ」

　むぐむぐと咀嚼（そしゃく）するスピカがうっとりとした表情を浮かべて言うのに続いて、ベラさんは真面目な顔で相槌（あいづち）を打つ。

　その発言にびっくりしてしまったのは私だ。

「えっ、無表情……？　レオはいつもにこにこしてませんか？」

　私の発言に、ふたりの視線が集まる。

　そういえば、レオはツンデレがどうのと以前スピカが言っていたことをすっかり忘れていた。

「うんうん、ミラにはそうよねぇ～。でもホント、レオ様は令嬢がこぞって話しかけてもほとんど話さないからね。まあ、だからこそ、お茶会のときはみんないつも笑顔のアルデバラン殿下のほうに行くらしいよ」

次は、ベラさんがスピカの言葉に引っかかったらしい。

「それなのだけど……アランがいつもスマートで笑顔を絶やさないというのは、本当なのかしら？　わたくしといるときは、そんな風に見えないのだけれど……」

不思議そうに首を傾げるベラさんに促されるように、私もふたりの様子を思い返してみる。

ベラさんといるときのアルデバラン殿下は、エスコートしているというよりも振り回されているようではある。困ったような顔をしたり、赤くなったりと忙しそうだ。

でも、とても楽しそうに見える。

「わたしはおふたりを見たことがないからなんとも言えないんですけど、殿下たちはどっちも本命の前だとキャラ変わっちゃうのかもですね！　ってことは、お兄様も……⁉　どうしよう、ミラ。わたしといるときのお兄様って、きっといつもどおりのほうだよね。脈なしかな⁉　うわーん、急に婚約者とか連れてきたらどうしようっっ」

「……勘だけど、あなたの杞憂だと思うわ」

「私も絶対にそう思うよ、スピカ」

急に嘆き始めたスピカに、ベラさんと私はなんとか励まそうとするけれど、彼女の不安は拭えないらしい。

「いやでもっ、もしかしたら急にそうなるかもしれないじゃん～怖いよー！」

不安でいっぱいらしいスピカは、今度は色仕掛けをするべきかと本気で悩み始めたので、ふたりがかりで全力で止めておいた。そんなことを看過したら、アークツルスさんに怒られてしまいそうであとが怖い。

ベラさんと目が合うと、彼女はやれやれというように悪戯っぽく笑って肩を竦めていた。

それからは、スピカの愚痴を聞く会になってしまったけれど、とても有意義な時間を過ごすことができた。

あっという間に時間が経ち、ベラさんは先に帰ると席を立つ。

「――ミラ、スピカ。これから卒業パーティーまで、ちょっとごたごたするかと思うけれど、きっと全部うまくいくわ。わたくしを信じてね」

燃えるような赤。その色を湛える悪役令嬢は、最後にそう不敵に微笑んで食堂をあとにした。

十一　運命の卒業パーティー

「ベラトリクス、あなたとの婚約を破棄する！」

季節は巡り、再びの春。今日は学園の卒業パーティーの日だ。

貴族の子女である生徒たちが集まっているこの会場に、婚約破棄を告げる高らかな声が響き渡った。

騒ぎの中心にいるのは、金髪の第一王子、アルデバラン殿下。向かい合っているのは、お忍びとは違って、赤い髪をきっちりと縦ロールにした赤髪のベラさん。

そして、アルデバラン殿下の後ろには、桃色の髪をふわふわと揺らす、儚(はかな)げな少女が身を隠すように縮こまっている。

乙女ゲームのラストイベントともいえるこの会場で、私は給仕のメイドに扮している。

例年は全校生徒が参加していたこの卒業パーティーから、普通クラスの平民の学生はすっかり締め出されているため、こうして忍び込むことにしたのだ。

入学式イベントや出会いイベントが起きてしまったこと、学園にゲームどおりの不穏な空気が漂い始めたことが気がかりで、スピカが心配でこうして駆けつけたのだけれど……

（あの桃色の髪の子は誰なんだろう？　それにスピカはどこに……）

ホールの中央では、ベラさんと対峙するように立つアルデバラン殿下と、その後ろにはレオやカストル、アークツルスさん、それにメラクやベイド先生まで揃っていて、本当に小説の挿絵にあった断罪劇の一幕のようになっている。

王族や高位貴族が卒業生となる今回の卒業式は、いつもよりも規模が大きく、保護者である親たちも多く集まっている。

国王陛下こそまだ来ていないが、のちほど来る予定だと聞いている。

スピカによると、ゲームでは断罪シーンで国王と王妃も背景にぼんやりと映っていたというから、タイミング的にはゲームより少し早いのかもしれない。

突然のことにざわつく会場では、既に人だかりができ始めている。

周囲を見渡すと、私がいる食事コーナーの奥のほうで、なんとスピカは黙々とローストビーフを食べていた。

確かにお肉の塊をオーブンで焼いて、じわじわと火を通したお肉は、生肉ともステーキとも違う味わいと柔らかさがある。そしてそこに、にんにく醤油ベースのソースをかけたら、この上なく美味しい、のだけど……

ただ忍び込むだけなのも気が引けたので、私はこの卒業パーティーで料理の提供に携わることにした。そのために式の数日前から学園のキッチンに出入りして、一緒に料理を作り、料理人の方々とも顔見知りになった。

そんなローストビーフは私の自信作だ。でもあれだけこの断罪劇とは無関係そうにもぐもぐ食べているスピカの姿を見ると、どっと気が抜けてしまう。

私のそんな思いは露知らずスピカは私を見つけて元気よく手を振った。

私がこの場にいることは、事前に伝えていた。

「あ、ミラ！　ねえ、このローストビーフめっちゃ美味しいんだけど。ミラが作ったんでしょ。最高すぎ」

「ほら、スピカも行こう。なんだか雲行きが怪しいよ」

「あと一枚食べたかった……」

ひとりで五枚も六枚も食べておきながら、まだ名残惜しそうに皿を見つめる、ヒロインだったはずのスピカ。彼女の手をとって、ベラさんたちにもう少し近いところへ連れていく。

ただのモブである私は、見学に徹するほかないのだけれど、今この場で何が起きているのかは、知っておきたい。

　隙間を縫って人垣の前のほうに進むと、私に気がついたらしいベラさんと目が合い、ぱちりとウインクをされた。

『ミラ、わたくしたち、ゆくゆくは姉妹になるのね。素晴らしいわね』

　パティスリーでそう言って微笑んでいたおさげ髪のベラさんの様子を思い出すと、これからの展開が心配でたまらないけど、今のウインクは一体なんだろう？

　アルデバラン殿下と仲睦まじくパティスリーや食堂にやってくる姿を何度も見たのに、どうしてこういう状況になっているのだろう。もう何も起こらないと思っていたのに。

「大丈夫よ、ミラ。お兄様がついているもの。この状況、何がなんだか全くわかんないけど。わたしはお兄様を信じてるから」

　緊張でスピカと繋いだ手に力が入ってしまったらしい。

　スピカが、力強い口調で私を励ましてくれる。

　その桃色の瞳はどこまでもまっすぐで、本当にアークツルスさんを信頼していることが伝わってくる。

　スピカへの断罪もざまあもないこのイベントで、何が起きるのかわからない。

　アルデバラン殿下のほうに視線を移すと、彼の後ろに立つ桃色の髪の令嬢は、今にも泣き出しそうな顔をしている。

スピカと繋いでいるほうとは反対の手を胸元に当てた私は、服の下にあるペンダントの存在を確かめて、心を落ち着かせるようにゆっくりと息を吐いた。

「あなたとの婚約を破棄する！」

そう高らかに宣言した第一王子の後ろで、しがない男爵令嬢であるシャウラは少し……いや、かなり震えていた。

ドレスの下に隠れた足ががくがくするのは、昨日張り切って畑を耕しすぎたからではない。この場において中心に立つのが自分であることに、もう既に泣きそうなのだ。

「まあ……。理由を聞かせていただいてもよろしいですか？」

驚いた顔で、しかし落ち着いた口調でそう答えるのは、彼の婚約者であるベラトリクスだ。

王子の背に半分隠れながら、シャウラが向かいに立っているベラトリクスを見つめると、しっかりと目が合って妖艶に微笑み返された。

（——怖い。失敗したら、どうしよう）

さらに視線を逃がすと、ある一点に目がいった。

集まってきた聴衆の中に、無駄にギラギラと豪奢な装いをした塊を見つけたのだ。

その中心に立ち、でっぷりとしたお腹をさすりながら高みの見物を決め込んでいるその人物を、実家であるおんぼろの男爵家の応接間で見たことがある。

エックハルト侯爵とその妻、そして娘だ。彼らは他の観衆たちとは異なる期待のこもった視線をシャウラに向けている。

男爵であるシャウラの父を一獲千金と謳ってギャンブルに誘い、大敗させて金を貸した張本人。そしてその返済を待つ代わりとして、シャウラに貴族子息の誘惑を課した人物。

そのいやらしい笑みを見ただけで、シャウラはふつふつと怒りがこみ上げてくる。

あの出来事さえなければ、たとえお金持ちじゃなくても、男爵家は日々を慎ましく暮らしていけるだけの余裕があったのに。

領民の暮らしを豊かにするためと甘い話につられた父も悪いが、騙すほうがもっと悪い。

そうシャウラが気付いたのは、耕していた学園の裏庭菜園に、可愛らしい緑の双葉が芽吹いた頃だった。

『……あの、アルデバラン殿下。わたしの話を聞いてもらえますか？』

あれはある日の裏庭でのこと。農作業に勤しむシャウラのところへ息抜きに来たアルデバランに、そう声をかけた。

初めて裏庭で土いじりしているところを見られて以来、アルデバランは何度かシャウラのもとへ足を運んでいたのだ。

騙されたからといって、自分まで騙すほうの人間にはなりたくない。農作業は好きだし、別に没落して平民になったってやっていける自信がある。

お日様の下でまっすぐに育つ野菜を見ていたら、シャウラは恋愛小説やあのメモを参考に『ひろいん』とやらを演じていた自分が馬鹿らしくなった。

だから、思い切って全てを打ち明けることにした。

（ごめんね、シルマ。せっかく手伝ってくれたのに）

自分に全てを託してくれたシルマに心の中で謝りながら、シャウラは自身が駒として暗躍していた事実をアルデバランに告げた。

だが、彼の返事は予想外のものだった。

『ああ。だいたいのことはこちらで調べがついている。それもあって君の動向を見ていたのだが……シャウラ嬢。君を苦しめている者たちに、一泡噴かせたいとは思わないか』

真面目な顔でそう提案するアルデバランに面食らったシャウラだったが、このあとさらに驚くことになる。

『私たちも協力しますよ』

いつの間にか、シャウラの前には、出会いイベントのためにぶつかったアークツルスも立っていたのだ。

『えっ、あの』

『君の協力が得られるならば動きやすい。恩に着る、シャウラ嬢』

キラキラと煌(きら)めく、あまりにまばゆい王子の笑顔に、シャウラは一瞬目眩(めまい)がした。

――そしてそれから。シャウラは『第一王子を筆頭に貴族子息をたぶらかす令嬢』としての役割を果たし、こうして卒業式の日を迎えた。

(ちゃんと頑張らなくちゃ)

演技でなくとも怯(おび)えてしまう自分を叱咤(しった)しながら、シャウラはこの断罪劇の舞台に立っている。

◇

「君は、このシャウラを身分差のことでいじめただろう」

背に立つ令嬢を庇うようにそう宣う王子の姿は、本当によく前世で読んだ婚約破棄劇に酷似している。

私はスピカの手を握ったまま、ごくりと唾を呑み込んだ。

「……シャウラだけでなく、私の妹のことも陰でいじめていたでしょう。貧しい育ちの粗野な令嬢だと」

殿下の言葉に続いて、ずいと前に出たのはアークツルスさんだ。

ふたりに庇われる桃色の髪の令嬢は、本当にぷるぷると震えているように見える。その様子は、まさにヒロインだ。

ベラトリクスは、驚いたというように目を見開く。

「まあ！　わたくしがですの？」

「白々しい。こちらは証言を得ているんだ。ロットナー侯爵令嬢に指示されたと、実行した者たちが言っていたのだからな」

「――そうでしたよね？　皆さん」

アークツルスさんの言葉にびくりと肩を揺らしたのは、人垣の円の前方にいた令嬢たちだった。

彼女たちを見て私は首を傾げた。見覚えがあるような気がする。彼女たちはもしかして、あの日私を取り囲んだ人たちなのではないだろうか。

黙り込む令嬢たちに、アークツルスさんは不思議そうにしている。

「どうしたんですか？　ベラトリクス様が言っていたと、あなた方が声高に触れ回っていたでしょう」

「わ、わたくしたち、なんのことだかわかりませんわ」

「おや。では、ベラトリクス嬢の指示ではないということでしょうか。これはこれは。僕の調べが足りませんでしたね」

顔を青くした令嬢たちは、おろおろとして、うまく答えることができていない。アークツルスさんとベラさんにじっと見つめられて萎縮しているようにも見えるが、別の方向をちらちらと窺っているようにも見える。

するとベラさんが美しい笑みを浮かべて言った。

「あら。どこかで見たことがある顔だと思っていたら、あなたたち、平民の女の子をいじめていた者たちね。殿下、誤解ですわ。この者たちはわたくしとはなんの関係もありません」

顔色を変えず、むしろベラさんは活き活きとしている。

本来であれば、この場面で追い詰められていくのは悪役令嬢の役回りのはずなのだが、ベラさんからはそんな空気は微塵も感じられない。

むしろ、アルデバラン殿下のほうが、ベラさんを貶すような言葉を口にするたびに、言い辛そうに目を逸らしているように見える。

完全なる傍観者である私は、目の前の断罪劇をつぶさに見つめることしかできないのが歯痒いけれど、自分が無力なことはわかっているため、この場にいるしかない。

「……お兄様、シャウラの背に手を添えてる……！　あんなにくっついて……」

そしてスピカは、私の隣で嫉妬の炎を燃やしていた。

そう言われて、私は思わずアークツルスさんに視線を移す。シャウラ、という桃髪の女の子を支えるように心配そうな眼差しで寄り添っている彼の様子は、確かに仲睦まじく見えてしまう。

ちらりとレオを盗み見ると、彼はずっと無表情でそこに立っていて、今のところ動く素振りはない。

もし仮に、アークツルスさんの場所にいたのがレオだったら、私だってもやもやした気持ちを抱いていたに違いない。

「ねぇスピカ。スピカに嫌がらせしてたのって、あの人たちなの？」

「え？　ああ、うん。そうかも。あの人たちって、ゲームでも悪役令嬢の取り巻きやってたんだよねぇ。背景によくいたなぁ」

気もそぞろといった様子でスピカが答えてくれるが、その令嬢たちよりも何よりも、アークツルスさんの様子が気になって仕方がないようだ。

あれからもベラさんが嫌がらせをしているという噂や、アルデバラン殿下との不仲説はこちらの校舎にも伝わってきていた。スピカ側の校舎では、殿下とアークツルスさん、それにレオが同じ令嬢に夢中になっているというものもあったらしい。

先日食堂に来たスピカが、ぐったりとしながら私にそう愚痴をこぼしていた。私には誰のことだかわからなかったが、今あの場に立っているシャウラさんが、例の令嬢なのだろう。

一度咳払いをしたあと、アルデバラン殿下は険しい顔で言う。

「だったら、君が直接嫌がらせをしたのだろう」

「……殿下、あなたもご存じでしょう。わたくしは放課後は生徒会に出席していましたし、それが終わったらすぐに部屋に戻って体を休めていましたわ。幼い頃に生死を彷徨うような病に罹って、ずっと療養をしていたわたくしが、他人を傷つけるだなんて……」

そんな、と伏し目がちになったベラさんは、取り出した扇子で顔を隠してしまった。

うっ、と小さな声が漏れ聞こえる。泣いているようなその声に、周囲の囁きが大きくなる。

「確かに、ベラトリクス嬢が直接誰かに文句を言っているところは見たことがない」

「ベラトリクス様は、毎日早く寮に戻って療養されているのですわ。おいたわしい……」

そんな周囲の声が私の耳にも入ってきた。

「べ、ベラ……」

「兄上、どうしてもベラトリクス嬢と婚約破棄をなさるのですか？」

ベラさんへと差し出されかけたアルデバラン殿下の手を掴み、そう告げたのはレオだ。

アルデバラン殿下が何か言いかけていたが、レオの声が重なって聞き取れない。

颯爽と移動したレオは、兄の手を払い、ベラさんを庇うように彼女の前に立った。

「――おふたりの婚約は、国王である父上が決めたものです。兄上がそのように勝手をなさるのならば、彼女と僕が婚約しても、何も問題はありませんね」

「「！」」

はっと息を呑むような静けさが一瞬あったあと、さざなみのようなどよめきが次第に大きくなり、それは会場中を包み込んだ。

これまでの一連の流れはまるで、第一王子に婚約破棄された侯爵令嬢が、第二王子の婚約者になるかのようだ。

その発言に勿論私の心臓は大きく跳ねたが、その言葉や態度とは裏腹に、レオの青紫の瞳はまっすぐに聴衆の中の私を見つけていて、甘くとろけるような笑みを見せている。

「……レグルス、何を言っている」

「そ、そうですよ、レグルス様。ベラトリクス様は、意地悪なんですから！」

その言葉に反応したのは、第一王子とシャウラさんだ。

「だって兄上はシャウラ嬢を妃になさるのでしょう？　でしたら別に、僕も好きな人と婚姻を結んでも構わないでしょう」

その声に私から視線を外すとレオはベラさんを振り向いて、意味深に微笑む。その言葉に続いたのは、アルデバラン殿下の言葉ではなく「お待ちください！」という令嬢の声だった。

「納得できませんわ！　どうしてロットナー侯爵令嬢がレグルス殿下の婚約者になるという話になりますの？」

観衆の中から足を踏み出したその人——全くもって誰かわからないその令嬢は、見た目はかなり派手だった。

紫に近い青地のドレスはプリンセスラインでスカートが大きく膨らんでおり、煌びやかな宝石がちりばめられている。ダークブロンドの髪はきっちりと巻き上げており、首元や耳元も豪華な宝石で飾られていることから、かなり高位の貴族なのだろうと推測できる。

その人の後ろにいる似たような格好の派手な壮年の男女は、きっと彼女の親だろう。

アルデバラン殿下はその令嬢を一瞥し、淡々と言う。

「……エックハルト侯爵令嬢。口を挟まないでくれるか」

「いえ、アルデバラン殿下。あなた様が婚約破棄されるのは勝手ですけれど、それとレグルス殿下のお相手の話は別でございましょう?」

「私もそう思いますよ、両殿下。ロットナー侯爵令嬢は、他の令嬢に対して陰湿ないじめをするような娘だという話もありますし、そもそも病弱では公務もままならんでしょう。それに不貞の噂もあると耳にしておりますがなあ。レグルス殿下にも相応しくないでしょう」

派手な令嬢はエックハルト侯爵家の娘らしい。

殿下に詰め寄る彼女を後押しするように、でっぷりとした体格の、彼女の父らしい男性が前に出てくる。

「それはどういうことだ。エックハルト侯爵」

その発言にアルデバラン殿下は眉を顰めながらも続きを促した。

「僭越ながら、私の知り合いが話しておりましてなぁ。ロットナー侯爵令嬢は、どうやら下賤な者と付き合いがあるようなのです。先ほどのいじめなどの話は置いておくにしても、ふしだらな娘はどちらの殿下の妃にも相応しくない」

「……続けろ」

アルデバラン殿下の言葉に、にやり、と口角を吊り上げた男——エックハルト侯爵は、いやらしい笑みをベラさんに向ける。

「ベラトリクス嬢は毎週のように男と連れ立って下町で遊んでらっしゃるそうですよ。身に覚えがあるでしょう、ベラトリクス嬢。相手は黒髪の男と伺っておりますが。学園でも執事を侍らせているそうですし、私も一度話を聞いてみたかったのですよ」

(ベラさんが下町で連れている黒髪の男……あれ、それって……？)

私がハッとしている間にも、やりとりは進んでいく。

「それに、町での振る舞いもなんといいますか……口にするのも憚られますが、侯爵家の名を使って好き勝手にしておるようで。人気店で店員を恫喝していたそうではないですか」

どこかで聞いたことがあるような出来事を口にしながら、エックハルト侯爵は悦に入ったようにぺらぺらと語る。

その傍らに立つ令嬢も、見下したような笑みをベラさんに向けていた。

「レグルス殿下、どうか考え直してくださいませ。不貞を働く娘など、あなた様に相応しくありませんわ」

そっとレオの手に触れた令嬢は、その身をすり寄せるようにレオに近づく。懇願するように上目遣いでそう言い募る令嬢を、レオはほとんど無表情で見下ろしている。

それを見て、レオに触らないでほしいと思う気持ちは、先ほどのスピカときっと同じだ。

「お、恐れながら申し上げます！」

唐突に発せられた凛としたその声は、私たちがいる聴衆側からのものだった。

発言を許す、というアルデバラン殿下の声に深く頭を下げた令嬢は、自身が子爵令嬢であることを名乗った上で続けた。

「王都の『パティスリー・一番星』にて、うちの使用人もその場面を目にしたと言っていました。ですが、横暴な振る舞いをした遣いの者は、ロットナー侯爵家の使いではありませんでした。その場に偶然居合わせたベラトリクス様本人がそうおっしゃっていたそうです。それに……騒ぎのお詫びとして、来客たちに新作のデザートを振る舞ってくださったと聞き及んでおります。私も食べましたが、とても美味しいりんごのタルトでしたわ」

「う、うちの使用人もそう申しておりました！」

我が家もそうです、と令嬢たちが口々に名乗りを上げる。

どうやら『一番星』は貴族御用達という噂は本当のことだったらしい。

あの日のことを知っている人が、こんなにいるとは思わなかった。

最初に声をあげた令嬢は、少し声を小さくして続ける。

「それに……その」

「なんだ。言いたいことがあるなら、この際述べてみよ」

アルデバラン殿下に促され、彼女は決意を込めたように彼を見た。

「その黒髪の男のことですけれど、確かにベラトリクス様がそのような男性と連れ立っていたのを私も見たことがあります。ですが、恋人という雰囲気ではありませんでしたわ。彼は新しい執事ではないのかしら？　どう見てもその方の片想いですわ！　ですから、不貞ではないと思いますの！」

頬を紅潮させながら、最初に名乗りを上げた子爵令嬢は勢いよくそう言い切った。

その言葉に、アルデバラン殿下はぽかんと呆気に取られた顔をして、動きを止める。

レオは片手で顔を押さえ、ベラさんは扇子で顔を隠している。……が、ささっとレオの背に隠れて小刻みに震えている姿は、笑っているような気がしてならない。

話の雲行きが変わっていく様子に、聴衆たちも戸惑いを隠せない。何より断罪劇に突然現れた新しい登場人物に対して、ひそひそと情報を取り交わしている。

「執事を連れているのは、別に令嬢として問題があるとは思いません。ベラトリクス様はお体に心配なことがあるのですから、万が一のときは男性の力が必要になる場面もあると思います」

「ベラトリクス様が足を運んでいる下町は下賤な場所ではありません。今では王都の流行発信地でもあります。きっとここにいる皆様も、一度はあのパティスリーや食堂に足を運んだはずです」

聴衆の中からじわりじわりと声があがる。みんながベラさんを守ろうとしているのだ。

それはやはり彼女の人柄によるものだ。みんな、困ったときにベラさんに助けられたことがあるのではないのだろうか。

だって私も、入学式の日に、すぐに助けてもらったのだから。

「殿下、ベラトリクス様は誠実なお方です。ご処遇について、どうかお考え直しください……！」

誰かがそう頭を下げたとき、それは波のように広がった。

レオも、ベラさんも、そしてアルデバラン殿下も、その壮観な景色に目を瞠っているようだった。

勿論参加者の全員というわけではないが、大半の令嬢が頭を下げ、令息たちも戸惑いながら腰を折っている。

「こんな展開もあるんだね……」

スピカが呟いた言葉に、私は「うん」とだけ返事をした。

もしかしたら、スピカが対峙することになったかもしれない景色。そう思うと、少し背筋が伸びる。

「……わかった。その件については、不問としよう。だが、シャウラがベラトリクスにいじめられたというのはどうだ。シャウラ、相手は見たのか。階段から突き落とされたとも言っていただろう」

こほん、と咳払いをしたアルデバラン殿下が気を取り直したようにシャウラさんに向き直る。

乙女ゲーム小説によくある階段落ち。見た感じではシャウラさんに怪我はなさそうだけど。

「あっ、いえ、えーと、赤い髪だったかなあ？　って感じで、本当はよく覚えてない……です」

「あ、そういえば、さいきん赤いカツラのちゅうもんがあったんだよねぇ。ちょーどあんなかんじの。グーゼンかな？」

「よく考えたら、その日はロットナー嬢は生徒会室にいましたねぇ」

シャウラさんがもごもごと言葉を濁すと、メラクとベイド先生が会話に割って入る。

まるで誰かに聞かせるみたいに、ゆっくりとした口調だ。

「……ちっ、ケーティ、一旦戻るぞ」

「何？　なんですの、お父様……？　このままでは……っ、レグルス殿下と結婚して王妃になるのはこのわたくしでしょう！　お父様もそう言っていたではないですか」

すると旗色が悪くなったと思ったのか、でっぷりした侯爵はレオの側にくっついている娘を引き剥がして連れていこうとした。だが、娘が抵抗して発したその言葉は、静まりかえった会場にことのほかよく響いた。

——運悪くというか、運よくというか、会場に国王夫妻と公爵夫妻たちが登場したのもほとんど同じタイミングだ。

　騒ぎとなっている会場へとゆっくりと現れ、国王陛下が侯爵を睨む。

「レグルスが王になる？　そんな話があったのか、エックハルト卿。詳しく教えてもらいたいものだな」

「本当に。先王が私たちの王位継承について決めたとき、法を定めたはずです。先に生まれた子が王太子。それ以外を担ぎ上げる者は――王家の決定に仇なす重罪人であると。……他にもいろいろと余罪があるようですが」

　ついでバートリッジ公爵の鋭い視線を浴び、エックハルト侯爵はその場で固まった。

　事態をわかっていない様子の娘は、力の抜けた父の手を振り払って、再びレオのもとに走り寄ろうとする。

　だけど、それは叶わなかった。

　侯爵親子を、カストルとどこからか現れたふたりの騎士――騎士団長のクラークさんとセイさんが拘束したのと、レオが走り出したのはほぼ同時だった。

　私が数歩後退りをして、方向転換をして少し距離をとろうと考えたのも束の間。

「ミラ、掴まえた。……ようやくだ」

　メイド服を着た私は、国王も偉い人たちも揃い踏みのこの状況下において、第二王子に抱きしめられていた。

パーティー会場で起きた怒涛の断罪劇が収束して、侯爵親子が拘束されている現状で、なぜか私はレオの腕の中にいる。

「ごめんね、驚かせて」

そう耳元で囁かれて顔を上げるとベラさんやアルデバラン殿下が微笑んでいるのが見えた。ベラさんの意味深な「ごたごた」がなんだったのかようやくわかって私は目を瞠った。

側にいたはずのスピカの気配が感じられないということは、彼女は彼女で愛する人のもとへと駆けたのだろう。

「……レグルス、いい加減にしないか。ミラが苦しいだろう。ふたりともこちらへおいで」

「アルデバランとベラトリクス嬢もだ」

公爵様と国王陛下のため息交じりの声に、渋々といった顔で私の拘束を解いたレオは、私の手を引いてふたりのもとへと歩いていく。

円の中心にいたアルデバラン殿下とベラさんも、殿下に手を引かれるようにして同様にしているのがちらりと見えた。

何が起こっているのか、聴衆たちにはわからないだろう。

今までのことはなんだったのだろう、と頭に疑問符が浮かんでいるのが見えるようだ。役に徹していた者たちは、役目が終わったとばかりに解散して、思い思いの行動に出ているのだから。

「なっ――謀ったな！」

「レグルス殿下っ、どういうことですの!?　まさかその女が、青いドレスの……っ」

中央で捕らえられているエックハルト侯爵と娘から声があがる。

国王夫妻と公爵夫妻、並び立つ両夫妻の横に、ベラさんたちと私たちは左右に分かれてそれぞれ並んだ。

近づくときに目が合った公爵夫人のアンナ様がにこりと微笑んでくれて、私の頭にはここ二ヶ月の怒涛の淑女教育の日々が蘇る。

私がレオの結婚の申し出を受けた――それは、将来的に公爵夫人になるということだ。

その知らせを受けて王都にやってきたアンナ様から、直接淑女教育を受けることになったのだけれど。

『ミラ。これからいろいろと特訓していきますからね。まずはこの技術を学びましょう。習得したら、鍵がなくても扉を開けられるわ。それから、毒草の吟味と――合間にダンスもして体力もつけましょう。公爵夫人となるのならば、自分の身を守れたほうがいいですから』

アンナ様は嬉々としてそう言うと、鍵のついた小箱を取り出して私に見せた。

そうして始まったレッスンは思っていたものとかなりかけ離れていた。控えめに言って大変だった。本当に世の夫人は大変だと思う。

「――この場を借りて、事の顛末について私から話をしよう」

あの日々に思いを馳せているところに重々しい陛下の声が響き渡る。

皆が捕らわれた侯爵令嬢には鋭い視線を向けた。

しかしそれだけではない。

私自身にも方々から、お前は誰なのかという視線を痛いほどに感じる。

中には顔を知っている人たちもいるけれど、その人たちも不思議そうに私を見ている。

食堂の常連さんだとわかった。

「ミラ、大丈夫。早く終わらせて帰ろう」

「ひゃっ、レ、レオ……！」

ぐっと私の体を自分のほうに引き寄せたレオは、そのまま私のつむじに唇を落とした。

それだけで周囲から悲鳴に似た声があがる。

レオの攻撃力が増している気がして逃げたくなるが、この場から逃げることは不可能だ。

どぎまぎする私を置いて、公爵様が口を開く。

「エックハルト侯爵。このたびの姦計（かんけい）については、のちほどじっくりと話を聞かせてもらおうか」

「なんのことかわかりませんな。今回の件も、発端（ほったん）は学園内での色恋沙汰でしょう。第一王子がそこの男爵令嬢に現（うつつ）を抜かして正統な婚約破棄を申し出た。アルデバラン殿下の王太子としての資質を疑わざるを得ませんな。いくら法の定めとはいえ、能力のない者を王に据（す）えるのはいかがかと、臣下として憂（うれ）いているのですよ。レグルス殿下もそんなメイドを相手にするとは、嘆（なげ）かわしいことだ」

開き直りともとれる侯爵の発言に、聴衆の中にはいくらか賛同の意を表している者もいるようだった。確かに悪役令嬢が主役の小説では、断罪劇を引き起こした王子は無能だとしてざまあされることが多かった。

「――言い残すことはそれだけでいいか」

しかし、凍（い）てつくような国王陛下の声がそれらのざわめきも打ち消す。自信を見せていた侯爵も、その言葉にぴくりと顔を強張（こわば）らせた。

アルデバラン殿下は会場を見回したあと、渦中の侯爵に鋭（するど）い視線を向けた。

「男爵令嬢のシャウラ嬢については、貴殿が借金返済のための方策として貴族子息への誘惑を強制したということはわかっている」

「は……殿下、何を」

「だから私たちも、それを利用させてもらったのだ。貴殿を油断させてこの場に出てきてもらうため。――ああ、無論、ベラトリクスも知っていることだ。先ほどの婚約破棄は、紛(まが)いものだ」

「なっ、シャウラ、貴様あっ！」

侯爵がぎろりと睨(にら)みつけると、シャウラさんはローストビーフの近くにいるメラクとベイド先生の後ろに素早(すばや)く隠れてしまった。口の動きからすると、彼女は何か食べている。お腹が空(す)いているのかな、と私が考えていると、今度はアルデバラン殿下が口を開いた。

「だが、皆を惑(まど)わせてしまったことは確かに、王太子として資質に欠くところがあった。皆の者、申し訳なかった」

「まあ殿下。是非この舞台でと提案したのはわたくしのほうですわ。全てを断ち切りたかったわたくしの我儘(わがまま)ですの。わたくしからも謝罪しますわ。それに……皆様、わたくしのことを庇(かば)ってくださってありがとう」

ふたりでぴたりと寄り添って、共に頭を下げる未来の王太子夫妻の姿に、これ以上何か文句を言う者はいなかった。

不仲の噂はなんだったのかと、信頼し合っている様子で見つめ合うふたりを見て、認識を改めさせられた者が大半だろう。

「そんなことはどうでもいいですわ！　そこのメイド、あなたは一体なんですのっっっ」

エックハルト侯爵令嬢の発言で、ふたりを見てうっとりしていた私に、再び衆目が集まる。

どきりとしたが、側にはレオもいるし、公爵様もいる。大丈夫だ。

レオは凛として彼女を見据えている。

「先ほど言ったとおり、僕は好きな人と婚姻を結びます。彼女はペルファル伯爵家の血筋であり、僕の愛するただひとりの女性です。本日、正式に婚約を発表させていただきます」

「っ、納得できませんわ、そんな女は――」

「相応しくない、と。君に彼女を断ずる権利があるとでも？　彼女は王都の食堂と『パティスリー・一番星』の真の料理長であり、類い稀なる才を持つ料理人だ。身分などでは形容できないほどの功績が彼女にはある。国の至宝ともいえよう」

エックハルト侯爵令嬢の言葉を遮り、公爵様が高らかに述べたのは、私のことを褒め称える言葉だった。

「彼女の能力を知る者はここにも多かろう。彼女が王都に来て四年。生み出される最新の菓子や料理は我が国に発展をもたらした。そんな彼女が我が甥と婚姻を結んでくれるというのだ。国にとっては非常にありがたいことだ」

ぱしりと言い切った公爵様に会場は一度静かになり、それから爆発的に騒がしくなった。これまで黙っていた料理長の件を明らかにすることは、前から決めていたことだ。

それで私がレオのお嫁さんとして認めてもらえるのならば、それでいい。

「さらに、元々身元は公爵家で保証していたが……この婚約を機に、彼女を公爵家に迎え入れることにした。そのこともみんなに紹介しておこう。ミラ・バートリッジ。うちの末娘になる」

王族との婚姻にあたり、身分の問題はどうしても越えられない。公爵様はそんな私に手を差し伸べてくださった。お父さんとお母さんは驚いてはいたが、ミラが決めたことならと喜んでくれている。

お父さんの父親であり、私の祖父にあたるペルファル伯爵も先日公爵様に連れられて、初めて顔を合わせることとなった。お父さんに似たその人は私に会って顔をくしゃくしゃにして喜んでいた。

青天の霹靂ともいえる話に、会場の反応は様々だった。

第一王子の演じた断罪劇に、第二王子の婚約発表。

食堂とパティスリーの料理長が私だったことに驚く者、そんなわけがないと訝しがる者。

私だって、この全てが今日この場で起こるだなんて、思ってもみなかった。

納得できないと騒ぐ侯爵親子は、陛下の命でどこかへ連れていかれてしまった。

私がその様子を眺めていると、突然近くから声をかけられた。

「ねえミラ、踊りましょう」

「わ、ベラ様っ」

「ふふふ、やっと終わったわ。肩の荷が下りた。断罪イベントさえ終われば、わたくしは本当に自由だわ」

ベラさんに手をとられたのと同時に陛下の号令で卒業パーティーが再開された。するとどこからともなく学園の普通クラスの生徒も会場へと入ってきた。

もう学園の分断も終わりらしい。今は貴族も平民もわいわいと同じ会場で楽しんでいる。

私に貴族云々と言っていた令嬢たちが普通クラスの子に声をかけられている。その様子が少しだけ嬉しかった。

流れる音楽に合わせて、ベラさんがくるくると回るから、私も一緒になってくるくると回る。

「ミラ、次はわたしよ！」

続いてスピカに手をとられ、ステップも関係なくくるくると回るのを繰り返す。

楽しく踊っていると、アークツルスさんがいつもの綺麗すぎる笑みを浮かべてスピカを回収していってしまった。

「……ようやく俺の番だな」

待ちくたびれたように私に手を伸ばすのは、銀髪の王子様だ。

私も笑顔で差し出された手を握り返す。

どんな苦難も、一緒に乗り越えていけたらいい。

「レオ。……これからよろしくね」

「勿論だ」

私が笑うと、彼もいつもどおりのふにゃりとした笑顔を返してくれる。

さあ今度は、何を作ってこの人を驚かせようか。

彼からもらった指輪が、拙い(つたな)ステップを踏むたびに、私の胸元で揺れているのがわ

かる。

この先もずっと、この世界で美味しいご飯が作れますように。

窓から見える景色は、美しい星空。

キラキラと輝くその星のひとつひとつに、私はそう祈りを込めた。

「あ、あの、ミラさま！　少しお時間をいただいてもいいでしょうか」

卒業パーティーの宴が終わりに近づく頃。

先ほどまでの断罪劇で中心にいたシャウラさんが、強張った顔で話しかけてきた。

私と彼女はこれまで関わりはなく、特に接点もなかったはずだ。

「はい。なんでしょうか」

そう答えただけで、彼女の表情はぱあっと明るくなる。とても緊張しているらしく、握りしめていたドレスに皺が寄ってしまっていた。

「こちらを見ていただけますか？」

シャウラさんはポケットから大事そうに紙を取り出し、私に差し出した。

なんだろう。この紙。

不思議に思いながらもその紙を受け取り、彼女の表情に促されるままにふたつに折られたそれを広げた。

「えっ……？」

見覚えのある紙。かつて大切にしていたメモが、私の手の中にあった。

小さな町を出立する前に、スピカに書いてもらった乙女ゲームの攻略対象者についてのメモだ。

丸みのある可愛らしい文字は彼女のもので間違いない。書かれている内容も、記憶と相違ない。

（このメモを、どうしてシャウラさんが持ってるの……？）

驚きのあまり固まってしまった私は、紙とシャウラさんとを交互に見比べる。

彼女は大きく深呼吸をしたあと、ゆっくりと口を開いた。

「――これをあなたにお渡ししてほしいと、うちの使用人から頼まれました。もう会うことは許されないけれど、あなたにどうしても謝罪したいと。わたしがその人と約束したんです。この紙を必ずミラさまにお返しするって」

「使用人の方……。えっと、あの、その方のお名前は」

私の頭に過ったのは、とある人物で。

「シルマといいます。フィネも共に、うちで働いています。これは一緒に預かった手紙です」

その回答に、私ははっと息を呑んだ。

ごそごそと手紙を取り出したシャウラさんは、それも私に渡してくれた。差出人は確かに『シルマ』となっている。

「はい。ふたりは……元気ですか……？」

「はい。とてもよく働いてくれています」

それだけで、十分だった。

あのとき王都から追放されたふたりが、元気でいてくれている。それを知ることができて、嬉しい。

「ごめんなさい。シルマには大口を叩いたのに。私がいろいろと鈍臭いせいで、ミラさまにその紙を返すのが遅くなってしまいました」

シャウラさんは悲しそうに顔を伏せる。

先ほどまでの騒動を見ていたら、彼女は彼女でこれまで難しい舵取りを迫られていたのだとわかるから。私はふるふると首を振って、大丈夫だということを伝えた。

――それから、私は彼女とこれまでのことについて話を続けた。

中でも驚いたのは、あのメモをきっかけにシルマさんまでもが前世の記憶を取り戻していたということ。彼が日本語のメモを翻訳して、その内容を元にシャウラさんが目的達成のために活用していたそうだ。

それを聞いて、乙女ゲームのイベントがスピカに聞いたとおりに発生していた理由がようやくわかった。

衝撃的な巡り合わせだ。全てが少しずつ複雑に絡み合って、ここまで来たのだ。

パーティーが終わって自室に戻った私は、懐かしい兄弟子からの手紙を開いた。

内容のほとんどが謝罪だったけれど、前世の記憶を取り戻したことで、料理人ではなく設計士としての道を歩み始めたということが書いてあった。彼はその道の人だったようだ。

（これまで本当に、いろんなことがあったなあ）

ベッドに寝転がって、ゆっくりと目を閉じる。

怒涛の一年が終わった。

いろいろと驚くことも多かったけれど、ようやく肩の力を抜くことができた気がする。

私はあっという間に深い眠りについた。

エピローグ

「リタさん、おはようございます」

「ああミラちゃん、おはよう」

　波乱の卒業パーティーからひと月が経ったその日も、ミラはいつもと変わらず食堂の厨房にいた。

　あの日、公爵家の義娘――つまり、貴族の一員となることが正式に発表されたけれど今も、相変わらずこうして食堂やパティスリーに顔を出している。

　身近な食堂で調理や給仕をしていた平民の少女が、突然目を瞠（みは）るような幸福を手にしたことに、利用客は大いに慄（おのの）いたそうだ。

　それによってミラに対する風当たりが強くなることが懸念され、彼女が初めて食堂に来る日には、かなりの数の影の者たちが周囲に潜（ひそ）み、最大級の警戒を行（おこな）っていた。

　だが、王都で最も話題の店となった食堂には、大勢の客が訪れたが、その日は肩透かしをくらったように平和な一日となった。

王都の人々は既にミラに胃袋を掴まれていたらしい。彼女の生み出す料理を求めて来店し、満足して帰っていく。

『美味しかったよ』

『ごちそうさん』

帰り際、ミラに向けられる笑顔はどれも心からのもので、そこには彼女に対する憤りや嫉みといった負の感情は存在していなかった。

その凪いだ湖面のように穏やかな状況は、公爵であるジークハルトと第二王子のレグルスを筆頭に、錚々たる顔ぶれが、数ヶ月顔を突き合わせて対策を練った結果ともいえた。

そんなレグルスとアルデバラン、そしてベラトリクスは、あの日の騒動の責任をとり、ひと月に及ぶ謹慎処分となった。今日はその謹慎がとける日だ。

どこかで見たことのある婚約破棄騒動のような出来事は、ベラトリクスを筆頭に、両王子と生徒会のメンバーみんなで協力して作り上げた虚構で、暗躍する黒幕をおびき寄せるためのものだったと聞いたときは、ミラはとても驚いたものだ。

エックハルト侯爵の違法賭博や人身売買についても、王家の優秀な影たちによって証拠は挙がっていたらしい。シャウラの家のように借金によって彼らに付き従っていた貴族たちは、ほっと胸を撫で下ろすことになったという。

大逆罪となった彼らは、一族郎党悲惨な末路を辿るに違いない。その罪状は、かつて現王が王子だった頃に起きた政争の際にも用いられた最も重い刑だ。

「どうだい、お貴族様の生活は」

大皿を力強く磨きながら、店主のリタはミラに声をかけた。

貴族令嬢となったからには、料理だけをしている場合ではないのも当然のことで、勿論貴族として覚えることも山のようにあり、ミラは忙しい毎日を送っていた。

そのことについてレグルスはいつも申し訳なさそうにしていたけれど、ミラとしては勉強は楽しいし、マナーはためになるので、毎日前向きに過ごしている。

たったひとつ。苦手なことを除いて。

「ええっと、大変だなあって思います。ドレスになかなか慣れなくて。コルセットがきついんです」

「そんなことかい」

リタは呆れたように言うが、ミラにとっては大事だ。

前世も今世も、平民として育ってきたミラが、一番苦しんでいるのがそれだった。

必要となる場面でドレスを身にまとうためには、ぎゅうぎゅうと締め上げるコルセットを身につけなければならない。

頭からスポンと被ればよかった普段着のワンピースとは大違いだ。

そして、そんな状態でありながらも、義姉のアナベルに連れていってもらったお茶会では、令嬢たちは優雅な立ち振る舞いを見せていて、育ってきた環境の違いを見せつけられた。

令嬢には、根性が必要なことを思い知った。そして、そんな状態でも身軽にぴょいぴょいと動き回るアナベルは、もう超人の類いだとも思った。

ドレスで走り回る義姉の姿を思い浮かべながら、ミラは苦笑いをする。

コルセットの代わりに馴染みのエプロンを身につけると、きゅっと気持ちも引き締まる気がした。

真剣な顔でそんな心配事を口にするミラを見たリタは、「ははは！」と豪快に笑いながら鍋を振った。

――同時に。これならば、きっと大丈夫だろうと安堵する。

「世間の注目の的のミラちゃんの悩みが、何かと思えばドレスのこととはねえ～。平和でいいことだ。もうすぐまた学園も始まるんだろうから、そうなりゃまた何かと大変そうだね」

リタの言葉に同意するように、ミラは彼女の目を見ながら大きく頷いた。

「来週から始まるんです。……今度は特進クラスで」

学園生活の一年目は普通クラスで過ごしたミラだったが、公爵令嬢となった二年目は特進クラスに通うことが決まっていた。

必然ともいえる結果ではあるが、気ままに過ごしていた普通クラス時代を思うと、少し気が重くなるのも事実だった。

「まあでも、そうなるとメラクやスピカちゃんたちとも一緒なんだろう。それにほら、婚約者の王子サマもさっ！」

少しだけミラに覇気（はき）がなくなったのを察したリタは、彼女の肩をばしりと平手で叩いた。

気合いの注入だ。普通に痛い。

あまりの力の強さによろけてしまったミラだったが、からからと陽気に笑うリタを見ていると確かに勇気付けられた。

——婚約者。心の中で、その単語を繰り返すと、とてもむず痒（がゆ）い。

そう、ミラとレグルスはもう正式な婚約者だ。

学園でも当然、婚約者同士として振る舞うことになる。そう考えると、胸の奥がじわりじわりとあたたかくなって、未だに照れてしまう。

ミラが頬をほんのり赤らめていると、店の外がにわかに騒がしくなった。それから叩かれたのは、裏口の戸。

「開いてるよ」

リタの言葉を受けて開いた戸の向こうには、見慣れた黒髪の騎士が立っていた。

「ミラ、こんにちは」

その騎士の後ろから、陽に照らされた輝く銀の髪に、それよりもずっと眩(まぶ)しい笑みを浮かべた王子が、颯爽(さっそう)と店内に入ってきた。

レグルス・シュテルン。シュテンメル王国の第二王子だ。

「こんにちは、レオ。セイさんもこんにちは」

「ミラ様。こんにちは。申し訳ありません。少しだけ予定より遅れてしまいました」

「いえいえ、ちょうど出来立てですよ」

ミラはふたりに笑顔を向ける。同時にかぱりと開けた鍋からは芳醇(ほうじゅん)な香りが漂(ただよ)い、厨房を満たしていく。

レグルスもシリウスもリタも、その場にいた他の者たちも、みんながうっとりと笑みを浮かべた。

「今日はパティスリーのお菓子もあるの。いっぱい食べてね」

「ああ！　楽しみだ」

微笑み合うミラとレグルス。

ふたりを取り囲む全ては、幸せの香りに包まれている。

お腹も心も、いっぱいに満たされながら。

シュテンメル王国にある食堂はまた、あたたかくて平和な一日を終える。

書き下ろし番外編

義兄の大切なもの

アークツルス・クルト。

それが今の名だ。

子供がいなかったクルト伯爵家が、後継の育成のためという理由で遠縁のアークツルスを養子として迎えたのは、彼が八歳の頃だった。

当時まだクルト伯爵家には伯爵夫人がいた。

アークツルスは、なぜ自分が引き取られることになったのかが不思議でならなかった。夫人との子を為せば、その子供が後継者になるであろうに。それなのに、わざわざ養子をとったのはなぜなのか。

(……何か問題がある家なのだろうか)

貴族にはいろんな事情がある。クルト伯爵家の傍系ではあるが、ほとんど平民のような暮らしをしていたアークツルスの生家にとって、伯爵家からの打診は寝耳に水で、上を下への大騒ぎとなった。

その疑問はアークツルスが、伯爵家に足を踏み入れるとすぐに解決した。

単純に義父と義母の関係が最悪だったのだ。

親しくなった古参の使用人に聞いた話によれば、義父には元々とても仲睦まじい恋人がいたらしい。結婚を前提に交際をしていて、両家の承諾も取れていた。あとは婚儀を執り行うだけだという状況で、ある日突然その恋人が別れを告げて去ったのだと。

その後、政略によって結婚したのが今の夫人なのだという。

「……恋人が失踪したときの旦那様の嘆きようったらなかったですねぇ。当時はクルト家も先代を亡くしたばかりで不安定で、その婚姻を受け入れるしかなかったのでしょう」

密やかに思い出話を語るのは、義父の元乳母だ。

「そうなんですね」

「はい。アタシも何度か見たことがあるのですが、その恋人は男爵家のご令嬢で、気立てもよく優しく愛らしいお嬢さんでした。……奥様のほうがその恋人より身分が高かったそうなので。旦那様も渋っていたけれど、ついには奥様に押し切られてねぇ」

どうやら、政略ではあっても、夫人のほうは義父に夢中だったらしい。この家に来たとき、とても喜んでいたのだとか。

(なるほど。温厚そうな義父にもそんな過去があったのか)

話を聞いていると、この家に落ちる暗い影にようやく合点がいく。

しかし我儘で理不尽なことばかりいう夫人は、当初から使用人たちの支持を得ていなかったようだ。

「教えていただきありがとうございます」

貴重な話を聞かせてくれた乳母に対し、アークツルスは殊勝な面持ちで礼を言った。

元々聡く、人心掌握の術に長けていたアークツルスはクルト邸にすぐに馴染んだ。

下手をすれば義母からのいじめの対象となりそうなところだが、逆に伯爵夫人のほうが別邸に追いやられてしまっていた。

アークツルス自身もこの家の後継者として相応しい人物であろうと日々精進し、勉学において抜きん出た成績を残した。

家庭教師は優秀なアークツルスを賞賛し、さらにレベルの高い教育を進める。その褒め方の過剰なところが少し鬱陶しくはあったが、害はないためアークツルスもそれに応じた。

お茶会などにも参加し、この国の第一王子であるアルデバラン殿下とも引き合わされた。

　そして、彼の側近候補におさまった。順調な滑り出しである。

「……アークツルス。話があるから、今夜私が仕事から帰ったら書斎に来てくれないか」

「はい、父上。わかりました」

　そんな日々が三年ほど続いたある日、アークツルスは義父に呼び出された。何を言われるのだろうと考えてみる。

　数日前、伯爵家にはちょっとした騒動があった。

　別邸にいたはずの夫人が髪を振り乱して本邸のエントランスに現れ、「旦那様に会わせろ」とそればかり叫んでいた。

　義父は城勤めの日で不在であり、アークツルスと使用人とで対応したが、激高した夫人に頬をはたかれるといった事態になった。

　栗毛の夫人は、金の髪にひどく執着があるらしく、アークツルスの柔らかな淡い金の髪を引っ張ったりした。何やら喚いていたが、それは全く聞き取れなかった。

　どうしたものかと思っていると、使用人たちが夫人を羽交い締めにし、そのままズルズルと別邸へと連れていった。

（……それから、あの人の姿を見ないな）

腫れの引いた頬をさすりながら、アークツルスはそんなことを思う。
直近で起きた事件と言えば、これしか心当たりがない。
「――アークツルスです。参りました」
義父の書斎の前まで来たアークツルスは、その扉をコンコンとノックした。入ってい
い、と短く返事があり、それに従う。
部屋に入ると、朝話したときよりも憔悴した様子の義父が、険しい顔をして執務机の
前に座っていた。
「よく来てくれた。そこにかけてくれ。実は、最近いろいろあってね。アークツルスに
もあの女が迷惑をかけただろう。話は聞いているよ」
義父の表情は暗く、落ち着きがないようにそわそわとしている。「いえ」と答えると
同時に、義父は性急に口を開いた。
「実は、娘が見つかったんだ。アーデン領のグラスターという町にいるらしい」
「え……？」
「聡い君のことだ。私の置かれていた状況などについては既に把握しているのだろう？」
義父のその問いかけは、若き日に起きた恋人との別れと政略結婚のことを指している
のだろうと容易に想像がついた。

一瞬、どう答えたものかと躊躇(ためら)ったアークツルスだったが、ここで知らぬ素振(そぶ)りをしても無意味だと判断し、「はい」と答える。その答えに義父は寂しそうに笑った。

聞けば、その女の子はもう十歳になっているらしい。その子が生まれたタイミング等々、逆算すれば、当人たちにはいろいろな状況が見えてきたに違いない。

憔悴した義父の表情からは明らかな後悔の念が見て取れる。元恋人は既に亡くなり、他に身よりのない少女は孤児院で暮らしているそうだ。

「その女の子をいつ頃迎えに行かれるのですか？」

「もう急ぎの使いを送っている。事後報告になってしまってすまない」

アークツルスが尋ねると、義父はそう答えた。

「いえ。僕が父上でもそうしたと思います」

「ありがとう、アークツルス」

にこにこと天使のような笑みを浮かべながら、アークツルスは内心では戸惑(とまど)っていた。

実子がいないということで引き取られ、後継として育てられ始めた矢先の出来事。そこに、本当に愛していた恋人との間の娘が現れたとなれば、当然ながら、伯爵の関心はそちらに向く。

そうなると、血の繋がりのないアークツルスの立場は非常に不安定だ。

「アーク。あの子の義兄として、よろしく頼むよ」

「……はい、勿論です」

ここから、どう振る舞うべきか。

やはり、地盤を固めるにはその『義妹』と仲良くなるしかないだろう。

アークツルスは、天使の装いのまま、自分の将来のためにまだ見ぬ義妹のスピカと親しくなることを決意した。


数週間後。クルト邸の前に一台の馬車が到着した。それが『義妹』を乗せたものであると使用人から聞き、アークツルスは急いで迎えに出る。

生憎、義父は仕事のために登城中だ。かねてから予定していたとおり、到着を知らせる使いはすぐに出した。きっと、飛んで帰ってくるだろう。

スピカが来る前に環境を整えると息巻いていた義父は、夫人との離縁を早々に済ませて伯爵家から追い出していた。夫人のあの取り乱しは、義父に離縁を言い渡されたからだったようだ。

十年前は婚家との力関係でできなかったことをあっさりと成し遂げたのは、彼がこれまでに積んだ実績と人徳によるもの。流石(さすが)、次期宰相候補と目(もく)される人物だ。

アークツルスがエントランスに到着すると、ちょうど彼女は馬車から降りたところだった。自身のものよりも鮮やかな金の髪が風に揺れる。

こちらの存在に気がついたまんまるの桃色の瞳がアークツルスをまっすぐに捉え、その愛らしい容貌に不覚にも目を奪われてしまった。

「――こんにちは。君がスピカだね。僕はアークツルスといいます。君の義兄だ。これからよろしくね」

気を取り直したアークツルスは、にこりと微笑んで彼女に手を差し出す。

友好的な態度は基本だ。この義妹がどういう人物なのかわからないが、まずは仲良くなることが先決。そう心を戒める。

「はっ……はわ、お兄しゃま」

スピカはアークツルスの顔を見てぼんと火が出るかのように顔を赤らめたあと、噛んだ。

(お義兄しゃま、だって。可愛いな)

スピカの振る舞いに自然と頬を緩めてしまったあと、アークツルスは自らその口を押さえる。

(違う。そうじゃないだろう。この子は僕の存在意義を脅かす危険な存在で――)

「おおお、お兄様。これからよろしくお願いします！」

「っ、ああ」

頬を赤らめたスピカにぎゅうと握手を返されたアークツルスは、いろいろと難しいことを考えるのを秒でやめた。

◆◆◆

それからひと月ほど経った日の午後、アークツルスは自室の窓際で読書をしていた。

（あれ……スピカ？　何をしているのかな）

ぱらりぱらりとページを繰るアークツルスのその視界の端に、何か金色のものがさっと動いたように見えて、手を止める。

本を置いて身を乗り出すように窓の外を眺めれば、庭の片隅で小さくなっている女の子を見つけた。

「……スピカ、また泣いているのか」

それだけで、アークツルスの胸はつきりと痛んだ。本を置き、その場所へと急ぐ。

あれだけ危惧していた存在だったのに、実際にこの家に迎え入れられた義妹は、アークツルスの黒い感情とは正反対のところにいた。

スピカは伯爵家の権威や後継については全く興味がなく、故郷の友人との約束のために伯爵家や王都の暮らしに慣れようと健気に頑張っている。

普段は弾けるような笑顔で気丈に振る舞っているが、時折涙を流していることを知った。

その姿を見せまいと隠れて泣いていることも。

スピカのその姿を見たアークツルスの邪心は一瞬でなくなった。スピカ限定で。

（またあの女教師か……。僕のときもべっとりで少し疎ましかったが、スピカにはひどく厳しいようだな）

確かこの時間は家庭教師による座学が行われていた。まだここの暮らしにも慣れていないスピカには、そこまで厳しい課題は課さないようにと言付けられているはずだ。

（……見つけた）

アークツルスが庭木をくぐってたどり着いたその場所で、スピカは小さくなって肩を震わせていた。

「スピカ。またそんなところでいじけているのかい？」

アークツルスの声に、スピカの身体が少し跳ねる。それからこちらを振り向いた少女は、大きな瞳にいっぱいの涙をためていた。

「だって、何もうまくできないんだもの……!」

そう言うと同時に、真珠のように美しい涙がぽろりとこぼれ落ちる。たまらなくなったのか、続けてぽろぽろと涙を流す。

環境の変化に彼女が戸惑うのも無理はない。遠く離れた地から、急に貴族の娘だと言われて王都まで来たのだ。

それにずっと気を張っている。誰かのために。

「スピカは頑張っているよ。まだこちらの生活に慣れていないのだから、仕方がないじゃないか」

それは、アークツルスの本心だった。そういえば、自分もここに養子に来た当初は気を張っていた。認められなければと、そればかり考えていた。

「でも……お兄様は八歳のときに全てできていたと、家庭教師の方が言うんだもん。わたしはいつまでも田舎っぽさが抜けないって」

(……なんだって?)

スピカの言葉を聞いたアークツルスは眉を顰めた。

確かにスピカは貴族としての教育は受けていない。だが、孤児院で過ごしたにしては、勉強ができるほうだと思っていた。出来すぎだとさえ。

田舎に行けば行くほど識字率は下がる。平民と貴族の生活はまるで異なる。

それでも彼女は一定の教養やマナーは有しているように見えたし、ひととおりの読み書きもできた。授業を投げ出したことだってない。

そんなスピカに明らかな侮蔑の態度をとっている家庭教師に対して、怒りの感情がこみ上げてくる。

「……帰りたいな」

スピカの口からその言葉がこぼれたのは、ほとんど無意識だったように思えた。

そしてアークツルスは、その言葉を自分が敏感に拾い上げてしまったことに驚く。

「こんなに頑張っているスピカに、そんなことを言ったのか。……あの女、解雇だな。他にもそういう輩がいないか調査しないと」

その動揺を隠すように、アークツルスはスピカに笑顔を向けた。あとで絶対にあの教師は解雇するし、後任の教師はアークツルスが慎重に吟味することにする。これは決定事項だ。

「大丈夫だよ、スピカ。僕も教えてあげるから」

ひとまず代替案を提示してみるも、いじけたスピカからはじとりとした瞳を向けられる。

「でも、お兄様の勉強もあるでしょう」

「うーん、そうなんだけど……どうしたら、元気を出してくれるかなぁ。ほら今度、父上に頼んで商会を呼んでもらうのはどう？　きっと楽しいよ」

「……」

「あとは……そうだな、スピカの好きな菓子はなんだい。今度買ってくるよ」

どうしてこんなに必死に機嫌をとろうとしているのか、アークツルスにもわからない。取り入って今後のために役立てようと思っていたのは最初だけ。今ではただ、スピカに笑顔でいてもらいたいと思っている。

（どうしたら心から励ましてあげられるんだろう。僕は無力だな）

アークツルスが無力さに苛まれていると、うずくまってぐすぐすと鼻を鳴らしていたスピカが、急にすっくと立ち上がった。

「お兄様、わたし、やりたいことがあるの。厨房に行きたい、それで……あの、クッキーを作りたいの」

それは、久しぶりに耳にした明るい声だった。涙を拭った彼女のその瞳に煌々とした光が宿る。

予想外の言葉に思わず呆気に取られてしまったアークツルスだったが、彼女のやる気に満ちた表情に自然と笑顔になった。

「出来上がったら、僕にも食べさせてくれるかい？」

そう告げると、スピカは当然だと言わんばかりに頭を何度も上下させる。

それから二人で厨房に行き、アークツルスはスピカがクッキーを作る様子をずっと見守っていた。

貴族令嬢が菓子作りをするという行為に料理人たちも驚いていたが、スピカの手際のよさにその戸惑いは賞賛へと変わる。

「はい、お兄様。一番よく焼けているものをどうぞ！　久しぶりだけど、うまくできてよかった」

頬に白い粉をつけながら、スピカは笑顔で黄金色のクッキーをアークツルスに差し出す。

芳醇なバターの香りがふわりと鼻腔をくすぐった。とてもいい香りだ。

「ありがとう。……うん、とても美味しいよ」

口に運べばさくりとほどけ、じんわりとした甘さが広がる。あまり甘いものは好きではないアークツルスだったが、焼きたてのクッキーには特別な魅力があった。

アークツルスの感想を聞いたスピカの頬には紅が差し、心から嬉しそうにはにかむ。

ころころと変化するその表情が、とても可愛らしい。

「本当⁉ よかった。えへへ、わたしクッキーだけは自信があるの。でもね、友だちのミラはすごいのよ。もっと素敵なお菓子も作れるし、美味しいご飯もたくさん食べさせてくれるの。ああ、思い出したら食べたくなってきちゃったなあ～」

「ふふ、スピカにはいい友人がいるんだね」

「そうなの。あのね――」

どうやらスピカはすっかり元気を取り戻したらしい。無邪気に笑い、あの町でのことを楽しげに話してくれる。

（スピカには、いつも笑顔でいてもらいたいものだ）

無邪気な笑顔を見て、アークツルスは心からそう思う。

打算など抜きに、この子には幸せになってもらいたい。

自らが跡継ぎになった場合はスピカのことを全力で支援するし、スピカがそうなったとしたら……やっぱりそれを全力で支えようと思う。

どっちにしろ、やることは同じだ。他に追随を許さないほどに、アークツルスがその能力を発揮してクルト伯爵家の地位を高めれば、必然的にスピカを守る盾となる。

「スピカ。僕は少し席を外すね。明日からのことをちょっと考えたいから。スピカはこのままここでお茶をしていてくれる？」

「うん。お兄様、頑張ってね」

「ありがとう。スピカに応援してもらえて嬉しいよ」

大きくぶんぶんと手を振る義妹に見送られたアークツルスは、部屋から出て角を曲がったところで表情を変えた。

「まずは家庭教師の罷免。それから早急に次の教師を選任。お茶会の参加はまだスピカには不要だろう。それから商会を手配して……あとは、彼女の交友関係をおさらいしておくか。下町の食堂の友人の名前はミラだったよね。最終的な課題は僕たちの間柄だけれど、僕自身が宰相になればなんの問題もない」

頭に浮かぶ事柄を整理しながら、アークツルスは自室へと足を進める。

スピカを害する者は全て排除しよう。そしてそのためには、自らも力を得る必要がある。第一王子の側近として一層精進し、周囲を合法的に黙らせる権力を手にしなければ。

「……ひとつひとつ片付けていこう」

空に向けられた笑顔はまさに天使そのもの。だがその腹の中にはいろいろな策略が渦を巻く。

アークツルスの原点が、他でもない『スピカ』に塗り替えられてゆく。そしてそれは、不快でもなんでもない。

このときのアークツルスの策略にただひとつ誤算があったとするならば、可愛いスピカが人目につかないようにとお茶会や社交の参加を徹底的に制限した結果――スピカには『幻姫（まぼろし）』という異名がつき、その神秘性と学園入学後の可憐（かれん）な容貌（ようぼう）から、逆に話題の令嬢となってしまったことだろう。

春のあたたかな風が、読書中のアークツルスの髪をくすぐる。そういえば、換気のためにと窓を開けっ放しにしていたことを忘れていた。

窓を閉めようと立ち上がったところで、廊下からパタパタと軽やかな足音が聞こえてくる。

その足音はこの部屋の前で止まり、ノックされたかと思うとすぐに扉が開かれた。ほとんど同時だ。

だが、足音の時点でその主が誰なのか気付いていたアークツルスはその突飛な行動を咎めることはしない。

「アーク、見て見て！　『パティスリー・一番星』で、ミラから新作のお菓子をもらってきたの。とっても可愛いでしょう」

部屋に入ってきたのはやはりスピカだった。手には親友のミラからもらったらしきケーキの箱を嬉しそうに掲げている。その薬指には燦然と輝くサファイヤの指輪がはめられている。

「うん、可愛いね、スピカは」

ただの変哲もない白い箱で、まだ開封もされていない。中の菓子が可愛いかどうかは全く見当もつかないが、アークツルスのその言葉は元々菓子には向けられていないので何も問題はなかった。

――スピカとアークツルスが出会ってから、五年の月日が経った。

『お兄様』だった呼び名が『アーク』に変わり、二人の関係性は『義理の兄妹』から『婚約者』になった。

一年前、学園では壮大な策略が練られた卒業パーティーが開催されたが、なんとか丸くおさまった。エックハルト侯爵一家が断罪され、パーティーが再開されて暫く経った頃、アークツルスはスピカを庭園へと連れ出した。

『わたしね、憧れのイベントがあるんだあ。卒業パーティーの夜に、星空の下で指輪をもらって、結婚の申し込みを受けるの！』

以前、彼女が世間話にそう言っていた。『理想のプロポーズ』というものらしい。だからそれを実現しようと思ったのだが……そのときもアークツルスの予想は容易に裏切られた。

先に泣きながらスピカから求婚されたのだ。勿論その後仕切り直してアークツルスからプロポーズをやり直し、星空の庭園でスピカの薬指には執着を込めて自らの瞳の色の指輪をはめた。

「兄妹での婚姻なんて……」と口さがない者が言うのを黙らせるため、根回しも完璧に済ませた。義父の承諾はすぐに得られた上に、のちに宰相のポストにつく算段もつけた。

そんな完璧な計画だったのだが、まさかスピカ本人に上を行かれるとは思ってもみなかった。お嫁さんにして、と泣きながら迫られるなんて、想定外であり、想像以上だった。

（いつだって、そうだ。スピカは僕の想定を軽く越えてくる。そしてそれが、僕も愛おしくてたまらない）

「アーク、どうして笑っているの？」

　当時のことを思い出しながら、アークツルスは表情を緩めてしまっていたらしい。スピカが不思議そうに首を傾げてこちらを見ている。

　アークツルスにとって、スピカは光だ。出会った瞬間からその光に照らされ、あっという間に大切な存在になった。

　にっこりと微笑んだアークツルスは、スピカが持つ菓子の箱を指差す。

「僕のお嫁さんは、可愛らしい人だなあと思って。ほら、中身を見せてくれないと、その菓子が可愛いのかどうだかわからないよ」

「あ！　本当だ。ごめんなさい、お兄様」

「お兄様？」

「あっ、ううん、アーク！」

　少し頬を赤らめながら、スピカは慌てて呼び名を訂正する。時々こうしてかつての呼び名が出てしまい、その都度急いで言い直している。

　恋人であり婚約者なので「アーク」と呼ぶようにとスピカには言っている……だが。

（スピカにお兄様と呼ばれるのも、案外悪くないんだよね）

　そんなことを思いながら、アークツルスはスピカをテーブルへと誘い、早速ミラの菓子を食べるためのお茶を用意する。

「――そういえば、レグルス殿下とミラ嬢は、隣国に視察に行く予定を立てているようだよ。ミラ嬢がとても張り切っていて、サクラとかいう植物を見つけることを楽しみにしているらしい」

「隣国⁉ 桜！ いいな、わたしも行きたい……！」

「スピカがそう言うと思って、僕も休暇を申し出たところだ。一緒に行こう」

「アークと一緒に行けるの⁉ わあ、ありがとう！ ミラにも早速話をしに行かなくちゃ。今日はやけにいろんな種類のケーキが店に並んでるなあと思ったの。ミラも浮かれてるんだわ。ふふ」

「……うん、そうだね」

「ミラと合流できるかな？ あってもレオ様の邪魔をするわけにはいかないし。いやでもやっぱりミラとも遊びたいな。ミラったらね――」

可愛らしい苺のロールケーキを口に運びながら、スピカはすっかり旅行気分で楽しそうに話し始めた。そしてその話題の大半をミラが占める。

（……やっぱり、僕の最大のライバルはミラ嬢だな）

笑顔を浮かべたアークツルスはスピカの話に相槌を打ちながら、そんなことを思っていた。スピカに出会った日からずっと、あの少女が永遠で最強の恋敵だ。

クルト伯爵家には穏やかな時間が流れる。こんな日がずっと続くようにと、アークツルスはさらなる研鑽(けんさん)を心に誓った。

◆◆◆

レグルスの視察に端を発した隣国訪問計画には、ちゃっかりアークツルスとスピカが加わった。それから隣国に縁のあるアナベルもガイドとして手を挙げ、どこからか話を聞きつけたベラトリクスの参加も電撃で決定し、旅団は大規模なものになった。

「アーク！　その日程だと私は政務で行けないんだが！　どうしてお前は早々に休暇を取っているんだ」

「うん、ごめんねアラン」

ただ一人、王太子として忙しくしているアルデバランだけは留守番となった。

RC
Regina COMICS
モブなのに巻き込まれています
~王子の胃袋を掴んだらしい~
Mobunanoni makikomarete imasu
1~2
原作 ミズメ
漫画 おキャット様
大好評発売中!
アルファポリス
Webサイトにて好評連載中!
「ミラ、聞いて。私ね、この乙女ゲームの世界のヒロインなの!!」宿屋の娘・ミラは、友人・スピカの告白をきっかけに日本人だった前世の記憶を取り戻す。スピカによると、自分は乙女ゲームのモブキャラらしい。それなら私は、大好きなごはんでも作ってのんびり過ごそう！　そう思っていたのに、スピカに振る舞った夜食の「うどん」が、ミラの運命を大きく変える引き金となって……？
モブ少女の料理無双が止まらない!?
アルファポリス 漫画
検索
B6判／各定価：748円（10%税込）

新感覚ファンタジー

RB レジーナ文庫

悪役令嬢、竜と幸せになります。

竜人さまに狂愛される
悪役令嬢には王子なんか
必要ありません！

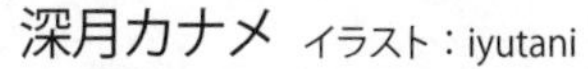

深月カナメ　イラスト：iyutani

定価：704円（10%税込）

乙女ゲームの悪役令嬢に転生したシャルロット。王子と対面できたものの、彼はシャルロットに酷い対応をとってくる。ゲームと違って既にヒロインに落とされている王子は、その後も彼女に嫌がらせをするばかり。カンカンになった彼女だけれど、ひょんなことから竜人のシーランと知り合い——!?

詳しくは公式サイトにてご確認ください

https://www.regina-books.com/

携帯サイトはこちらから！

本書は、2022年4月当社より単行本として刊行されたものに書き下ろしを加えて文庫化したものです。


この作品に対する皆様のご意見・ご感想をお待ちしております。

おハガキ・お手紙は以下の宛先にお送りください。

【宛先】

〒150-6008 東京都渋谷区恵比寿4-20-3 恵比寿ガーデンプレイスタワー 8F
(株) アルファポリス　書籍感想係

ご感想はこちらから

メールフォームでのご意見・ご感想は右のQRコードから、
あるいは以下のワードで検索をかけてください。

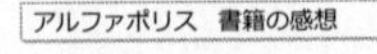

検索

レジーナ文庫

モブなのに巻(ま)き込(こ)まれています ～王子(おうじ)の胃袋(いぶくろ)を掴(つか)んだらしい～ 2

ミズメ

2023年1月20日初版発行

文庫編集－斧木悠子・森順子
編集長－倉持真理
発行者－梶本雄介
発行所－株式会社アルファポリス
〒150-6008 東京都渋谷区恵比寿4-20-3 恵比寿ガーデンプレイスタワー8階
TEL 03-6277-1601（営業）　03-6277-1602（編集）
URL https://www.alphapolis.co.jp/
発売元－株式会社星雲社（共同出版社・流通責任出版社）
〒112-0005 東京都文京区水道1-3-30
TEL 03-3868-3275
装丁・本文イラスト－茲近もく
装丁デザイン－AFTERGLOW
（レーベルフォーマットデザイン－ansyyqdesign）
印刷－中央精版印刷株式会社

価格はカバーに表示されてあります。

落丁乱丁の場合はアルファポリスまでご連絡ください。

送料は小社負担でお取り替えします。


ISBN978-4-434-31478-0 C0193